OPEN 是一種人本的寬厚。

OPEN 是一種自由的開闊。

OPEN 是一種平等的容納。

OPEN 2

我反抗，故我們存在

論卡繆作品中的現代性

作　　者—吳錫德
發 行 人—王春申
總 編 輯—李進文
編輯指導—林明昌
主　　編—邱靖絨
校　　對—楊蕙苓
封面設計—羅心梅

營業經理—陳英哲
行銷企劃—葉宜如
出版發行—臺灣商務印書館股份有限公司
23141 新北市新店區民權路 108-3 號 5 樓（同門市地址）
電話：(02)8667-3712　傳真：(02)8667-3709
讀者服務專線：0800056196
郵撥：0000165-1
E-mail：ecptw@cptw.com.tw
網路書店網址：www.cptw.com.tw
Facebook：facebook.com.tw/ecptw

局版北市業字第 993 號
初版一刷：2018 年 12 月
定價：新台幣 420 元

法律顧問—何一芃律師事務所

我反抗，故我們存在

——論卡繆作品的現代性

吳錫德　著

卡繆（Albert Camus）。（圖片提供：達志影像）

「我反抗，故我們存在。」

Je me révolte, donc nous sommes.

——卡繆

Albert Camus

序言

一九五八年，中文版《異鄉人》（*L'Étranger*）終於問世，迄今已匆匆一甲子。卡繆這本扛鼎之作跨越國界，不僅打動全世界各地的讀者，也深植在處於相同情境下台灣青年的內心，也包括一九八〇年後的大陸青年。它同樣也跨越時代，因為這本書所傳遞的訊息是普世的，是真誠，也是人類內心的吶喊。第一代的中文讀者，極可能還會以略帶神祕且顫抖的聲音，將它推薦給及長的兒孫們。它就是這本已銷售達七百萬冊，有近二十種中譯版本的《異鄉人》。

早期的讀者，透過這本小說找到了苦悶心靈的出口，體驗了荒謬、存在主義哲學、拒絕（不服從，有時它是說不出口的），及淡淡的疏離感。之後，在一九五七年他榮獲諾貝爾文學獎光環的加持下，下一批的讀者，從陸續翻譯出版的其他作品：《薛西弗斯的神話》、《鼠疫》、《反抗者》、《墮落》等，也發現了卡繆的勇氣、自覺及道德觀。新世紀裡，「卡繆熱」重新點燃，因為人們在他的作品裡又找到了真實及現代感。中國大陸幾乎出齊了他的重要作品，台灣也相繼推出新譯，包括記載他寫作生涯的日誌

《札記Ⅰ、Ⅱ、Ⅲ》（*Carnets I, II, III*）。新一代細心的讀者更能親炙他的創作歷程、他的寫作煎熬、他的人道主義訴求、高超的敘事手法、堅定不移的藝術家天職，以及激情灼熱的文采等等。

一九五一年，卡繆在一張便條紙上列出他最心愛的十個詞：「世界、痛苦、大地、母親、人類、沙漠、榮譽、苦難、夏日、大海」。這正是這位出身極度貧寒，成長在法國殖民地阿爾及利亞、撒哈拉沙漠邊陲的小男孩，力爭上游的歷程。他經歷貧窮的磨練、感情的仳離、病魔的蹂躪、戰爭的威脅、死神的伺機，以及好友的敵意等等。他的作品不僅深刻真誠，他的思想不僅清澈明晰，他的道德訴求更如暮鼓晨鐘，發人深省。

十年後，他車禍身亡，年僅四十六歲。在他離開世間，前往另一個時空之際，如果問他，此刻他最心愛的十個詞會是什麼？我們就暫且推想應該會是：「提帕薩（Tipasa他最心愛的地方，北非古羅馬時期的廢墟）、地中海（孕育他成長的海洋及阿爾及利亞）、愛（包括愛世間的一切及愛情）、荒謬、薛西弗斯、反抗、自覺、藝術家、路易・杰爾曼（Luois Germain提攜他的小學老師）、戲劇」。他一生的另一位伯樂、著名作家及第一任文化部長馬爾侯（André Malraux）曾說過：「什麼是文化？就是一個人想到他在人間做過什麼事，所能回答的東西。」卡繆留給我們的不僅是他用生命及真情寫出的至少五、六千頁嘔心瀝血的作品，以及像先知、長老那樣諄諄教誨的精神，這些正是這位跨時空的文字工作者、書寫藝術家留給世人最珍貴的「文化」！

今天，如果讀者想問我們，這本有關卡繆的專論，有哪幾個關鍵詞，或者作者最心愛的十個詞會是什麼？我們也很誠摯地推薦：「創作（包括寫作及作為藝術家的一切創作）、反抗、自覺、《異鄉人》、《反抗者》、現代性、美學（包括敘事手法及創作意圖）、涅墨西斯（Némésis，代表節制與限度）、讓・格勒尼耶（Jean Grenier，啟蒙卡繆思想的高中哲學老師）、《第一人》（*Le premier homme*，卡繆自傳遺稿）」。

在這本書裡，我們將從卡繆作品中的「現代性」出發，釐清它的諸多面向，並探討卡繆作品所呈現的美學，包括他所提出的相關論述；然後便是討論他的敘事手法——這是卡繆的同代文評家所高度肯定及驚豔的，它還深刻影響到後來的新小說、新新小說，甚至後現代小說流派的風格。我們咸信，這部分是過去華文世界較少觸及的。但它卻是理解其創作脈絡所不可或缺的。因此，本書花了較多的篇幅，旁徵博引地引述，就是希望它能成為文學研究及小說創作時的佐證文獻。是的，文學研究並不只是探究理論或流派的影響，或者語言文字的賞析比較，甚至創作意圖的掌握。最為至要的，還是探究小說家如何醞釀作品，如何從最稀疏的日常瑣事，提升為扣人心弦、悲天憫人的作品。正如卡繆所強調的，如何去「發現兩三個既淳樸且偉大的形象」，利用「藝術手法」，然後以「孤獨和互助」（solitaire et solidaire）的精神，不斷地淬鍊打造而成。

一九五一年，卡繆發表了一部深思熟慮的論著《反抗者》，他從笛卡兒的那句名言「我思，故我在」（Je pense, donc je suis.）獲得靈感，提出「我反抗，故我們存在」（Je me révolte, donc nous sommes.）的信念。笛卡兒的名言旨在強調「我存在的自覺」，卡繆的信念則更為深刻，更臻廣度；先是強調透過全面性的反抗，包括藝術的反抗，才足資證明我的存在。再則，我的存在這樣的自覺，也必須與他人團結互助才屬真正的存在。也就是說，精神上，它更能反映現代性，甚至當代性，也就超越了笛卡兒的「小我」，是一種「大我」的表現，這種對「大我」的關懷和自覺，便是人道主義的主要精髓。而對於所有真正的藝術家而言，心懷「大我」才是他之所以存在的核心意義。卡繆說過：「藝術的最偉大形式，就是表達最高層級的反抗。」也就是在這樣的推理下，他才堅定地喊出：「創作，就是活過兩回！」因為你可以多出一個機會到繆斯的樂園走一圈，然後「立言」，同時達成傳遞文化和克盡「人之職責」的使命。

就像每個世代的知識青年那樣，本人在大學時期便已接觸卡繆的《異鄉人》，只覺得作品十分現代，唯氣氛低迷，似乎在找一個不易找到的出口。當時可說並未能深刻體悟卡繆的「荒謬」，及所謂的存在主義文學。及至回台灣教書，選用了《異鄉人》當翻譯課堂上的教材，才開始用心涉獵卡繆的作品及相關的論著。其間也翻譯了卡繆的遺作《第一人》（皇冠出版），因而有了更深入的溝通。十餘年前更下定決心，撰寫一部有關他寫作風格的專論：《卡繆作品中的現代性》（*La Modernité chez Albert Camus,* 2009）。後因兼顧行政之故，這本法文撰寫的升等論文就給擱置了。直到二〇一八年初，才順利說服台灣商務印書館樂意出版，並由本人親自翻譯這本論著，另附加兩篇相關論文及三篇導讀。特此謹向總編輯李進文先生及主編邱靖絨小姐致謝。本人由衷期盼，透過這本書的出版，能提供更多的研究心得及學習訊息，讓華文世界的代代年輕人，都能更清楚地認識這位無國界的文學大師的作品，包括他艱辛無比的創作歷程、獨樹一格的敘事手法，以及語重心長的人道主義呼籲。是為序。

目次

卷一

卡繆作品中的現代性

卡繆的現代性

這種空泛的、令人困惑的現代性，經常令吾人難以捉摸。

——馬拉美（Stéphane Mallarmé），《牧神的午後》（一八七六）

就美學而言，「現代性」這個詞的界定來自波德萊爾（C. Baudelaire）於一八五九年提出的說法（發表於一八六三年）。從彼時起，一直到當代，它一直是文學批評及文學思潮的參照。實則，波德萊爾的這項定義顯得曖昧不清，偶爾也自相矛盾，特別是在區分「古典主義」與「現代主義」，以及「歷史的」（進步）與「文學的」（現代性）的區別上。現代性概念的自相矛盾，在積極方面在於：它意味著理性，這是自啟蒙時代以來，那些飽學之士構思某個社會未來的哲學藍圖，譬如黑格爾（G. Hegel）的「時代精神」（Zeitgeist），它代表著人類歷史重大時刻的一種革命式的邏輯。在消極方面則是：它成了危機及令人困惑的同義詞，且不停地在滋生混亂，它將精神的焦慮灌輸到人類生存的各個層面，也包括文學表現及其理論論述。

根據瓦戴（Y. Vadé）的考證，「現代性」一詞的用法，於一八二二年出自年輕的巴爾札克（H. de Balzac），指的是「現代時期」。一八三三年也出現在夏多布里昂（F. R. de Chateaubriand）的筆下。那年五月他到捷克布拉格旅行，將旅途所感寫進他的《墓畔回憶錄》第四章裡；而這個詞在此指的是「現代的性格」，也意味著平淡的、舶來品的，它是相對於中世紀式的繁瑣裝飾，及其猛烈的本質。然而，上述這些說法並不足以凸顯某個決定性的看法，只強調「它是某個持續在演變的情勢的結合體，其中包含風俗、服裝；而搭配日常生活的裝飾，也同樣前所未見地持續在變化。結果，它十分合於邏輯地導向波德萊爾對『現代性』一詞的那個界定。[1]」

> 他就這樣出發了，他跑著，尋找著，他在尋找什麼？很確定的，我所要描述的這個人（即畫家居伊 C. Guys），這個富有活躍想像力的孤獨者，不停地翻越「偌大人類荒漠」的孤獨者，有著一個比單純漫遊者更高尚些的目標，有

1 Vadé, Yves(éd), *Modernités: Ce que modernité veut dire (I)*, No 5, p.10.

一個與一時短暫歡愉不同、更為普遍的目標。他在尋找我們可以稱之為「現代性」的那種東西。因為再也沒有更好的詞來表達我們現在談的這種現象。對他來說，問題在於從流行的東西當中，擷取出它可能包含在歷史中富有詩意的東西，從過渡中提領出永恆。（……）現代性就是過渡、稍縱即逝、偶發；其中一半是藝術表現，另一半是永恆與不變。[2]

波德萊爾的這個概念，在文學上，似乎與他所處時代的歷史特徵所具有的外在的現代性不相協調，這些包括外表、服裝及來自一切流行的項目。不過，卻理所當然地讓歷史的現代性（亦即，人類歷史某個時期有其專屬的特徵，與其前時期截然不同，從而在歷史的存在上確立一個新的地位），與藝術的現代性（雖然變化多端，但根本上與其本質並無二致），彼此分道揚鑣。波德萊爾可說勉強將這個概念做了轉向；爾後，我們就能辨別出何者為「波德萊爾式」的現代性，何者為一般的現代性。前者包括「美」的界定，及屬於美學的思辨，後者則屬於歷史的、社會學的、哲學的領域。此外，在使用上，波德萊爾的界定也沒有排斥其他的說法。[3]

為此，現代性便不是某個社會學的概念，亦非政治學的概念，在本質上也不是某個歷史的概念。它是一個極具特色的文化模式，與傳統的流行時尚相對抗，亦即，與在它之前的或者傳統的文化相對立。基本上，現代性還是一個含糊的概念，它總括涵蓋了所有歷史的演進及精神面貌的轉變。

由於現代性並非一種可進行分析的概念，因而它並沒有定律，沒有特徵，也沒有理論，有的只是一種邏輯，以及一種意識形態。它是一種求變的典型化倫理，因之，它反對傳統的典型化倫理，不過卻小心翼翼地提防激進的改變。它是一種「求變的傳統」。它關連到某個歷史的危機及結構的危機，現代性至多只是一種症狀。它無法剖析危機，卻採用一種臨陣脫逃的姿態，以曖昧的方式呈現危機。它展現某種強勢理念及核心意念，在文明的影響中，昇華歷史裡的矛盾。它讓危機成為一種價值觀，一種矛盾的倫理。[4]

2 Baudelaire, Charles, *Oeuvres complètes, Tome II*, pp.694-695.
3 Vadé, Yves(éd), *op cit.*, pp.10-11.
4 Baudrillard, Jean, "Modernité", dans *Encyclopaedia Universalis*, vol. 12, p.424

布希亞（J. Baudrillard）因而指出，在文明及風俗的領域裡，現代性是以如下方式呈現：形式上它與官僚作風、政治集中主義、社會生活形式的均質化相對立，但本質上卻與它們有著關連性。透過深切的主體性、激情、獨特性、權威性、朝生暮死，對難於捉摸現象的頌揚，以及透過打散規則、置入人性，於有意無意間而得之。[5]

定義

根據瓦戴的看法，從歷史發展的角度看，波德萊爾有關現代性的定義是中性的，因為他並沒有特別看重他所屬的那個年代。相對的，他指出現代性須具備三個特徵：首先，它起源於文藝復興，但並沒有突出某個時期；其次，像現代事物的特徵那般，現代性皆具有某些抽象概念；最後，波德萊爾的現代性應可視為一種美學思考的水平高度。波德萊爾也認定這種美學的現代性應具有一種多變發展的價值，但它並非專屬於當代。因為每個時代都有其美學的價值。[6]

根據康帕涅（A. Compagnon）的說法，事實上，波德萊爾所偏好的對象的現代性，包括：女人、少女、紈袴子弟、第二帝國的社會等等，他稱頌那些描繪現代現實的畫作，而非那些現代畫作裡的現實。他從現代性中引出許多特徵：「未完成性、片斷性、無足輕重，或不具意義，以及獨立自主性」。[7]實則，波德萊爾的現代性定義，只是針對根本上構成現代性（或者多種現代性）美學的序曲而已：包括時間重要性的浮現，以及集體轉變的意識——這種轉變是不可避免的，但並非具有任何實意。總之，現代性並非「現實性」（Actualité）的同義詞，也從未設想有哪一刻可以「成為現代」[8]。準此，現代性便會在文學與藝術，尤其是美學領域顯現出來。現代性便是在尋求新鮮事物（新玩意兒），以及以某種對時代的品味來關注當代精神。

尋覓新事物

波德萊爾的主要目的似乎在發現其所處時代的美學新形式。對他而言，「現代性將在各個層面引發一種斷裂的美學：包括個人的創意、能標示社會現象且涵蓋文化領域，或者流行時尚領域的前衛創新，以及傳統形式更徹底的解體（譬如文學裡的文類、音樂

5 *Ibid.*, p. 425.
6 Vadé, Yves, *Littérature et modernité*, 中譯本, pp.22-23
7 Compagnon, Antoine, *Les cinq paradoxes de la modernité*, pp.33-36.
8 Vadé, Yves (éd), *op cit.*, p.21.

裡的和聲規則、繪畫裡的透視法及形象的規律、學院派的作風，以及更廣泛的，是針對之前流行時尚、性愛，及社會行為舉止模式的權威性及合法性而發的）。[9]」

波德萊爾在其一八六一年出版的《惡之華》及〈旅行〉詩作最後一句憂鬱詩韻，他如此的感歎著：

在未知的深處尋找新事物！

（*Au fond de l'Inconnu pour trouver du nouveau!*）

儘管波德萊爾的「新事物」意味著絕望（這甚至是英文「憂鬱」（Spleen）的法文意思），它卻能擺脫明日的災禍及厄運。因此，人們對此提出議論，並有著許多不同的詮釋：如「戰爭的預言者」（班雅明 W. Benjamin，一九三九年語），或者「進步的倍增器」（蘭波 A. Rimbaud 語）[10]。波德萊爾尋覓新事物，遂朝向藝術的界線之外發展。正是在此，他找到了真正的力道及影響，就是對傳統的反抗——這對所有的創意者可說是珍貴無比的。如此，新事物便不是神話，亦非理想的形態。它有可能成為「舊的」事物，甚至讓自身成了「傳統」，或者「被納入」市場，甚至成了資本主義的「同謀者」。因此，就辯證而言，新事物從未是「新的」，當中還有著假的新事物（如流行時尚）。新事物和新玩意兒兩者可說各持己見，彼此互不相讓。

質言之，波德萊爾對現代性的界定大致局限在藝術領域。他尋覓新事物的方向依舊不夠明晰，甚至在邁向繆斯（Muse）的路途上亦陷入死胡同。不過，一八六三年對現代性的概念，以及他本人，皆成了當代的象徵。他像極了一五一六年摩爾（T. Moore）喊出「烏托邦」（Utopie）那樣，所有的藝術家皆將他視為啟迪者及革命先導。但是，也有人視波德萊爾的精神狀態為「反現代的」；至於那些「不受拘束的現代派」[11]，亦即，永遠在尋覓新事物的人，則是絕不願意與他苟同的。

現代性 vs 現代主義

「『現代、現代性、現代主義』這三個詞在法文、英文、德文裡，並不具有同等的

9 Baudrillard, Jean, *op. cit.*, p.425.
10 Compagnon, Antoine, *Les cinq paradoxes de la modernité*, p.17.
11 Compagnon, Antoine, *Les antimodernes: de Joseph de Maistre à Roland Barthes*, p.14.

意涵；三者皆未能反映出明確及清晰的理念，及某個最終的概念。波德萊爾的現代性本身兼具了自身的對立面，即對現代性的抗拒。[12]」此外，波德萊爾對現代性的界定截然不同於現代主義的意涵。況且，就意涵而言，英文的「現代主義」一詞與法文裡的「現代主義」之意也同樣不盡相同。

根據《羅貝爾詞典》（*Le Robert*）的定義，法文的「現代主義」意指「對現代及現實事物的趣味」，有時亦帶有貶意指：「對現代事物的過度趣味、不計代價地追求現代」。此意味著法文裡的「現代主義」有其自身的意涵，它傾向於一種「過度的現代性」，它是直接指涉到文學裡的形式主義。事實上，「現代主義」一詞不僅意味著一種意在擺脫的態度，同時也表達一種追求創新的意願（後者可能與英文裡的「現代主義」意思相近）。尤其，法文的「現代主義」也意味著參與現代事物，和意識到自身的介入立場。特別是在科學及科技的領域，它要求與現代事物維持某種積極的關係。這種關係不僅代表一種美學態度的選擇，同時也是價值觀的取捨，及攸關未來的選項。

現代性與現代主義的共同目標似乎就是尋找新事物，尤其是藝術創作上。藝術家一向宣稱他們無時無刻不在想讓自己成為「前衛派」。不過，根據瓦戴的說法，這種前衛是透過對現代主義的絕對立場才得以凸顯，而非僅僅是對現代主義表達一種無條件的態度而已。[13]總之，十九世紀末的法國文學裡存在著一種雙重極端的對立狀態。一方面是現代社會（包括政治、社會和科技）的活力，與經常持反對進步主場的文藝作品相對立；另一方面，這些作品的內容和創新形式（當中某些形式是朝生暮死的）相對立。因此，表面上某些文藝作品具有現代性的特徵，實際上卻只是一些斷裂的及負面形象的現代性。

若說文學裡的現代主義突出了斷裂，實則是因敘事和表達的危機所導致，如此便造成傳統敘事的崩解，因為現代作家是在怪誕的、非關道德的、個人化的主題中，尋找多語對話和多值的意涵，以及支離片斷的結構。他們在當中大量採用蒙太奇、戲仿、諷刺及隱喻的表現手法等，因而造成了時／空倒置、距離感消逝，以及不良的結構布局。

最初，「現代性」一詞緊密地與「創新、革新、現時、人道主義及自由主義」這些詞相關連。[14]在此概念下及文化現象氛圍下所產生的文學潮流，便接替了古典主義、浪

12 Compagnon, Antoine, *op.cit.*, p.15.

13 Vadé, Yves(éd), *op.cit.*, p.90.

14 Calinescu, Matei, *Five Faces of Modernity*, p.314, index.

漫主義及現實主義。新一派的文學理念（包括文體、形式、風格等）與先前稱之為傳統的文學潮流有著極徹底的斷裂。繼而，這股文學流派便與唯美派、意象派、意識流，甚至後現代有著緊密的關連，但他們之間還是彼此涇渭分明。總之，根據卡里內斯古（M. Calinescu）的說法，「現代主義」即現代性的一種美學，它涉及面向現代性的一種特殊且經常自相矛盾的態度，它既稱頌又反對現代性；同時，它與傳統保有一種特殊的態度，既摒棄又崇拜傳統。[15]

現代性：作為一種自覺

我們似乎可如此認定，現代主義的特徵在於將「我」（主體性）導入文學裡。這種在新事物裡尋找其個性，強調一種面對外在世界的內在化，一種反抗物質世界的精神面向，一種藝術家尋找其所屬意的烏托邦。因此，這種現代性首先展現在尋覓一種內在性及抽象的風格，以及能反映現代敏銳性的形式的協調一致。這一切便導致出現一種對傳統表現形式的反抗。其次，所有現代作品會強烈表達一種自覺感，不斷對存在意義的缺乏，以及對人類的絕望提出討論。最後，藝術家和詩人們便不停地透過他們的表現方式，尋找某種隸屬於某個表現技巧，以及表達想去重建永恆花園的渴望。

這種藝術性的自覺便廣泛受到討論，從資本主義發達頂峰時期到十九世紀後半葉第二次工業革命期間，尤其在波德萊爾之後。傅柯（M. Foucault）在其著名的論文〈何謂啟蒙？〉裡便揭露了此一意識：

> 我自問，人們是否可以將現代性看作為一種態度，而不是歷史的某個時期。我所說的態度是指對於現時性的一種關係模式：某些人自願所做出的選擇，即一種思考及感覺方式，一種行動及行為方式；它既標識著一種屬性，也表現為一種使命。應該有點像希臘人稱之為「氣質」（ethos）的東西。（……）人們經常以對時間的非延續性的意識，來表示現代性的特徵；這些意識包括與傳統的斷裂，對新鮮事物的偏好，對逝去事物的暈眩。這似乎正是波德萊爾用「過渡、稍縱即逝、偶發」來為現代性下定義時所要表達的意思。但是，對波德萊爾而言，成為現代的並非承認和接受這種恆常的運動，恰恰相反，是要對這種運動抱持某種態度。這種出於自願且艱難的態度在於重新把握

15 Calinescu, Matei, *op. cit*, p.314, index.

某種永恆的東西；它既不超越現實，也不在現實之後，而就在當下之中。現代性有別於流行時尚，後者只是追隨時光的流逝；它是一種可以使人把握當下的「英雄」事物的態度。現代性並不是一種對稍縱即逝的現時事物的敏感，而是使當下的事物「英雄化」。[16]

準此，獲頒諾貝爾文學獎（一九五七年十二月）時，卡繆對他一生的創作做了一個總結時提到，首先，他是以「小說」、「戲劇」及「意識形態」的方式來表達「否定」。他又說：「對我而言，這就是笛卡兒（D. Descarte）式的質疑方法論。我很清楚我們不能生活在否定之中。（……）我也規劃了三種形式的肯定：小說：《鼠疫》（或譯《瘟疫》、《黑死病》）、戲劇：《戒嚴》及《正義者》、意識形態：《反抗者》。[17]」

這種否定態度最早是以荒謬感呈現的，他是在評論沙特（J.-P. Sartre）一九三八年出版的《嘔吐》一劇時發現的：

我認為他剖析了他存在於人世間的事，他準時動手吃東西——他認為這乃是最基本的事，這便是他根本的荒謬感。（……）確認生命中的荒謬性並非目的，而僅是個開端。所有偉大的思考都是從這項事實出發。這個發現並非旨趣所在，而是從其結果和行動法則中獲致。完成這趟焦慮之旅，沙特先生似乎認可了一個期盼——投身書寫的創作者的期盼。[18]

事實上，早在一九三六年一月一日卡繆寫給其好友斐明韋勒（C. de Fréminville）的信上就提及一種疏離感：「在我們深愛的這個生命底部，有著荒謬感，盡是荒謬感。[19]」

在《薛西弗斯的神話》一書裡，卡繆提出並仔細分析了荒謬感的概念，他指出：「人面對著非理性。自身卻感受到幸福和理性的渴望。荒謬感產生於人類的召喚與世界

16 Foucault, Michel, "Qu'est-ce que les Lumières?," *Magazine littéraire*, no. 309, avril 1993, pp.61-73.
17 Grenier, Roger, "Commentaires, *L'Homme révolté*", *Essais*, 1997, p.1610.
18 *Alger Républicain*, le 20 octobre 1938; dans œuvres complètes, Tome I, 2007, pp.795-796.
19 Todd, Olivier, *Albert Camus. Une vie*, p.97.

不講情理的緘默的對立之中。[20]」繼而，他又強調：「荒謬，即不斷在拒斥。（……）以及自覺上的不滿。[21]」儘管如此，他還是清楚交代，荒謬感是他的「出發點」。[22]據此，我們便能窺知卡繆是從否定出發的策略。之後，他擷取其積極面向，加以敘述論理。因此，他才得以明確地說出：「荒謬之人願意接受。[23]」

根據孔德─斯朋維勒（A. Comte-Sponvulle）的分析，卡繆的荒謬感是十分確切實在（如感情），且清楚明白（如概念）。首先，荒謬感是一種陌生感，甚至是一種疏離感。而且它並未缺乏意義，它的表現是有其意義的（甚至正是因為它具有意義才構成荒謬），但這個意義是矛盾的。[24]結論是，無論我們透過期盼，或自殺，或贊同，都無法規避荒謬感。（……）其結果就是「生而無望」以及「死不瞑目」。[25]

正是在此一相同的解析過程中，卡繆找到了「反抗」的概念。何謂反抗？即那些「不願意接受的人」[26]接著，他又指出：「如果這個人拒絕，但又沒有徹底絕望；那麼從他的第一個行動起，他就是願意接受的人。[27]」總之，人對於荒謬感是有自覺的，因而才會起身反抗。問題不在於區分何時，或者在何種情況下，人應該接受或不接受。卡繆強調的是，人應該意識到他生而為人的處境，以及對自身的未來訴諸行動。在他看來，是藝術家，就得創作。為此，他強調創作的重要性：「創作，就是活上二回。[28]」

而且，「荒謬最精彩絕倫的樂趣，就是創作。[29]」

一九四二年，卡繆創作了《薛西弗斯的神話》，他不僅發現荒謬感的感受，也從中提領出針對人類必死的宿命的反抗態度，並賦予創作重要地位。一九五一年，他的思考更臻成熟，他給每位藝術家，也替他自己，訂下了這個任務。在該書〈反抗與藝術〉一章裡，他特別強調了「藝術的最偉大風格，就是表達最高層級的反抗。[30]」

20 *Le Mythe de Sisyphe, Oeuvres complètes*, Tome I, 2007, p.238.
21 *Ibid.*, p.240.
22 *Ibid.*, p.219.
23 *Ibid.*, p.304.
24 Comte-Sponville, André, "L'absurde dans Le Mythe de Sisyphe," dans Amiot, Anne-Marie et Mattéi, Jean-François et al., *Albert Camus et la philosophie*, p.161.
25 *Ibid.*, p. 163.
26 *L'Homme révolté, Oeuvres complètes*, Tome III, 2008, p. 71.
27 *Ibid.*
28 *Le Mythe de Sisyphe, Oeuvres complètes*, Tome I, 2007, pp.283-284.
29 *Ibid.*, p.173.
30 *Le Mythe de Sisyphe, Oeuvres complètes*, Tome I, 2007, p.294..

藝術家最神聖的責任似乎就是「匡正」（corriger）世界。「藝術家，尤其是小說家，能夠提供某個忠於自身的反抗模式，既能吸引人又真實有據，且亦能投身匡正世界之責。（……）卡繆從未停歇地自我探問：創作者在對抗壓迫時的角色和責任為何？也在深究『真正的創作』的意義為何？在這當中，他看到的是『一份會帶給未來的資產』。這是一種期盼的動作，這樣的動作不會否定其時代，而是設法超越它。[31]」

質言之，在發現荒謬感過程中，卡繆的一項新穎之處，在於他對人類生活中的荒謬感的真實意義的反思，以及對抗人類必死的宿命的策略；亦即透過反抗之路所達成的創作，這應就是最卓越的一種自覺。

現代性：作為一種道德

早在一九四三之前，沙特即已發現《異鄉人》的作者是一位講求道德的作家，他在評論這部小說時寫到：「這是一部具有《札第格》（*Zadig*）和《憨第德》（*Candide*）風格的道德式短篇小說，配上一種委婉的譏諷和一些嘲弄的畫像，本質上極為接近伏爾泰（Voltaire）所寫的短篇故事。[32]」

根據傳記作家托德（O. Todd）的說法，《薛西弗斯的神話》的道德成分顯得比哲學內涵還高。[33]托德還指出，它「比倫理還更強調道德；若說道德旨在樹立生活規範，倫理則在解析道德概念；但外在道德也可能反過來解析有關道德的判斷。譬如，它是針對神，或者某個先驗的理性而來的。[34]」質言之，卡繆是廿世紀法國文學家當中少有自認，也被認定，是一位道德作家。他本人也「接受」這樣的說法，至少沒有公開反對。反之，當人們將他列為「介入作家」（écrivain engagé）時，他可就斷然拒斥：「我寧可是個介入的人，而不是寫介入文學的人。在生命中有勇氣，在作品中有才華，這已經是相當不錯的事了。作家只有當他想要介入時才會介入。[35]」

一九五七年十二月十四日，受頒諾貝爾文學獎的公開演說中，卡繆針對他的「介入文學」提出另一個面向的解釋：「一旦缺席本身被視為一種選擇，不論它是懲罰的，或是稱許的，藝術家（不論他是否成為藝術家）就已經被『捲入』。在此，我覺得『捲

31 Lévi-Valensi, Jacqueline, "Introduction," *Oeuvres complètes*, Tome I, 2007, pp. lvi-lvii.
32 Sartre, Jean-Paul, "Explication de *L'Étranger*," dans *Situation I*, p.112.
33 Todd, Olivier, *Albert Camus. Une vie*, p.293.
34 *Ibid.*, p.293.
35 *Carnets II*, p.80.

入』（embarqué）比起『介入』（engagé）更為恰當些。事實上，對藝術家而言，這並不是一種出於自願的介入，而比較像是義務兵役。當今所有的藝術家都會被捲入到時代的苦海裡。[36]」

儘管「捲入」一詞也包含了「介入」之意，但後者表明一種針對社會或政治事件的主動意志，而前者則是一種由不得已的態度，他是被迫介入的。不過，兩者皆證實都被牽扯在內。卡繆在一段訪問稿（收錄在《時政評論II》，一九五三）：〈藝術家和他的時代〉裡就已經做了答覆，他說道：「作為一介藝術家，我們或許不必介入時代事物，但作為人，則有需要。[37]」準此，介入便成了「人的職責」所在，這也就是一種道德。

卡繆兩歲時就成了戰爭孤兒，從孩提時期便遭逢苦難、貧窮、不平及不公。青少年時期過著流放的生活。接著又碰上第二次世界大戰，以及被敵軍占領。之後，又因不提意識形態而與法國知識界爆發爭執。他如此戰鬥的一生引導他去深思生命的意涵，從而訴諸行動，加入法國共產黨，並成了黨工（沒多久他就主動退黨）。接著成為抗德組織活躍份子，並投身寫作。戰後，他成了法國家喻戶曉的名作家及大記者（請參見附錄：卡繆生平年表）。他認知並體會到其生命需要道德，他在其《札記》（一九四二年尾—一九四三年初）寫道：「我將以瘟疫的方式表達我們所承受到的那種壓抑，以及在生活中所受到威脅和流放的氛圍。我將擴大解釋化為普遍的生存概念。瘟疫將會給與之對抗的人帶來一份思考、緘默，及道德上的創痛的形象。[38]」

根據列維—瓦蘭希（J. Lévi-Valensi）的看法，作家是那個提出其理念，精選字句，掌握其表達方式，並透過譏諷及語言強度的人。至於為人們樂於稱之為「人權」（我們若接受這種說法的所有意涵，可能會因過度使用而損其力道）的理念而奮鬥，作為作家的卡繆是不會將之混淆的。道德、對生命意涵的反思、對歷史的質疑、反抗所有會損及生存的一切、對幸福的渴望，這些對於作為記者，或作為作家而言，必然皆是相同的。[39]

雅雷蒂（M. Jarrety）則強調：「許多當代作品，尤其是一些寫於二次大戰之際的一流精彩作品，都做了見證。當時作家的處境，得接受當下的歷史，及面對其所屬的群體，必然令人心慌意亂、偶爾也會動搖；經常也會鼓勵作家選擇流放，而這種流放是會

36 *Oeuvres complètes*, Tome IV, 2008, p.247.

37 *Essais*, 1997, p.802.

38 *Carnets II*, p.72.

39 Lévi-Valensi, Jacqueline, op.cit., 2006, p.xxix.

迫使人回到其自身的利害考量。套句格拉克（J. Gracq）的說法，『拒絕的情感』壓過『接受的情感』。[40]」

雅雷蒂繼而又強調，這種拒絕是透過一種道德感表現出來的，同時也產生了它的現代性；即在與世界關係中僅僅抱著一份期盼，這種懷舊的等待。而在卡繆這裡，則是一種共同的行動，期許它能出現某個更協調一致的行動，或者循著逆向的方式。這也是一種離析的態度，不過，它僅依附在一種能一再獲得清醒意識、更加理想的生活方式之上。這正是卡繆和其他作家所開展的對事實最樸實思考的根本，然而，也接受其原本的事實。[41]

事實上，另一種現代性則表現在許多重大的生活體驗上。因為卡繆拒絕那些不能投入生存實體理念的抽象遊戲，拒絕接受所有封閉式故步自封的意識形態體系。他也對無視生命具體層面的投機行為保持戒心，因為這種投機行為極可能損及到人。他對倫理的關注並不是透過理論的思辨，而是透過反思生存和生活的可能方式。即使這種反思尚未能清楚表達，但探求道德的努力是在求助宗教無門之後，才找到的一種「人的高度」的品德（這是他樂於採用的說詞），而這種品德便已活絡了他。此點也正是他在政治上及文化上積極介入的表現。[42]

實則，卡繆一向認為他的作品像是一種探問，一項尋覓；以不同的形式不斷地寫作及出版，將焦點放在探索人的權力和局限、人存在於世間的方式、人與他人及自身的關係，以及探究寫作的創作能量。這就是何以奠基於道德的作品，不會流於訓誡式的描述。因為它會激發反思，而非將思考困在某個最終的論據上。[43]

事實上，正是卡繆的反思及態度讓他成了最具代表性的人道主義者。但坦白說，他卻不想為此代言，或者成為他的時代的先知。他在接受《明日》（*Demain*）周刊訪問（一九五七年十月廿四日號），標題為〈我們時代的賭注〉說道：「我認為作家絕不能忽略他所處時代的悲劇，每回他都要在其所能和所知的情況下採取立場。不過，也得經常與我們的歷史留有或保持某些距離。[44]」總之，卡繆正是透過「反抗」激發了「創作」，而「介入」則成了如實如樣地呈現世界的方式。

40 Jarrety, Michel, *La morale dans l'écriture Camus Char Cioran*, p.7.

41 *Ibid.*, pp.8-9.

42 Lévi-Valensi, Jacqueline, *op. cit.*, 2006, p.xxiii.

43 Lévi-Valensi, Jacqueline, *op. cit.*, 2006, p.xi.

44 Cité dans Todd, Olivier., p.761, voir le texte dans *Oeuvres complètes*, Tome IV, 2008, pp.582-588.

現代性：作為一種美學

一九四二年在寫作《異鄉人》之際，卡繆在他的《札記》上寫道：「古典主義和現代主義之間的斷裂，表現在從負面的批判道德轉為一種正向的，因為後者界定了一種『生命的風格』。小說裡的主人翁便是個範例，當然也包括巴雷斯（M. Barrès）、蒙泰朗（H. de Montherland）、馬爾侯（A. Malraux）及紀德（A. Gide）的作品。[45]」一九五一年，在其《反抗者》一書中〈反抗與風格〉一章裡，他又再度強調了「現代性」的概念：

藝術的統一性來自藝術家對真實所施加的轉化。真實與轉化二者缺一不可。藝術家透過語言，或者從現實中汲取的元素重新予以配置，所進行的匡正便稱之為風格；它賦予重新創造出來的世界以統一和限度。[46]

接著，卡繆分析了其敘事的素材及手法，他說：「藝術家透過對現實的加工，確立了其拒絕的力量。然而，在他所創作的世界中所保留的現實，表明他至少贊同真實的一部分；而他正是從這個生成變化中的陰影，把它帶往創作的光明之中。在萬不得已的情況下，若只是全部予以拒絕，那麼現實就被摒棄了，而我們所得出的作品就純粹淪為形式。[47]」他總結指出：「在美學方面，這種絕對的否定或絕對的肯定，這種分析與歷史方面的分析是一致的。[48]」

由此，我們可窺知卡繆是十分清楚認知到他的創作主題；他在其《札記》留下相關的省思。這些札記都已出版，我們便可從中得知其對真實事物的反思，及如何構思成小說的痕跡。

一九四二年五月，《異鄉人》出版並大獲好評，卡繆的敘事形式引起相當的震驚及許多對其新式風格的評論。譬如：沙特、布朗修（M. Blanchot）、埃爾（H. Hell）、羅蘭・巴特（R. Barthes），甚至「新小說派」的成員，如霍伯格里耶（A. Robbe-Grillet）及薩蘿特（N. Sarraute）等等。

45 *Carnets II*, p.28.
46 *L'Homme révolté, Oeuvre complètes*, Tome III, 2008, p.292.
47 *Ibid.*, pp.291.
48 *Ibid.*, pp.291-292.

沙特預感到，在法國小說陷於昏沉低迷的世界之際，《異鄉人》的問世將會引發騷動；他隨即寫下並發表了廿頁的評論。在該文中他逐一檢視了這部作品的新穎之處。他也滿心贊同地「詮釋」了《薛西弗斯的神話》裡的箴言（該書於同年十月出版），包括：在自覺中導入荒謬與先前感知及生存模式的斷裂、文字之間要求緘默的矛盾、對卡夫卡（F. Kafka）及美國小說的虛假崇拜、使用隔板孤立所有意向性行為及所有意涵行為的詭計、採用名詞化語法結構來削弱論述的邏輯標準、文字採用停滯的時間性，以及讓每個句子淪為「一座孤島」那樣。[49]

沙特堅持《異鄉人》乃是「一部經典之作，一部理性之作，包含著荒謬，以及反對荒謬。[50]」一九四三年三月九日，卡繆寫信給他的啟蒙老師讓・格勒尼耶（J. Grenier），向其承認，沙特的「解析」闡明了他所做的[51]。

布朗修發現《異鄉人》敘事精簡，敘述單純。他視該書為「一種『事不關己』或者『中性』的敘述距離新典型。」又說：「這一本讓主題概念消逝的小說。所有展現的一切皆被主觀的形式所掌握：我們皆繞著事件、繞著主人翁打轉，像是我們只能從外部的視野觀看；像是如果真要看懂，就得經由旁觀者的視角看它。尤有甚者，要去想像，只能透過這種奇特的認知才能了然一切。[52]」

布朗修應是最早窺見卡繆是以第一人稱來敘述故事的。他評論該書指出：「通常第一人稱的敘述用於吐露隱情、內心獨白、內心不停歇的描述；卡繆則用它來規避所有精神狀態的分析、所有可能的夢想，尤其用以創造一種跨越不了的距離，即介於人類的現實，與由事件和事實所揭示的形式之間。[53]」

埃爾本人因與卡繆在「勞動劇團」共事過，故十分熟識他，他對其文學作品的巧妙手法和技巧的分析就顯得清晰易解。埃爾強調了卡繆這本小說裡人物的邏輯，與故事發展的意識形態面向，及傳統散文的嚴謹度。「一些年輕作家堅持採用某些陳舊的套式，以及一些已趨於無甚價值的方法，結果自然徒勞無功。多虧某個與古典主義迴然不同的手法，以及一些非關心理小說或精神分析小說的寫法，卡繆成功地寫出這部既嚴謹又純

49 Sartre, Jean-Paul, *op. cit.*, pp.92-112.

50 *Ibid.*

51 *Correspondance 1932-1960, Camus-Grenier*, p.88; cité dans A. Abbou, *"L'Étranger*, Notice*"*, p.1260.

52 Blanchot, Maurice, "Le roman de *L'Étranger*", dans *Faux pas*, pp.248-253.

53 *Ibid.* pp.248-253.

淨的小說，這是法國傳統裡最佳古典小說的敘述手法。[54]」

一九五四年，羅蘭・巴特則評定《異鄉人》為一部「陽光小說」。它強調「這部緊密短小的小說仿如世界珍品，像古代的《克利芙公主》（*La Princesse de Clèves*, 1678）及《阿代爾夫》（*Adelphe*, 1816），擁有一種完整的能量。」以及認定它是「戰後以來第一本古典小說」，因為它緊密地依附在「法國偉大的古典文學裡」。[55]繼而，羅蘭・巴特將他對卡繆書寫的評論和反思彙集成冊，出版了《寫作的零度》（*Le Degré zero de l'écriture*），書中他直截了當地將「中性」及「荒謬」的風格歸功於卡繆：

> 中性書寫是在現實主義之後一種較晚出現的現象，由像卡繆這類的作家發展出來的；它比較像在尋找一種可稱之為純淨的書寫，而非一種庇護美學的效應。[56]
>
> 新式的中性書寫處於這類的吶喊和評判之中，但卻不涉入其間。它正是由不存在而確立；這種不存在是徹徹底底的，沒有牽扯到任何庇護、任何祕密。我們可以說它是一種不可能的書寫，甚至是一種純淨的書寫。它是透過文學，委由一種基礎的語文，且也遠離活用語言及所謂的文學語言。由卡繆的《異鄉

人》所帶來的這種透明的話語，完成了一種不存在的風格，一種最理想的、沒有風格的風格。這種書寫簡化為一種否定的語式，其中語言的社會與神話性質就此消失，而有利於呈現一種形式上中性和無活力的狀態。思想則意識清醒地承擔起責任，無須包含在不隸屬於它的某個歷史形式的、無關緊要的承諾。[57]

究竟屬於古典派，抑或是現代派？這個標籤並不會讓卡繆引以為忤。在往後的時間裡，卡繆從未停歇地表明其對法國傳統偉大文學的喜好，像拉法葉夫人（Mme. de La Fayette）、康斯坦（B. Constant），尤其是斯湯達爾（Stendhal）。為此，卡斯泰（P.-J. Castex）還就此指出：「卡繆這種兼容並蓄作風的旨趣在於尋找前衛，也就是說，希望

54 Hell, Henri, *Fontaine*, No.23, juillet-septembre 1942, pp.353-355; cité dans Pingand, Bernard, *L'Étranger d'Albert Camus*, pp.161-166.

55 Barthes, Roland, "*L'Étranger*, roman solitaire" dans *Oeuvres complètes*, Tome I, 2007, pp. 478-481.

56 Barthes, Roland, *Le Degré Zéro de l'écriture*, p.212.

57 *Ibid*. Barthes, Roland, pp.217-218.

能在創作上開展新的途徑；而他作為藝術家的理想則是屬意古典主義的境界。[58]」

事實上，卡繆所尋找的就是如何找到能表達其理念及關切的主題，找到能夠表現他的探問的形式，找到他個人生活內外在的和諧，以及找到他敘事的手法。作為一名創作型的藝術家，能夠表達他的世界觀，以及他與世界的相互關連，這就是一種最佳的美學。為此，當不少評論者不斷質疑他借用美國作家，如海明威（E. Hemingway）或福克納（W. Faulkner）的寫作技巧，卡繆於一九四五年十一月回覆了《文學新聞》〈*Nouvelles littéraires*〉期刊的訪問：「在我看來，美國小說的技巧會導致死胡同。我在《異鄉人》裡採用了它，這是事實。因為它符合了我的意圖，為的是去描寫一名外表沒有自覺的人。如果普遍採用了這種手法，就會朝向一種自動機器化及直覺反應的世界。這將會是一種重大的耗損。因此，在給予美國小說應有的評價，我寧可用一百個海明威去換一個斯湯達爾，或一個康斯坦。鑑於這種文學對許多年輕作家的影響，我深以為憾。[59]」

十四年後，他最後一次接受媒體訪問（一九五九年十二月），卡繆依舊與美國小說劃清界線，此回是針對「新小說派」。該流派所主張的客觀主義的細節瑣事，皆可能成為故事發展裡的一種預兆，如在《異鄉人》或者《墮落》的某些情節。他說道：「人一旦死去，其對歷史的品味就沒了。但這並不妨礙持續去尋找新的敘事手法。您所提及的那些小說家，他們當然可以找到新的途徑。就我個人而言，我對所有的敘述技巧都感興趣，但就只是技巧本身而已。（……）現代藝術的錯誤之處在於經常將方法置於目標之前，將形式先於內涵，重技巧而輕主題。若藝術手法令我心儀，以及我試著將它化為我有，是因為我想自由自在地使用它，將它視為工具而已。[60]」

卡繆作品中的現代性

卡繆是一九五七年諾貝爾文學獎的得主，在這之前他已經是一名家喻戶曉的暢銷作家。比如，廿世紀結束前，《異鄉人》一書的發行量已超過六百萬冊，僅次於聖德修伯里（A. de Saint-Exupéry）的《小王子》。不過，《異鄉人》可是最被討論、被參引，以及在文學思潮上有著極大影響力的作品。直到現今，這部小說仍是法國人最愛閱讀的一

58 Castex, Pierre-Georges, *Albert Camus et L'Étranger*, p.101.

59 *Oeuvres complètes*, Tome II, 2007, pp.657-658.

60 *Oeuvres complètes*, Tome IV, 2008, p.653.

本文學作品。這些便足以證明其在我們時代的文學裡的當代性。這位身兼作家、哲學家、劇場人、知識份子、資深媒體人暨報社主筆，終其一生皆投入藝術創作。他的一生與其作品緊密結合。他一生的大部分時光都在創作小說、劇本及哲學論述，同時還身兼新聞記者。荒謬感及人類處境，是他最關切的兩個主題。他以「現代的」步調來敘述一切，亦即採用簡白的文字、影像，以及對大自然和日常生活的引述，這些皆讓人感到平易近人。他拒絕套用模式或體系，不希望人們視他為哲學家，而是希望作為一名見證者，或是透過書寫的「作家」。「我的一生宛如一部小說」（如拿破崙所言），不過，當卡繆談起他的痛苦、他的反思、他的理念，以及他對世事的承諾（即他的「介入」），他仿如小說般的一生已然超越了他的時代。他可說是徹徹底底的「當代」，也將會是「永恆」。

一九五七年十月十六日，瑞典皇家學院決定頒贈當年度的文學獎給他，由於「其重要作品，以一種精闢又嚴謹的方式，闡述了當今人類的自覺問題」。為此，卡繆自身應是一位有自覺之人；而他的作品的現代性也遙遙超越了美及美學的議題。正如我們可循如下圖示，對照其美學及世界觀（見下頁）。

經由自覺，卡繆發覺了真實世界的荒謬感，他透過創作表達了介入，並選擇反抗，期許自身能成為一名探求自由的幸福之人。他訴求一種能盡「人的職責」的道德感；也同樣經由創作，以達到理想王國。因此，他的自覺便成了人道主義，他的道德便是介入，而他的美學就是風格。

我們發現並剖析了卡繆作品的風格，應可簡述為一種「匡正式的創作」（la création corrigée）。他在《反抗者》一書〈小說與反抗〉一章裡提到了創作的原動力：

> 小說的世界只不過是按照人的願望對此一世界的匡正。因為小說描繪的是一個相同的世界；痛苦、謊言、愛情都是相同的。其中的人物有著我們的語言、弱點、力量。他們的世界不比我們的世界更美好、更受益。不過，至少他們與其命運拚搏到底。（……）因此，這些

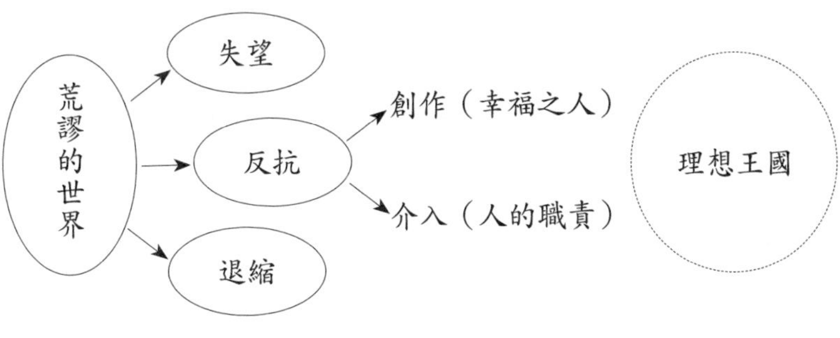

小說裡的人物可說完成了我們絕無可能走完的一生。[61]

卡繆繼續指出：「小說是根據需要而製造命運，就這樣與創作較勁，並暫時戰勝死亡。對最著名的小說做詳細的剖析便能發現；雖然每回的展望不盡相同，但小說的本質就在於永遠朝著同一方向做永恆的匡正，它是由藝術家根據自身的經驗來進行的。這種匡正並非道德的，或純粹形式的，它首要追求的是統一，並藉此表現為形而上的需要。[62]」而在〈反抗與風格〉一章裡，卡繆堅信：「這種匡正（……）稱之為風格。[63]」藝術家投入創作，其對話便產生了風格，卡繆便得出如下的結論：「藝術的最偉大風格，就是表達最高層級的反抗。[64]」它既非對現實俯首認同，亦非規避逃跑：倫理的至善與美學的美德便彼此溝通交融。[65]

我們似乎可以將卡繆的人道主義精神與介入的立場，化約為類似笛卡兒的那句名言：「我反抗，故我們存在。」[66]雅雷蒂認為：「卡繆這項緊緊扣住荒謬及反抗的洞悉力，正是對那些遠離現實，或者那些認定過時但依舊應該存在的一切持續質疑。因為這樣的洞悉也認定在維持人類團結處要有一種界定生活規範的意願。而它會不斷在某種集體道德的要求下，以及對個人來講，一種自我實現之間引發衝突——卡繆正是嘗試透過不同的方式提出這份焦慮。[67]」

這項反抗的目的在於導引出一份普世的價值，而非某種不易與人分享的個人立場。根據雅雷蒂的分析：「反抗只有透過團結來降低群體的分裂，否則不能構成一種道德；而反抗亦非善行，因為善行自身會導致絕對化，並朝向一個不可能形成的未來投射。反抗僅僅是一種相對的正義，當中的困難（卡繆並不能經常予以克服），在於這種正義不應該具體地存於世間。從荒謬到反抗的過程，也正是那種從摒棄所有形式上的道德觀的生活規範，過渡到群體行為規範的過程，但卻不會將這種道德觀強加於個人身上；而在這樣的群體裡，其生活規範是引為分享的——如果我們願意的話，這就是所謂的倫理。

61 *L'Homme révolté*, p.287.
62 *Ibid.*, p.288.
63 *Ibid.*, p.292.
64 *Ibid.*, p.294.
65 Rey, Pierre-Louis, *Camus: une morale de la beauté*, p.65.
66 *L'Homme révolté*, p. 79.
67 Jarrety, Michel, *op.cit.*, pp.12-13.

它是屬於全體的，它將是一種沒有明文規定的道德。[68]」

此正是卡繆長久以來一直在思索的概念「適度」（limite），也正是那位專責懲處人類放肆行徑的希臘女神涅墨西斯（Némésis）所代表的。儘管人們認定卡繆的精神與風格屬於「古典的」（新版的古典主義），而他本人也很謙遜地說過：「我不是現代的」[69]，然而，他的美學卻是當代的，它的敘事手法也是現代的。

68 *Ibid.*, pp.28-29.

69 *Carnet II*, p.240.

卡繆式的美學

小說的產生與反抗的精神同時發生；
在美學的領域上，它表現了相同的企圖心。

——卡繆，《反抗者》，一九五一

一九五〇年，卡繆即有了想寫一本有關美學議題的書的計畫，在當年二月的《札記》上寫道：「一本書：關於藝術的書——裡頭將梗要陳述我的美學。[1]」由於眾多雜務纏身，這項寫作計畫並未能問世。不過，在其哲學或相關的論述裡，或在其發表的文章、演說或談話當中，以及在其《札記》裡，皆可以找到一些他有關藝術的思考的元素。當中有好幾回，他提到了「美學」這個詞。實則，他有關美學的理念皆屬片斷式的

1 *Carnets II*, p.309.

表達，我們很難掌握這些理念如何引導至他的作品裡。然而，「從其最初的創作（於一九三八年集結出版的《婚禮》）到最後未完成的遺作《第一人》（始於一九五〇年，未完稿），卡繆有關藝術的反思逐漸深刻，偶爾也會拐彎抹角，卻沒有因此中斷過。[2]」

卡繆在一九三七年出版（寫於一九三五—一九三六年）的《反與正》，他這本短篇故事集的序言（一九五八年在法國再版時新添的）裡寫道：「每個藝術家在其心靈深處保留著一種獨一無二的泉源，在其有生之年滋養他所活過的及所說過的。[3]」不過，這種「獨一無二的泉源」顯得模糊，也不夠清晰，尤其不夠系統化。卡繆在二十五歲之年即已構思創作他的《異鄉人》、《薛西弗斯的神話》及《卡里古拉》（小說、論著及劇本）。在他看來，如此便完成了三種「荒謬」。一九四二年，在《薛西弗斯的神話》出版不久，他便說過將投入創作《鼠疫》，並將其列入「反抗」的系列，並於一九五一年出版《反抗者》，就此完成這個系列的創作。他在出版第二本論著不久，即動手準備撰寫《第一人》，並將它列入「愛」的系列裡。我們可以設想一下，在離他不幸車禍身亡的這九年間不斷加諸於他的苦惱：與巴黎知識界齟齬所滋生的厭倦、自身健康的惡化、對家庭生活的擔憂，以及獲頒諾貝爾文學獎的影響，在在皆阻礙其正常工作。復以，出生地阿爾及利亞殖民地獨立運動的悲劇態勢等，皆讓此系列遲遲無法誕生。其中《墮落》（一九五六年）代表著揶揄的隱蔽面。這「愛」的系列在《第一人》及《札記》的最後記述裡才充分發展出來。這三個系列並非突如其來的結果，因為卡繆自己並未因此措手不及。這三個系列都是他預先規劃好的：「荒謬」引發「反抗」，而「愛」必然靜待發展。

那麼，卡繆作品中的意義及影響勝過形式化美學價值的東西為何？我們可以從他的作品出版後，他參與的討論中看出端倪。譬如《異鄉人》一書，它較少引發有關文學形式的討論，更多是如何思考及如何看待世界的方式。為此，雷伊（P.-L. Rey）總結指出：「卡繆有關美學的關注，不僅僅是闡述政治與道德的爭議（他實則將其置入文本中），我們經常感受到他的這些關注更多是加以確認而已。[4]」換言之，卡繆有關美學的關注還是停留在「我為何寫」，而非「我如何寫」的層面。

2 Rey, Pierre-Louis, *Camus: une morale de la beauté*, *op. cit.*, p.11.

3 *L'Envers et l'Endroit*, *Oeuvres complètes*, Tome I, 2007, p.32.

4 Rey, Pierre-Louis, *Camus: une morale de la beauté*, *op. cit.*, pp.14-16.

我不屬於現代

卡繆十分激賞古希臘美學，他指責歐洲人在心和靈上將美驅逐了出去。他偏愛「南方思考」——即「南方正義」。他相當堅定地指出：「美就是完美的正義。[5]」在此，「正義」一詞應理解為「均衡」。正是經由它才能導向美。一九四八年，他在《札記》裡記下：「對古希臘人而言，美是個出發點；對歐洲人而言，美則是個目標，但很不易達成。」接著又寫道：「我不屬於現代。[6]」一九五九年十二月，他最後一次接受媒體訪問，他再度謙遜地回道：「我不確定是否屬於現代的。[7]」為此，我們應可認知到卡繆身上存有某些「古典主義」的成分。

根據雅雷蒂的說法，卡繆的美學十分看重感性。[8]它也是一種「拉緊的美學」而「它將倫理引導至反抗；透過付諸行動，卡繆所探求的是企想在紛亂的世界中重建另一個模式。而這是小說創作能給予他的——取代真實生活過的現實，邁向一個能展延及統一的現實——這依舊是對統一性的懷舊之情，但人們已遺棄了它。[9]」

此外，我們認為卡繆的美學也是一種「視覺的」。因為在一九三六年他曾寫下：「我們只透過影像來思考。如果想成為哲學家，那麼就去寫小說吧！[10]」列維—瓦蘭希認為這句格言顯然有些爭議，不過，「肯定的是，卡繆的小說創作得益於他的哲學態度。相較於正統的哲學思考，則顯得有些異端。實則，它指的是如何看待世界；就像波德萊爾那樣，用『新鮮感』來看待世界。的確，對卡繆而言，視覺是思考的首要活動，它同樣也是情緒的源頭。心和神皆先受到動作、態度、物件、風景線所誘發；之後，也真的只有在這之後，才會有對它的詮釋，如同眾多的符號並不能協助我們找到世界的意義，它是能夠協助我們如何立足世間，並與人相處。影像絕非意義與符號之間神蹟般的相遇，而是一種自覺的努力的結果，它會讓當下的感性轉化為意有所指的東西。[11]」

卡繆期待的似乎就是作家需要回應現實，寫些真正生活過的事物；如此才能保證作家的真正在場，同時也能給予讀者感性、美及道德。一九四五年，他自問「為何我是一

5 *Carnets III*, p.192.

6 *Carnets II*, p.240.

7 *Oeuvres complètes*, Tome IV, 2008, p.663.

8 Jarrety, Michel, *op. cit.*, p.52.

9 Jarrety, Michel, *op. cit.*, p.56.

10 *Carnets I*, p.23.

11 Lévi-Valensi, Jacqueline, 2006, *op. cit.*, p.304.

名藝術家，而非哲學家？因為我是透過文字思考的，而非透過理念來思考。[12]」這樣的反思強化了這樣的理念：作家應該寫自身生活過的事物！這不就正是「現實主義作家」的作為。

卡繆的美學就此陷入兩難，他在生前最後一次的媒體訪問中承認：

作為一名藝術家，我因資質及缺陷的局限而倍感痛苦，但絕未因美學的問題而起。對我而言，風格只是為達成某個獨特目標的手法，而我略知一二。[13]

值此，卡繆坦承，其透過作品所呈現的美學的重要性。但它只能做出呈現，並分別予以處理；從而讓作品展現風格。而他偏向在主題（內容）上著力，而非在形式上下工夫。

既冷酷又灼熱

一九五〇年，卡繆重讀康斯坦的作品《阿代爾夫》（一八一六），情緒激動地寫下：「同等既冷酷又灼熱的感受」[14]。這部簡潔、明晰、嚴謹的短篇故事的主人翁「對世間的興致缺缺，或許就是讓卡繆感到最貼近自己，與他聲氣相投，以及最符合他作為作家的品味的人。[15]」

一九五七年十二月十八日，諾貝爾文學獎公布卡繆獲選的第二天，《世界報》文學評論昂里奧（E. Henriot）寫了一篇報導，文中強調卡繆作品「風格精確且簡練」[16]根據列維—瓦蘭希的分析，「卡繆的小說乃奠基，或透過洞悉及激情，展現他戰勝自己的象徵，他的語言也克服了眾多阻礙及緊張情勢；而他逐步將自身的王國及其藝術表現手法，納為己有的努力方向，也成了一種典範。[17]」

事實上，自《異鄉人》問世以來，幾乎所有的文學評論者皆稱譽卡繆用字純淨，敘述簡潔，訴求介入或者道德。質言之，卡繆的用字遣詞，及其對事件轉化及換置的技

12 *Carnets II*, p.146.
13 *Oeuvres complètes*, Tome IV, 2008, p.662.
14 *Carnets II*, p.310.
15 Castex, Pierre-Georges, *op. cit.*, p.102.
16 *Oeuvres Complètes*, Tome IV, 2008, pp.267-268
17 Lévi-Valensi, Jacqueline, 2006, op. cit.,p.13.

巧，本身就構成其作品的一種現代美。

本章將剖析卡繆在探求美學的反思及歷程，包括三個概念：「極簡書寫、零度書寫、介入書寫」。這些應可視為揭開謎團的線索，也是形成卡繆自身那種「透明」的風格，這也是最受眾多評論稱頌及剖析的特色。（見下圖）

對某些評論者而言，「極簡敘述」乃屬古典主義派的美學，但它放進卡繆的作品裡卻顯得異常現代。它也越來越引起研究者的重視，它透過「言簡」（或「沉默」），而配合一種「闕如」（或「不在」）的操作，產生了一種「沒有風格的風格」（中性）的美學。之後，又搭配上對社會及政治事件的立場——這些是所有作家都不可能略過的，就出現了一種稱之為「透明的風格」。

極簡書寫

在創作《異鄉人》之前，也就是介於一九三七至一九三九

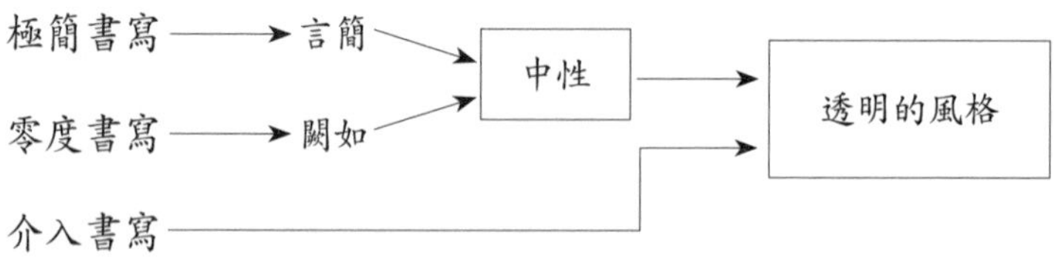

年間，卡繆曾潛心思考風格的問題，尤其關於表達及小說技巧問題。我們可以從其以筆記方式記下的《札記》裡找到蛛絲馬跡。一九三八年底，他在《札記》上寫道：

今天，媽死了。或許是昨天，我沒辦法確定。養老院拍來的電報說：「母歿。明日安葬。謹此。」電文上沒交代清楚。推想可能是昨天的事吧[18]。

這段筆記原原本本地寫進《異鄉人》的開頭。根據整理其手記出版的編輯基約（R. Quilliot）的說法，「此刻卡繆似乎已經找到了這本小說的風格。[19]」

極簡敘述

在同一年稍早，一九三八年八月，卡繆在《札記》裡寫道：「書寫，得經常有點偏

18 *Carnets I*, p.129.
19 *Ibid.*, p.129.

向表現這邊（寧可在更遠之處）。總之，絕不要叨叨絮絮。[20]」在《札記》更後頭處，他也寫道：

藝術家及藝術作品。真正的藝術作品是那種不叨叨絮絮的，確實有著某種藝術家的自身整體經驗，思考＋生命（這個生命體系有其意見——這個詞是體系化的簡稱）的關連，其作品也反映著這個經驗。當作品表達出全部的經驗，卻只用了一小部分的文學，這種關連是好的。當藝術作品是從其經驗中雕琢出的一部分，像鑽石的刻面，其內聚的光芒綿亙無盡。前一種情況就顯得超載又文謅謅。而後一種情況，經驗本身的言下之意充塞其間，便成了富饒之作，人們便可以感受到它的豐富多采。[21]

這一整段就直接安插放進《薛西弗斯的神話》一書〈哲學與小說〉一章裡：

我們同時可以看出一種美學規則。真正的藝術作品是合乎人的尺度的，基本上是那些「言簡」的作品。在藝術家的整體經驗和反映這種經驗的作品之間，在歌德早期作品《威廉・邁斯特》（*Wilhelm Meisters Lehrjahre*, 1776）和其成熟作品之間，有著某種關連。當作品是硬將全部經驗鉅細靡遺地放進花邊紙印製的文學裡，這種關連就不好了。反之，當作品只是從其經驗中擷取雕琢的一小塊，像鑽石的刻面，其內聚的光芒綿亙無盡，這種關連就是好的。[22]

根據雷伊的看法，這種厲行節約的理念，在表現手法上就屬於一種「新式古典主義」。他又說：「我們看得出卡繆的主要手法：少用文學敘述裡慣用的簡單過去式語法，多用複合過去式。在當今口語表達上，後者已取代了前者。同時保留某些語言的特定性，來突出角色的性格。總的來說，卡繆統合了其主人翁的語言表達（像是出現在男主角莫索的談話裡），且多虧做到協調一致，進而使之出現一種現代性的形式。（……）正如古典主義作品愛用的緩述法，『極簡敘述』（dire le moins）不僅僅是一種

20 *Ibid.*, p.118.

21 *Ibid.*, p.127.

22 *Le Mythe de Sisyphe,Oeuvres complètes*, Tome I, 2007, p.286.

美學的操作，亦是世界道德視野的一項徵兆。[23]」

一九四三年七月，卡繆發表一篇有關法國古典主義小說的反思〈智力與斷頭台〉（L’Intelligence et léchafaud），他再度提及一種表達主觀的重要概念，那是一種有節制且掌握得宜的主觀。他在某些法國小說的古典主義傳統中找到了完美的模式；它們是奠基於「意圖的統一性」，以及「尋找一種能夠收納乖張命運易解的語言」，而它們會引導藝術「不是說出討他們歡心的事，而是表達出該說的。」如此便是充滿激情的作品，一種樸實的激情：「最旺盛的火焰是在精確的語言中奔馳。[24]」

另外，根據潘戈（B. Pingaud）的分析，儘管卡繆公開承認他在《異鄉人》裡採用了「美國人的技巧」：「因為它符合我的意圖，來描寫一個外表上沒有自覺的人。[25]」這個手法的祕密，其靈感極有可能來自美國偵探小說家凱恩（J. Cain）發表於一九三四年的作品《郵差總是敲兩次門》（*The Postman Always Rings Twice*）。卡繆是在一九三九年讀了此書。正是發現了這個寫作的「竅門」，他隨即動手寫下《異鄉人》。而在這之前他已經醞釀構思了整整兩年。[26]

又，根據列維—瓦蘭希的看法，從一九二五年起，電影的影響是相當確鑿的。相較於先於卡繆的世代，電影對卡繆的影響是再清楚不過的。美國小說的技巧也很明顯地受惠於電影技巧的影響。[27]簡言之，根據她的分析，卡繆可說刻意採用「簡言」來突出男主角莫索的極簡式敘述。不過，格勒尼耶（R. Grenier）倒提醒：「在《異鄉人》書中，這種美國小說的技巧並不是用來加快小說的步調，它只是用來描述一個沒有自覺的人。[28]」

如沙特在〈詮釋《異鄉人》〉一文提及的：「《異鄉人》裡的每一句話就像一座孤島。[29]」或者，如布朗修說的：「在人類真實面與因事故及事件所引出的形式之間，存在著一種跨越不了的距離。[30]」「極簡敘述」的技巧的的確確就是古典主義美學所關注的，但它卻相當具有現代感；它不僅能強化風格，也同時賦予作品飽滿的意義。質言

23 Rey, Pierre-Louis, *Camus: une morale de la beauté*, pp.39-40.

24 *Oeuvres complètes*, Tome I, 2006, p. 895; aussi la critique de J. Lévi-Valensi, 2007, p.501 et note.

25 *Oeuvres complètes*, Tome II, 2007, pp.657-658.

26 Pingaud, Bernard, *L'Étranger d'Albert Camus*, pp.62-63.

27 Lévi-Valensi, 2006, *op. cit.*, p.521 et note.

28 Grenier, Roger, *Albert Camus, Soleil et ombre*, 1987, p.111.

29 Sartre, Jean-Paul, "Explication de *L'Étranger*", dans *Situation I*, p. 109.

30 Blanchot, Maurice, "Le roman de *L'Étranger*", dans *Faux pas*, pp.248-253.

之，為了讓這項寫作計畫得以實現，卡繆採用了這種混合古典主義和美國新現代主義（或添加所謂的新聞文體）的寫作原則，來完成此一類型的書寫。當中，尤其突出的是文字的精練：刪除過多的連接詞，尋求詞項的精準意涵，以及持續不斷的努力，讓作品的文字呈現統一性。[31]

根據阿布（A. Abbou）的分析，卡繆是為了生動描繪一個把一生交付給荒謬的人，才試著採行這種新式的書寫：「句法獨特：該用於結合，卻予以拆解。並列和枚舉的用法接二連三出現。將並列連接詞中性化（透過使用 et／和）。主詞＋動詞＋述語或補語的順序不予以變化。多用陳述補語從句。《異鄉人》的句子便就停滯不前。詞彙呈同一個調性，陳述的動詞單調無力。只用上一些『基本的』詞彙。[32]」

舉個描述該書主人翁莫索（Meursault）的例子：蹲了六個月苦牢後，想起的是在替亡母送殯途中，護理長難於忍受酷陽的那句話：「沒有出口！」[33]他說出這句話，然後下了一句結論說：「沒有人能夠想像牢裡的夜晚是什麼模樣。」或者，在送殯途中，養老院院長提到他母親的「未婚夫」貝雷茲，他經常陪她到此郊野散步。莫索自忖他完全可以理解母親的感受：「在這個地方，傍晚時分，應該是一個既靜謐又令人傷感的時刻。[34]」以及在被處決的前夕，他又記起了這種「最終接受」的感受。

總之，一九九二年，潘戈出版的那本評點卡繆《異鄉人》的論集裡提到，這部否定的小說，其不可能的沉默令當代作家著迷不已。五十年前，已有人準備投身創作，它的書名叫做《異鄉人》。[35]

沉默與緘默

沉默是「極簡敘述」的書寫形式，卡繆採用了它，並成了他獨特的風格。在美學、心理學，甚至精神分析學的領域上，對此都有許多相關的研究。一九四〇年三月，在《異鄉人》出版之前，卡繆在其《札記》上寫道：「工作，簡言，以便讓沉默和創作更臻理想。[36]」一九四五年，他又寫道：「我的意圖是在靜止上滾動。我最深沉、最確定

31 Quillot, Roger, "Introduction critique", *La Mer et les Prisons : essai sur Albert Camus*, p.xxiv.
32 Abbou, André, *"L'Étranger*: notices, notes et variants" dans *Essais*, 1965, p.1246.
33 *L'Étranger, Oeuvres complètes*, Tome I, 2007, p.150 et p.188.
34 *Ibid.*, p.149 et p.213.
35 Pingaud, Bernand, *op. cit.*, p.136.
36 *Carnets I*, p.202.

的劣習就是沉默及日常的動作。[37]」日籍學者美濃寬（Hiroshi Mino）專研卡繆作品中的「沉默」，他指出：「傾向沉默的確帶來靜止，在靜止中，什麼也沒能發生。然而，正是在沉默之中所有的創作才得以完成。[38]」

根據沙特在其〈詮釋《異鄉人》〉一文裡的解釋，這本書的作者有一種「對沉默的縈念」，並且透過一種新式的手法實現了他的理想，以及其「極簡敘述」的需要。沙特還引述了德國哲學家海德格（M. Heidegger）的話：「沉默是話語最真實可靠的模式，只有保持沉默的人才能說話。」沙特又明確指出，卡繆先生寫出《異鄉人》後便可相信自己做到了沉默：他的用字遣詞不屬於話語的世界，既不分枝展葉，也不拉高延長，更缺少內在結構。最後，沙特還下結論指出，卡繆做了必要且理想的選擇，並創造了他的荒謬世界，以及「《異鄉人》乃是一部古典作品，一本中規中矩的小說，包含著荒謬，以及反對荒謬。[39]」

卡繆「原初」的沉默最早應是他母親的沉默。她幾乎是個聾子，且接近瘖啞。其次就是大自然的沉默。這兩種沉默影響其一生，並在他的作品中皆留有痕跡。一九三七年出版的散文集《反與正》裡的〈若有若無〉一文裡，他描繪了他的母親：

在她四周，夜色漸濃，那份緘默顯得既難堪又淒苦。孩子這時若從外頭回到家，便會瞧見她那瘦骨嶙峋的身影，因而愣住止步不前。他滿心害怕，心底感受良多。他幾乎沒能察覺到自身的存在。但在這種動物式的沉默面前，他真的欲哭無淚。他憐惜母親，這算得上是愛嗎？[40]

在此，這種沉默的感受是對母親的愛憐。第二種情況是描述大自然裡的沉默。一九三九年出版的散文集《夏日》（*L'été*）裡的〈謎〉（L'énigme，一九五三年出英文版，更名為〈作家在尋找些什麼？〉）：

火球般的太陽，炎炎的熱浪從天際傾倒而下，在我們周圍的原野肆虐著。在這股熱浪中，萬物皆靜謐無息。遠方的呂貝宏山脈（Lubéron，在法國南

37 *Carnet II*, p.154.
38 Mino Hiroshi, *Le Silence dans l'œuvre de Camus*, p.151.
39 Sartre, Jean-Paul, "Explication de *L'Étranger*", *op. cit.* pp.92-118.
40 *L'Envers et l'endroit, Oeuvres complètes*, Tome I, 2007, p.49.

> 方，瀕臨地中海），乃是一大片沉默的岩石塊。我不斷傾聽著。我豎起耳朵仔細聆聽。遠處有人向我跑來，那是幾位看不清面孔的朋友在呼喚我。我愈來愈感到快活，幾年前也曾經有過這種快活。此回重現，一種幸福的謎協助我明白了這一切。[41]

這種描述旨在榮耀在他四周的大自然的美，或者，是在沉默與愛之間尋求一種和諧。[42]此外，另一種情況就是緘默，拒絕說話。若沉默是象徵意義下做出意見的序曲，那麼緘默就是拒絕發表意見。若沉默是打開通道，那麼緘默就是予以攔阻。若沉默本身蘊含一種樂觀態度，那麼緘默便恰恰相反——它是以其沉默不語來指控外在世界，像對神、對受虐者，保持緘默那樣。這就是《異鄉人》主人翁莫索的例子。

莫索對沉默的鍾愛，可以說與尋求對大自然的愛同出一轍。人類因掌握了邏各斯（logos／理念），所以脫離了大地，也脫離了其他動物。由於語言乃人類特有的一種現象，莫索企圖想回歸到大地。那麼乾脆就捨棄語言，或者將之降至最低程度。[43]

我們似乎可以推論卡繆之所以選擇沉默，乃是因為他想對命運說不。就像他想保留他的緘默權那樣：「有些事情很不喜歡說出口。」或者「沒有人能夠想像牢裡的夜晚是什麼模樣。[44]」布朗修注意到：「似乎命運越向他關緊，他（莫索）的節制和緘默就越明顯。[45]」

此外，在緘默之外，尚有禁忌及「說不出口的」，作者會避免提及，或者設法不去談論它，就像《異鄉人》書中阿拉伯人的處境，或者他的戀母情結。[46]卡繆在《薛西弗斯的神話》一書裡甚至寫道：「如果世界是明白透澈的，藝術可就不是。[47]」潘戈下了結語指出：「在《異鄉人》這部小說裡，不存在有歷史。[48]」

41 *Été, Oeuvres complètes,* Tome III, 2008, p.602.
42 "Noces à Tipasa", dans *Noces, Oeuvres complètes,* Tome I, 2007, p.110.
43 Nguyen-Van-Huy, Pierre, *La Métaphysique du bonheur chez Albert Camus,* p.166.
44 *L'Étranger, Oeuvres complètes,* Tome I, 2007, p.182 et p.188.
45 Blanchot, Maurice, "Le roman de L'Étranger," dans *Faux pas,* op. cit., p.252.
46 Pingaud, Bernand, *op. cit.,* pp. 114-128.
47 *Le Mythe de Sisyphe, Oeuvres complètes,* Tome III, 2008, p. 133.
48 Pingaud, Bernand, *op. cit.,* p. 23.

空間書寫

人們很早就已在討論有關空間／時間的概念。不過，一般而論，研究者皆強調時間的重要性。如此也就突出了古典主義派，甚至現實主義派的書寫特徵。一九三九年卡繆發表了一篇評論葡萄牙籍作家卡斯特羅（F. de Castro）的作品《原始森林》（*Forêt vierge*），一本有關在亞馬遜河域冒險的故事。他寫道：

> 此地的距離不是用公里數計算，而是用日子來計算。空間本身轉為模糊，且不隸屬於人的時間，它是透過等候，或者讓人塞滿期盼的方式來衡量。個人的生命在此找到它的真諦——就是絕不想占有。[49]

過後不久，我們在哲學家巴什拉（G. Bachelard）那兒找到了回應。他於一九五七年出版了《空間詩學》（*La Poétigue de léspace*），書中他強調空間是可以作為引發想像力馳騁的中介。他提到一種「深廣意識」，它是產生「迴盪」（retentissement）的關鍵因素。這個迴盪會在主題與空間及其新關係中產生一種新的關連。他總結指出：共鳴會四散到世間我們生命眾多的不同層面裡；迴盪則會喚醒我們存在的一種思想深化。在共鳴中，我們聽到了詩歌；在迴盪中，我們說得滔滔不絕——它是真正屬於我們自己的，迴盪促成了生命的轉向。看來，詩人的存在，即是我們的存在。[50]

十年後，傅柯於一九六七年發表一場演講，特別引述巴什拉這項現象哲學的概念，其講題為〈另類空間〉（**Des espaces autres**，於一九八四年才付梓出版）：

> 巴什拉那部鉅著《空間詩學》及透過現象學的描述方式，提醒吾人，我們並非生活在某個同質且空洞的空間。反之，而是生活在一個有各式各樣品質的空間。它也可能是一個奇異的幻想空間；像是我們本能知覺的空間、我們夢想的空間，以及像是我們與生俱有的激情的空間。它是一個輕盈、飄逸、透明的空間，或是隱晦、生硬、雜沓的空間。它是高高在上、頂峰的空間。或相反的，它是在低端底部、泥濁的空間。它可能是如湧水般流動不居的空間，或如

49 *Forêt Vierge, dans Oeuvres complètes*, Tome I, 2007, p.828.

50 Bachelard, Gaston, *La poétique de l'espace*, p.6.

岩石、水晶般固定凝結的空間。[51]

傅柯還因此創了一個新詞「異托邦」（hétérotopie），用來指稱那些具有延伸意義的空間，舉如：神聖的空間、監獄、養老院、墓園、劇場、電影院、市集、節慶、度假村、汽車旅館，甚至同好會，以及船隻等[52]。

傅柯的這項「發現」凸顯了空間在書寫中的重要地位。接著，社會學者兼哲學家勒斐弗爾（H. Lefebvre）在一九七四年出版了《空間的生產》（*La production de léspace*）一書，並提出「社會空間」的概念。他寫道：「在現實生活中，社會空間『納入』了眾多社會行為，包括群體及個人的行為；它們生生死死，時而停滯，時而活躍。（……）為了取得知識，以及走在知識跟前，社會空間的運作（搭配其概念）的方式，就如同社會的分析師那樣。[53]換言之，空間並非只是要讓具體的事物被感知而已，而是要讓它產生意識。

許多例子顯示卡繆作品中對地點描繪的關注；既包括它的實體，也在表達一種格外的意識。譬如，提到阿爾及利亞奧蘭市（Oran，位於該國西北部，瀕臨地中海，第二大城，卡繆青年時期居住於此）的居民批評自己的城市。他在一九三九年寫道：「我經常聽到奧蘭市的人說討厭這座城市。『幾乎沒有什麼有趣的地方！』當然囉！是你不想要啊！有許多宏偉之處尚未能發掘出來。它的狀況算是貧乏。但它讓人存活其間！擺脫一下你的小圈圈吧，走到街上吧！（……）奧蘭市不是為了奧蘭人而建的。[54]」

另一個例子則是如何描繪巴黎。卡繆於一九三七年八月首度北上巴黎。他寫下其第一個印象：

> 親切感和巴黎的激動。許多貓隻、孩童，人很多。盡是灰色，天空，砌磚，水很炫目。[55]

一九四〇年三月，第二次造訪巴黎，那是被迫流放至此。在皮亞（P. Pia）的推薦

51 Foucault, Michel, "Des espaces autres", dans *Dits et écrits*, Tome II, p.1573.
52 *Ibid.*, pp.1575-1580.
53 Lefebvre, Henri, *La production de l'espace*, p.43.
54 *Carnets I* , pp.189-190.
55 *Ibid.*, p.60.

下，擔任《巴黎晚報》編輯部祕書。他寫道：

巴黎：天空是灰色的，樹是黑的，鴿子是天空色的。草坪上豎立有雕像，既優雅又憂傷……[56]

之後，他將這些印象轉接到《異鄉人》書裡。當瑪麗問莫索巴黎是什麼模樣？他很簡短地回說：

很髒。很多鴿子，天井黑漆漆的。當地人皮膚是白色的。[57]

當然，對巴黎的描繪旨在表明敘述者的排斥和貶低的心境，表明他並不想在此居住，而「當地人皮膚是白色的」這個細節，則在說明其與北非文化截然不同的面貌。此外，為了表達他的絕望，及從牢中觀看天空的感受，他寫道：「天色變綠了，黃昏到了。[58]」另外，有關監獄這個空間，卡繆投入不少筆墨來描繪：

就這樣，到了睡覺時刻，回憶、閱讀我收集到的社會新聞事件，以及或暗或明交錯的燈光，時間就這樣過了。我清楚地覺察到在牢裡最終會喪失對時間的概念。但這對我無多大意義。我一直弄不懂日子會變得既漫長又短暫。或許活得很漫長，但如此拉扯，以至於最後彼此之間都無法容忍。在這種情況下，日子也就失去了它的名稱。昨天或明天這兩個字，對我而言，是唯一有其意義的。[59]

再者，針對告解，神父問他是否有在牢裡的牆壁上，看到耶穌那張神聖的面孔。他回道：

有好幾個月，我盯著牆壁看。牆上什麼也沒有，沒能看見這世間我熟識的

56 *Ibid.*, p.208.
57 *L'Étranger, Oeuvres complètes*, Tome I, 2007, p.165.
58 *Ibid.*, p.206.
59 *Ibid.*, p.187.

> 任何人。或許，長久以來，我想在那兒尋找某個面孔。它是如陽光般的面孔及渴望的火燄——那就是瑪麗的面孔。但我還是沒能看到。現在，一切都完了。
> 總之，從這滲出汗水的牆壁上我什麼也沒看見。[60]

卡繆是劇場中人，十分熟稔舞台布局。他必然會將這項專業知識應用到小說的敘述裡。譬如，我們很輕易地就能感受到《異鄉人》裡的法院，十足就是一個劇場的場景。此外，透過精確的文字及動作，他開創了一種描述的「語言張力」。根據雷伊的分析：「作品裡的地點，不管如何，經常都是象徵性的。譬如，《誤會》一劇的女主角被困居的客棧；或者《鼠疫》爆發的地點奧蘭市，在該書開頭那種深具意涵的描述，比起現實主義派的寫法更入木三分。這座城市最後成了黑死病患的監獄。人們更常提起阿姆斯特丹，它是《墮落》故事的場景。那兒呈同心圓狀的運河，讓人想起但丁（A. Dante）《神曲》裡的「地獄」。而男主角克拉芒斯則一派專家模樣，闡述著文學與宗教最細微的內涵。《第一人》成了卡繆個人的告解。他描繪了其孩提時期的場景，並非在滿足個人的自我意識，而是要針對形成『窮人區』的空間，賦予一個象徵價值。」[61]

質言之，無論透過簡潔的敘述，或者場所的選定，或者象徵的具體化，或者想像力的馳騁，卡繆的書寫似乎想溢出更多「華麗敘述」（dire le plus），同時也開創了自己的風格，自身的美學。

白色書寫

「白色書寫」的概念吻合「極簡敘述」，也是《異鄉人》裡樂於採用的理念。這個概念是由羅蘭・巴特所「發現」並予以理論化。一九四四年七月，羅蘭・巴特閱畢《異鄉人》在一份學生刊物《存在》（*Existence*）發表了一篇推崇的評論文〈關於《異鄉人》風格的思考〉。一九七一年，他接受電視台「世紀檔案」訪問時表示，「白色書寫」的概念是突然湧上心頭的想法，因為他很想弄清楚卡繆這種新式書寫的內涵為何？在發表那篇評論文之後，他於一九五三年出版了他的文學評論集《寫作的零度》。在書中，他強調《異鄉人》是一部「沒有風格，但卻寫得極好」的小說。他特別指出，這本書的確就是一本沒有風格的現代作品。他說道：

60 *Ibid.*, pp.210-211.

61 Rey, Pierre-Louis, *Camus: une morale de la beauté*, op. cit., pp.77-78.

或許透過《異鄉人》——暫且不去誇大這部作品的重要性，它突出了一種新風格，一種緘默風格及風格闕如；作品中作家的聲音——同樣遠離唉聲嘆氣、褻瀆辱罵、歌頌讚美，也是一種空白的聲音，它是唯一與我們身上那種無可痊癒的悲痛協調一致的東西。62

透明的風格

根據羅蘭・巴特的分析，「荒謬的風格」或者「白色書寫」，也意味著「寫作零度」的概念，以及在古典修辭裡「中性」的概念。他替「寫作零度」下了如下的界定：

零度的寫作根本上是一種直述式寫作，或者說，非語式的寫作。可以正確地說，這就是一種新聞式的寫作，正是因為新聞式的寫作一般來說並未發展出祈使式或命令式的形式（即傷感的形式）。這種中性的新式寫作則發生於各種叫喊和判斷之中，而毫不介入；中性寫作之所以出現，正是由於這兩者的「不在」（absence）所構成。但是這種「不在」是徹徹底底的，它不包含任何隱藏處或任何隱密。我們不能因此說，這是一種不動感情的寫作，它毋寧是一種純潔的寫作。是寄託於一種基礎的語言，以期超越「文學」；這種語言同樣遠離日常的語言，或者文學的語言。這種透明的話語首先由卡繆在其《異鄉人》一書運用，它完成一種「不在」的風格，這幾乎是一種理想的風格的「不在」。於是寫作被歸結為一種否定的形式，在其中，語言的社會性或神話性被消除了，而代之以一種中性的和惰性的形式狀態。因此思想仍保持著它的全部職責，而不在一種不屬於它的歷史中去承擔一種附帶形式的約束。[63]

實則，卡繆這種「透明話語」賦予了《異鄉人》的風格，在沙特的那篇評論文裡已有過相同的回應。沙特提及的是一種「純淨的透明」。他還特別引用卡繆在《薛西弗斯的神話》裡的例子。一個人在玻璃隔板後方講電話，別人聽不見他在說些什麼，但可看

62 Barthes, Roland, "Reflexion sur le style de « L'Étranger »", *Oeuvres complètes*, Tome I, p. 79.
63 Barthes, Roland, *Oeuvres complètes*, Tome I, pp. 217-218.

到他的手勢，卻不明其意。人們會問：那他活著有什麼意義？[64]沙特分析了卡繆的手法，就是小說中，在說話的人物與前來理解的讀者之間，安插一片透明玻璃隔板。他自問：這些在玻璃隔板後方的人實在愚蠢透頂了。這些玻璃隔板讓人看透一切，卻只擋下一件事，就是他們的動作的意義。人們能做的就只能選擇玻璃隔板而已，這就是《異鄉人》的意識。這的確就是一種透明，這種透明讓我們看到一切。只是，我們僅僅是將它建構成對事物的透明，但對意義的不解。（……）這些人物在玻璃隔板後方舞蹈，在他們與讀者之間，我們就安排了一種意識；它幾乎空無一切，一種純淨的透明，一種只能記下所有事物的純淨的被動性。正是如此，這個戲碼才得以運作：正是由於這種透明是被動的，意識只能記下事件，而讀者卻渾然不知這種安插。[65]

不過，沙特也指出，卡繆與所有藝術家一樣都說了謊。他自以為重現了毫無遮掩的經驗，卻處心積慮地將所有意義的關連濾掉，而這些關連亦屬於意義本身。[66]沙特也在該評論文承認，這種「徹底的透明」[67]乃是《異鄉人》主人翁的基本性格。他特別提出：「由於最荒謬的生活應該就是最貧乏無趣的。藝術本就是一種無用的慷慨。我們也無須太過驚訝，在卡繆這些不合情理的安排中，本人在該書裡還發現幾處康德（E. Kant）有關美的『無止境目的性』的說詞。[68]」至於有關《異鄉人》敘述的表現手法，沙特認為他並沒有找到卡夫卡的痕跡，因為「卡繆先生的視角是世間的，卡夫卡是一位荒誕、超驗的小說家。[69]」

然而，潘戈卻堅信《異鄉人》並不是一部古典小說，因為它的作者拒絕做解釋，尤其是他的敘事手法本身就不是分析式的。他指出，「這是一本沒有相關因素的故事，一直要到書末最後一頁，作者才突然出場，並揭示底牌：『是我在說故事的。』為此，這種邊走邊找的見證本身就是一種寓意。而直到小說的末了，《異鄉人》可說擺出一副反敘事的架式。[70]」

潘戈繼而指出，如果說採用了美國小說的技巧的目的，旨在刻劃莫索這位「外表沒

64 *Le Mythe de Sisyphe, Oeuvres complètes*, Tome I, 2007, p.229.
65 Sartre, Jean-Paul, "Explication de L'Étranger", dans *Situation I*, p.107.
66 *Ibid.*, pp.108.
67 *Ibid.*, p.99.
68 *Ibid.*, pp.98-99.
69 *Ibid.*, p.104.
70 Pingaud, *op. cit.*, p.131.

有自覺」的男主角，那麼，這種技巧卻讓《異鄉人》成了一部「外表沒有敘述」的敘事。「為此，甚至在作者自身都渾然不自知的情況下，這部小說已列入另一個傳統，就是從福樓拜（G. Flaubert）以降，那種試圖抹去敘述，將敘事的旨趣移轉到文本上。即不放眼在敘事所指向的，而是在它的篇章文本。讓作品舉足輕重，卻十足曖昧不清；亦即，在指示性的敘事底下，呈現出一種無特殊風格的書寫。[71]」

薩蘿特的研究則偏向人物的心理分析，討論男主角莫索的個性是如何面對我們生活其間的社會。她發現《異鄉人》書中的男主角就是一個「愛賭氣的孩子」[72]。他有一種「毅然決然又高傲的立場，以及絕望透頂但又意識清楚的拒斥[73]」。他不理會社會的一切，並沉默以對。然而，「這麼一個陌生他者，有著充沛敏銳的特徵，以及如大畫家手中色彩繽紛的調色盤」，這個透明的人，如此單純又意識清楚，竟成了社會裡的陌生人。這個人如此既熟悉又親近，正如克莉斯蒂娃（J. Kristerva）所言：「吾人皆自身的陌生他者」；陌生感就存在於我的內心。因之故，吾人皆是陌生他者[74]。

根據吉拉爾（R. Girard）的分析，「《異鄉人》的作者拒絕去擔任一個為眾人服務的說故事者。他的『白色書寫』產生一種單調暗灰色的效果，若少了沉默，就會成為一種權宜之計。因為沉默是最匹配唯我主義者的唯一態度，但又是唯一最無法採用的態度。[75]」事實上，透過這種新式的敘事手法，主人翁莫索的態度「像極了那些愛賭氣的孩子，在闖下應受懲罰的行為後，不想承擔這個責任，又想抬頭挺胸地出現在家人面前，唯一能做出的態度。[76]」準此，《異鄉人》的敘事模式，在有關小說的美學、它與世界的關連上，以及它與讀者的關連上，開創了一個新的反思。小說的形式就此超越了內容，內容就此也更加明確，多虧有了稱之為「現代」的嶄新形式。

中性書寫

長久以來，羅蘭・巴特一直在「白色書寫」、「零度書寫」，或者「中性」三個用語之間猶豫不決。不過，他似乎比較屬意「中性」這個用法。在他一九八〇年車禍身亡

71 Pingaud, *op. cit.*, p.132.
72 Sarraute, Nathalie, *L'Ére du soupçon*, p.29.
73 *Ibid*, p.28
74 Kristeva, Julia, Étranger à nous-mêmes, pp.283-284.
75 Girard, René, "Pour un nouveau procès de *L'Étranger*", *Albert Camus*, No.1, pp.13-52
76 Pingaud, Bernard, *op.cit.*, p.109

的前三年間，他在法蘭西研究院（Collège de France）開設了三個講座課：「中性」、「如何共同生活」、「小說的準備」。根據孔帕尼翁（A. Compagnon）的分析，「中性」講座是這三場中「最成功、最完善的真實整體[77]」。羅蘭・巴特似乎想透過語言學及文學裡的「中性」概念，尋找文學的未來，或者至少表現手法的未來。對他而言，「中性」不僅是最後的目的地、意義的差別，同時也是意義的再創及拓衍，而他也將之視為一種書寫的策略。並且透過自己的「殘篇」（fragmentaires）書寫（指他於一九七七年出版的《戀人絮語》），創造了他自身的美學。

不過，羅蘭・巴特對「中性」的界定卻相當不明確。儘管他說過：「正是因為沒有，才產生意義」，這樣的概念卻無法納入文學的分析，只存在於語言學裡的申論。根據《法語文化詞典》（*Dictionnaire culturel en langue française*, 2005），「『中性』意指『虛空』，或者『非此亦非彼』，或者『無鮮明特徵』，或者在語言上、在風格上、在聲音的語調上，『不具激情及新穎；它表現出冷漠、冷淡及客觀』。」羅蘭・巴特在給「零度書寫」定義時，將之詮釋為一種狀態的概念：「引為參照的另一狀態，其本身卻不具特徵。」很明顯的，「中性」的概念先是存在於語言學，之後在修辭學，但卻不易在文學領域裡找到合宜的詮釋。有關羅蘭・巴特在談論「中性」定義的脈絡：先是一九五三年出版《寫作的零度》，他在該書談起語言學有「第三項」的用法：

> 吾人皆知，某些語言學家都會在對立的二項（例如單數與複數，過去與現在時態）之間，設定第三項，中性或零度之項。[78]

他也提到了「中性」在文學裡的定義：

> 中性書寫還是最近才出現的事，它的發明要比現實主義晚得多。它所追求的並不是逃避的美學效果，而是產生於如卡繆那樣的作家，對於純潔無瑕的寫作的探索。[79]

---

77 Compagnon, Antoine, *Les antimodernes: de Joseph de Maistre à Roland Barthes*, p.408.

78 Barthes, Roland, *Oeuvres complètes*, Tome I, p.217.

79 *Ibid.*, p.212

一九六四年，在《批評論文集》（*Essais critiques*）裡，羅蘭・巴特則指稱，「中性」代表著意義的跳脫：

> 可別忘了「無意義」（non-sens）只是一個具有傾向性的客體，類似某個難解的謎，或者某個知性樂園（失掉或者不可及的）。賦予意義是一件極容易辦到的事情，所有的大眾文化幾乎全天候在精心設計這事。「懸置」（suspendre）意義，本來就是一樁複雜又無止境的工程，換言之，可說是一種「技巧」。不過「消解」（néantiser）意義，相對於它的不可能性，就如同一個絕望的方案。為何致此？因為「意義之外」（hors-sens）的東西必然會被「無意義」所吸收（某個時刻，文學作品是有可能延緩這種情況的）；因為「無意義」本身就具有意義（它是在「荒謬」的名義底下）。（……）質言之，意義只能識得其反面，它並非「不在」，而是一個對立面。結果，嚴格說來「無意義」絕不會只是個「背理的意義」（contre-sens）。作為一個方案，易言之，即一種脆弱的延緩，根本就不存在所謂的意義的「零度」。[80]

一九七一年，在《薩德、傅立葉、羅耀拉》（*Sade, Fournier, Loyola*）一書，羅蘭・巴特更具體地提出二元觀念的不合時宜，並擴大辯證「中性」的積極作用：

> 「中性」位處標明與未標明之處，仿如緩衝器，或消震器，它的作用在於令那些語義上的滴滴答答削弱、和緩，並流暢。這種節拍器的聲響強制地標識在如「是或否、是或否、是或否」這樣範例式的選項。（……）「中性」成了「中項」的對立；後者是一種數的概念，而非結構的概念，它甚至具有強迫的形象，因為多數會迫使少數服從。從就統計的計算為例，居中的經紀人會自我中飽私囊，並使制度膨脹（就如同中產階級那樣）。相反的，「中性」是純然質和結構的概念，它就是令意義、規範、正常狀態「偏離」（déroute）的東西。對「中性」感與趣的人，必然會對「中項」與趣缺缺。[81]

80 Barthes, Roland, *Oeuvres complètes*, Tome II, p.518

81 *Ibid.*, pp.794-795.

一九七五年，在《羅蘭・巴特論羅蘭・巴特》（*Roland Barthes par Roland Barthes*）這本「擬自傳」裡，他又自我修訂，認為「中性」不是抗爭對立的第三項，它不是「零度」，是新範式的「第二項」，它不再是「第三項」，亦非「零度」：

> 「中性」不是主動式與被動式的「中項」，而是一種來來回回的運動，一種非道德的搖擺。簡言之，我們也可認定它就是二律背反的對立者。（……）「中性」有各種各樣的形象，捨棄文學誇張形式的白色書寫—原罪之前的語言—令人興奮的無意義—圓滑—空虛、沒有加工剪裁—散文（米什萊〔J. Michelet〕描述的那種政治範疇）—謹慎—沒有「人物」：如果不捨棄，但至少是看不到了—「意象」的不在—判斷與訴訟的中止—轉移—「體面」的拒絕（所有體面的拒絕）—細膩靈巧的原則—漂流—愉悅：令所有炫耀、掌控、威嚇規避、消解，或無足輕重的一切。（……）但後來，這種鬥爭本身似乎過於戲劇化了。於是，這種鬥爭被斥退，被疏離—這是出於對「中性」之物的擁護（欲望）。就意義論而言，「中性」不是一種既是語義的，又是有衝突的對立關係的第三項——零度，而是像語言活動無限之鏈中的另一個卡槽，它是新範

式的第二項。這一範式中的暴力（戰鬥、勝利、誇張、傲慢）便是個飽和項。[82]

一九七七—一九七八年，在法蘭西研究院的「中性」講座課程裡，羅蘭・巴特可說總其成地將「中性」視為意義世界裡的「新發現」，兼具文學藝術的「新美學」：

> 本人遂將「中性」這個語法的類型納為相當一般性的範疇內，並繼續沿用同樣名稱。不過，本人已不在語言事實裡，而是在論述事實當中去觀察及描述它。（……）本人已替「中性」定義為所有規避及突破意義的範式及對立性結構的轉變；其目的在於懸置論述中衝突性的論據事實。（……）透過一系列的風格和多種參照（從老莊的道，到德國宗教神祕作家伯麥〔J. Böhme〕，以及到法國當代文學評論家布朗修），以及自由發揮的離題，本人試著說明「中性」並非必定與平淡形象畫上等號——它被視同哲學裡的臆斷，而予以徹底貶

82 Barthes, Roland, *Oeuvres complètes*, Tome III, pp.706-707.

抑；不過，它卻具有一種重要且活躍的價值。[83]

羅蘭・巴特有關「中性」在語言學及文學批評上的反思，的確導向對語氣專橫以及文學保守作風的反對態度。他認為，在強調語言本身的作用之際，文學作品的呈現，依賴其形式，遠超過依賴其內容。在文本與其多音呈現的性格之間，存在著一種無法判定的狀態。為此，它就絕對有必要寄望語言來表現，而非交由作者。[84]

沙特的分析指出存在著一種比較現代的美學：「藝術作品如同生命中掉落的一片葉子。它當然表達了這個意境，但實在不應該將它表達出來。[85]」我們似乎要有一種對世間事物事不關己的態度，也就是荒謬的態度，才足以表達其中的片片斷斷。之後，這種態度才得以成為一種神話及一種真實。布朗修將這種「事不關己」的態度（也就是所謂的「中性」）理論化，用它來界定一種新形式的「敘事距離」[86]。它是要仰仗字裡行間語言的純淨性才得以實現。正如同卡繆的哲學老師兼摯友讓・格勒尼耶所言：「他（卡繆）的目標並非寫出天才般完美的形式，而是充分掌握語言文字的表達。[87]」

質言之，無論在其形式或內容，卡繆的創作是在日常生活中找到最稀鬆平常的主題；用精準合宜的文字，以及協調一致的表達方式，從而開創了一個現代性的新形式。

介入書寫

打從人類出現書寫這個活動，對每一個世代的作家而言，投身參與社會活動、政治活動、知識活動，或者宗教活動的意願，永遠都是個取之不竭的資源。這種隸屬感在第二次世界大戰前後十分敏銳，尤其在法國。「我們都很清楚知道沙特的那句口令：『為自己的時代而寫！』這句話在法國剛光復之際，是『介入作家』和《現代》（*Les Temps modernes*）雜誌旗下的作家相互聚集的象徵。就廣義而言，此意味著介入是出自一種自覺，而作家則源自於他的歷史背景。作家們都很清楚，是在某個明確的時刻形塑了他，也決定了他對事物的認知。為此，打從此刻起，寫作就仿如一項改變世界的計畫。而文學便是能夠改變事實的真實活動，作家就得為現實而寫，並且不得錯失他所屬的時

83 Barthes, Roland, *Le Neutre*, pp.261-262.

84 Comment, Bernard, *Roland Barthes, vers le neutre*, pp.158-163.

85 Sartre, Jean-Paul, "Explication de *L'Étranger*", dans *Situation I*, p.98.

86 Cité dans Rabaté, Dominique, *Vers une littérature de l'épuisement*, pp.92-96.

87 Grenier, Jean, "Préface", dans *Théâtre, récits, nouvelles*, 1991, p. xviii.

代。[88]」

沙特在其著名的論著《什麼是文學》（Quést-ce que la littérature, 1948）裡明確指出：「文學將你投入戰役，寫作就是一種追求解放的形式；一旦你決心寫作，不論是被迫還是出於自願，你便已經被迫介入了。[89]」為此，沙特提倡一種「介入作家」或「介入文學」的概念。在文藝創作中，這種立場的選定是相當合乎邏輯，也屬常見，甚至是無法避免之事。因為創作，就是有話要說。然而，在一個敵對的時代（尤其指法西斯主義對抗共產主義），或者意識形態的時代，或者冷戰時期，這樣的標籤就會被直截了當地被要求及認可。甚至，連彼時的大部分作家和知識份子也都予以認同。但隨著社會逐漸邁向民主及開放，這種賦予理念以特權的意願就引來不同的意見，並且遭到質疑，甚至至批判。譬如，在《寫作的零度》裡，羅蘭・巴特便提出另一個立場，就是將這個特權給予語言，而非理念。[90]此外，在《什麼是文學》裡，沙特也舉卡繆為例說道：「卡繆、馬爾侯、克司特勒（A. Koestler）、魯塞（D. Rousset）等人，他們寫了些什麼呢？不就是一種極端情境下的文學！他們的創作處在權力的巔峰，或者說處在動亂之中，在瀕臨死亡，或遭受酷刑或遭殺害之際。還有戰爭、政變、革命、轟炸、屠殺，這些幾乎每天都發生。他們寫下的每一頁、每一行永遠都將全體人類牽連在內。[91]」

相形之下，卡繆的立場就顯得有些保留。他一生活躍又積極參與時事，他的作品，無論小說、論述，或論著，幾乎毫無例外地反映了他的世界觀，以及對抗彼時世界的不公及荒謬的關注（或者反抗）。他絕對可以稱之為「介入作家」。讓・格勒尼耶在卡繆死後出版的文集的序言提到：「他成千上萬頁的作品成了一整個世代的見證，也讓後繼的世代認同。作品的重要性並非靠作者的才智（卡繆的才智可是既出眾又淵博的），而是他性格的力道，以及能夠說出同意，或反對某事的能力。[92]」在此「見證」、「同意或不同意某事」，已經清楚道出卡繆面對他所處的社會及時代的問題的立場。

介入或捲入

一九三七－一九三九年間，卡繆初任職記者，在《阿爾及爾共和報》（*Alger*

88 Denis, Benoît, *Littérature et engagement*, p.37.
89 Sartre, Jean-Paul, *Situation II : Littérature et engagement*, pp.107-108.
90 Voir aussi Denis, Benoît, *op. cit.*, pp.285-299.
91 Sartre, Jean-Paul, *op. cit.*, p.306.
92 Grenier, Jean,dans *Essais*, 1997, pp.ix.

républicain）服務，讓他有了知識介入的理念及實踐。一九五〇年，他甚至還跟一位朋友談及：「對我而言，新聞採訪工作一直都是介入的最理想形式。[93]」不過，卡繆很早就已投身文學創作。一九四五年二月，他回覆一位名叫方丹（Jacques Fontaine）的來信——他擔心卡繆會自我封閉在文學的象牙塔裡，並勸他不要成立政黨。卡繆回信說道：「遠非您所說的，遊走在文學創作與政治介入之間，我是會選擇文學創作的。只是多年來我都做了相反的事。[94]」

一九三八年十一月，卡繆評論了尼贊（P. Nizan）的書《密謀》（*La Consipiration*）寫道：「為此，我們得感謝尼贊沒有投身政治活動，而犧牲了藝術創作。[95]」幾乎在這同時，卡繆正投入心血在撰述《薛西弗斯的神話》，他已經在思索文學創作與社會投入之間的關連。他在這本哲學論著裡寫道：

> 藝術家一如思想家，會將自身投射在作品裡。這種相互滲透激起了美學裡的最重要部分。[96]

一九四六年，他在其《札記》裡出現了針對介入文學的疑慮：

> 我寧可是個介入（表態）的人，而不是寫介入文學的人。在生命中有勇氣，在作品中有才華，這已經是相當不錯的事了。作家只有當他想要介入時才會介入。他值得稱許的地方就是他的這項活動。如果介入成了一種法規，一種職業，或者令人生懼的事，那麼作家值得稱許的地方又會是什麼？[97]

他的疑慮，以及拒絕將作品屈從於意識形態，結合了他本身對藝術家的要求。四年後，他在其《札記》裡寫道：

> 介入——我對它在藝術裡的角色，有極高的想法及激情的感觸。由於高過一切，便同意將它不屈從於任何一物；由於太過激情，便不想將它隔開任何一

93 Cité dans Todd. Olivier, *Albert Camus, une vie*, p.606.

94 *Ibid.*, p.448.

95 *Oeuvres complètes*, Tome I, 2007, pp.802-803.

96 *Le Mythe de Sisyphe*, dans *Oeuvres complètes*, Tome I, 2007, pp.285-286.

97 *Carnets II*, p.180.

物。[98]

一九五一年，他在接受媒體訪問時，還表達他對藝術的關心，並特別強調：「藝術創作並不能遠離我們時代的悲劇，它是讓我們接近出現過的一切的方法之一。[99]」

這種對藝術角色在社會裡的反思，及其作為人類表現的最終目標，並不易讓藝術家找到某個妥協方案。在《鼠疫》（*La Peste*）一書裡，卡繆讓書中那位路過奧蘭市的年輕記者朗貝爾（Rambert）代言說道：「事情並非如此，當初我一直認為自己是這個城市的局外人，且我與你們毫無瓜葛。不過，此刻我目睹了一切，我知道，不管我願意或不願意，我就屬於這裡。這裡的一切關連到所有的人。[100]」一九五一年，卡繆在其《札記》裡寫道：「王爾德（O. Wilde），他想將藝術置於一切之上，但藝術的崇高並非是因它高高在上；相反的，它與一切都合為一體。[101]」一九五三年，在一篇題目〈藝術家和他的時代〉的訪問中，卡繆極其坦率地回說：「作為一介藝術家，我們或許不必介入到時代的事物，但作為人，則有需要。[102]」

不過，卡繆也針對名副其實及投身創作的藝術家，發展出一套不可能的觀念，即將自身與所處的時代隔開，而讓其作品顯得沒有「介入」。「即便我們以作為人的身分介入，這樣的經驗也會影響到我們的語言。而如果不能先在我們的語言中成為藝術家，那我們又會是哪一類的藝術家？即使我們積極參與生活，我們在自己的作品裡談論荒謬，或者自私的愛情，那麼我們就得積極參與生活，好出現一個更隱匿的振盪，讓更多的人認知到這個荒謬及愛情。[103]」

一九五七年十二月十日，在受頒諾貝爾文學獎的正式演說中，卡繆還是選擇了這個相同的標題：「藝術家和他的時代」。這回，他似乎找到了解決之道，他強調地說：

> 今天，一切都改變了。即便是沉默不語，也會讓人心驚膽戰。自從把克制當作一種選擇，看作是一種懲罰，或者獎勵，藝術家便已身不由己地被捲入到

98 *Ibid.*, p.329.
99 *Essais*, 1997, *op. cit.*, p.1341.
100 *La Peste, Oeuvres complètes*, Tome II, 2008, p.178.
101 *Carnets II*, p.20
102 *Essais*, 1997, p.802.
103 *Ibid.*, p.803.

是非的漩渦。我認為在這裡用「捲入」（embargué）一詞，比用「介入」（engagé）一詞更為恰當些。（……）當今所有的藝術家都會被捲入到時代的苦海裡。[104]

卡繆這位腳踏實地、行動派、出身庶民、窮人區長大、積極參與左派改革的作家[105]，他的一生就是典型的「介入之人」，不論在社會領域，或政治領域。他的介入不在意識形態，而是更進一步在人道的及普世的議題，這就是一種「道德介入」。卡繆的選擇並非全然中立。當初諾貝爾文學獎的評委會也曾將好幾位法國的介入作家，如沙特、馬爾侯等人，列入名單。卡繆則以「真正的道德介入」雀屏中選。[106]

美學介入

卡繆對於介入與藝術創作之間的舉棋不定，反映在他對美學問題的關心。換言之，就是要採用現實主義手法？還是形式主義手法？在投身文學創作之前，卡繆已對文學創作的展現有過深思。一九三六年初，他寫道：「我們只透過影像來思考。[107]」稍晚，他又寫道：「尋找對照，所有的對照。如果我要描寫人，那如何能避開景物呢？[108]」換言之，卡繆是比較傾向「現實主義」的。至於關乎介入的議題，他的態度是相當保留的。一九四六年，他在其《札記》裡寫道：「如果人需要麵包和正義，如果他要設法滿足這些需求，他也需要一種純粹的美，它就是內心的麵包。其餘的就無須太過認真。是的，在作品中我希望不必太過介入，而在生活中我就希望多一點介入。[109]」

多年前，卡繆曾自問：「十九世紀，特別是廿世紀的文學、超越古典主義文學的內容為何？回答是：因為它們有個積極的道德觀，它們確立了生命的風格。[110]」如果我們相信布封（Comte de Buffon）所言：「風格就是人」（Le style, c'est l'homme），那麼卡繆和他的風格似乎就是以他的現實主義風格及積極的道德觀超越別人。雅雷蒂指出：

104 *Oeuvres complètes*, Tome IV, 2008, p.247.
105 Todd, Olivier, *op. cit.*, p.746.
106 Lenzini, José, *Albert Camus*, p.52.
107 *Carnets I*, p.23.
108 *Ibid.*, p.28.
109 *Carnets II*, p.180.
110 *Ibid.*, p.28.

「如果小說的優勢是『透過影像來思考』，如果真正的思考絕非脫離現實的思考，那麼就只淪為如何辨識出作家所寫及所處的時代，同時也讓讀者在作家所完成的企圖裡，看懂他的反抗，但這對卡繆而言，他並沒有說出他想說的。[111]」

卡繆的美學介入還是傾向現實主義的，不過，他曾數度表達對「社會主義現實主義」（réalisme socialiste）的拒斥，他將這類小說視為「主題小說」，或者「思想正確小說」。這些小說自身就是彼時介入文學的代言作品。他分析道：

> 捨棄統一性的思考，稱許多樣性。而多樣性正是藝術之所在。[112]

換言之，「如果作品未動工之前，思考就已就定位，那麼創作者的作為就只淪為某個報告，甚至某個宣傳活動。那麼如何去杜撰作者的崇高偉大？相反的，哲學就會拿現實與作品做驗證，並從中提領出其價值[113]」。另一個極端是，卡繆直截了當地批評「為藝術而藝術」（l'Art pour l'Art），並認為它是一種不負責任的流派。現代藝術最受威脅的是來自形式主義，而非現實主義。卡繆在其生前最後一次受訪中，指出其錯誤所在，「在於經常將方法置於目標之前，將形式先於內涵，重技巧而輕主題[114]」。在其評論集

《反抗者》（*L'Homme révolté*）（一九五一）書中，卡繆批評道：

> 內容超出形式，或者形式完全占據了內容的作品，只會淪為說些無法盡言，且令人失望的統一性。[115]

根據卡繆的說法，偉大的藝術是由兩個「異端」所組成：現實主義與形式主義。[116]前者誇大某個虛幻的加總，後者誇大某種斷絕所有具體現實的創作的統一性。根據雷伊的分析：「對現實的贊同（即要求所有的人皆須贊同）將意味著風格的闕如，事實上，由於絕對的現實主義是不可能的（所有的藝術家皆須從中做出選擇），為此，文學創作

111 Jarrety, Michel, *op. cit.*, p.50.
112 *Le Mythe de Sisyphe*, dans *Oeuvres complètes*, Tome I, 2007, pp.298-299.
113 Rey, Pierre-Louis, *op. cit.*, p.67.
114 *Oeuvres complètes*, Tome IV, 2008, p.663.
115 *L'Homme révolté,* dans *Oeuvres complètes*, Tome III, 2008, p.294.
116 *Ibid.*, p.675.

從不會完全不具風格。另一方面，對統一性的極度關心，用盡藝術家個性的所有資源戮力展現的作品，必然會導致對風格的眷戀。在這兩個極端之間：便是純然藝術本質的統一，它是『來自藝術家加諸於現實所形成的轉化而湧現出來』。這就是卡繆稱之為『匡正式的創作』。[117]」卡繆在《反抗者》一書中的〈反抗與風格〉一章裡強調：

> 藝術家透過語言，或者從現實中汲取的元素，重新予以配置，所進行的匡正便稱之為風格；它賦予重新創造出來的世界以統一和限度。[118]

雷伊指出，風格乃來自藝術家介入創作的這種對話。[119]簡言之，吾人無須因此感到詫異，卡繆在一九五七年十二月十日受獎的傳統演說，他刻意選擇「作家的角色」為題強調：

> 作家不能脫離其艱鉅的使命。就其本意而言，今天，作家是不能為製造歷史的人服務，他應該為生活在歷史中的人服務。[120]

卡繆反覆強調：作家應該針砭當局者，而不應屈膝為其服務，或者屈從於他們。他需要介入表態，拒絕對其所知說謊，並且對抗壓迫。[121]

總之，在美學方面，沙特提到：「一個實踐性的文學發端於一個不存在的讀者：這就是一個實例；各自有其出路。卡繆的出路就是他的風格、他的技巧、他的主題。如果作家如同我一樣深入瞭解問題的迫切，我們相信他會『在作品的創作統一性當中』提出解決方案。換言之，是會在自由創作活動不著痕跡的情況下。[122]」沙特的這番分析算是相當中肯。

沙特援引了卡繆在《鼠疫》小說裡的故事為例：「這種統合的活動結合了單一神話的有機統一性，出現一種具批判及建設性的多元性。[123]」在他之後，作家格拉克也應和

117 Rey, Pierre-Louis, *op. cit.*, p.65.
118 *L'Homme révolté*, dans *Oeuvres complètes*, Tome III, 2008, p.292.
119 *Ibid.*, p.294.
120 *Oeuvres complètes*, Tome IV, p.240.
121 Todd, Olivier, *op. cit.*, p.698.
122 Sartre, Jean-Paul, *Situation II*, *op. cit.*, pp.294-295.
123 *Ibid.*, p.309.

沙特的看法，認同介入文學。他認為，形式的介入本身也就是一種「調性」的介入。[124] 在卡繆的反思中，他的美學介入，以及透過風格、技巧、主題的表現手法，彰顯了他的創作的「現代性」，此乃相當明確之事。而正是這些特色界定了卡繆的藝術性介入。

總之，對卡繆而言，意識形態、道德，或者美學的介入，皆是一種「反抗」的形式，因為「反抗者或多或少都是一個創造者」[125]。他尋覓且捍衛美和自由。對於美的追求，他提倡孤獨——即要求時代的藝術家深思熟慮地反思其藝術的最佳表現。對自由的追求，卡繆訴求藝術家的特權，呼籲相互團結，以便透過不同的表現方式，來反抗壓迫。質言之，卡繆的介入書寫，可以用兩個詞總結：「孤獨與互助」（solitaire et solidaire）。這是卡繆運用在其作品《流亡與王國》（*L'Exil et le Royaume*, 1957）短篇小說集裡的那位畫家約拿斯（Jonas）身上。而這個短篇故事幾乎就是卡繆本人的自傳，它反映了卡繆在一九五〇年代的創作環境及感觸。

124 Cité dans Rey, Pierre-Louis, *op. cit.*, p.70.

125 Rey, Pierre-Louis, *op. cit.*, p.104.

自傳體的敘述

《異鄉人》中藉由三個人物：兩個男人（包括我）、和一個女人所組成。

——卡繆，《札記II》，一九四二年

卡繆大部分的作品中皆可以發現他的人生軌跡，包括他親身體驗及所熟知的一切。透過對其生平事蹟及其文學活動的研究，特別是他十八年來自己寫下的《札記I、II、III》（*Carnets I, II, III*, 1935-1953）內容，皆是最有力的佐證。格勒尼耶指出：「卡繆每一部作品都表達了他的介入思考，並融入他的人生中所發生的大小事件：鬥爭、苦痛、社會動盪等。[1]」為此，許多研究都在探討卡繆如何在作品中置入及轉化個人的人生經驗，以及如何賞析其敘事手法和個人美學。

1 Grenier, Roger, *Albert Camus, soleil et ombre*, p.12.

在《異鄉人》中，一些文學評論者驚訝地發現，卡繆在《異鄉人》一書裡安插了個「自己」。書中審判的場景，受審的殺人嫌犯莫索看著法庭上的記者席，他發現裡頭最年輕的那位記者。「在他不太勻稱的臉上，我只看到他炯炯眼神專注打量著我，表情不可捉摸；而我有一種怪怪的感覺，彷彿我自己在看著自己。[2]」

從這被告的分身，不免可看到卡繆對於自己長相的描述，就如同畫家總會暗自地在畫作的一角留下些什麼。在他被判死刑時，也是因為「自己」，這個分身的出現，使莫索流露出情感變化：「我發現他別過眼神時，一種奇特的感覺油然而生。[3]」我們知道《異鄉人》是一部以第一人稱方式書寫的作品，且基本上也被認為是一部自傳作品；因此，主人翁（莫索）與作者（卡繆）乃是指同一人。卡繆透過此敘事技巧來呈現自我意識——用「自我凝視」的方式觀看自身的命運。

再者，幾乎所有卡繆的文學作品都可找到他自己的代言人：莫索，《異鄉人》中一副事不關己的角色、塔魯（Tarrou），《鼠疫》中的「革命活躍份子」、克拉芒斯（Clamence），《墮落》中「悔罪法官」，以及柯爾梅里（Jacques Cormery），《第一人》中的「陳情者」。這些主人翁都是卡繆，但這些人物是以他不同的人生階段、想法、美學而塑造。這些人物所說的話一如出自卡繆之口，透過渴望寫作、建構物件的欲望來對他人產生影響。我們可將其定義為「自我書寫」的一種藝術手法。

■ 自傳體或自傳小說

卡繆文學中的「我」是顯而易見的，尤其是他的《札記》，被認為是一種自傳類，一種「外圍文本」（péritexte）的自傳文類；卡繆以散文寫作，或者敘事內文來表現「我」的存在，及談論他的人生。依照勒真（P. Lejeune）所定義的「自傳體」的釋義：「真實人物用自身經歷寫下的回顧型敘述散文，著重在其個人生活，尤其是個性的發展始末。[4]符合此類型的代表作品至少有二：《異鄉人》以及《第一人》。因作者與主角乃同一人，主角的角度有時為第一人稱，或改為第三人稱。但《異鄉人》在勒卡爾姆（J. Lecarme）及勒卡爾姆—多朋（E. Lecarme-Tobone）所合寫的歸類中則被排除，《第一人》則被歸類為在「廣義」的「自傳體」類別。至於《墮落》則與普魯斯特的《追憶

2 *L'Étranger, Oeuvres complètes*, Tome I, 2007, p.190.

3 *Ibid.*, p. 203。

4 Lejeune, Philippe, *Le pacte autobiographique*, p.14.

似水年華》、塞利納（Céline）的《茫茫黑夜漫遊》（*Voyage an bout de la nuit*, 1932）或沙特的《嘔吐》（*La Nausée*, 1938）被劃分到「小說」類。[5]」

我們可以藉分清這種分類標準看出些端倪。顯然，上述四部作品的主人翁並不是百分之百等同作者本人。所以，可能是基於這個緣故，《鼠疫》才沒有被列入。但卡繆在這本書中巧妙地將自己化為配角，使自己再次在裡頭出現。這種敘事風格在當時並沒有得到很好的詮釋，而是到了一九七七年，由杜伯夫斯基（S. Doubrovky）所倡議的「自傳小說」一詞（auto + fiction 的複合詞），才就此被正名。杜伯夫斯基將此概念在他的小說《我的兒子》（*Fils*）中做了界定及精確的辭義解釋。之後，「這個名詞就成為那個時代的所有年輕作家的訴求。[6]」

一九九三年，勒卡爾姆提出了另個解釋：「自傳小說的定義為：與作者、敘述者及書中主角同屬一個身分的敘事，並指示為小說。[7]」而西卡爾特（P.-A. Sicart）二〇〇五年在他的博士論文中加註說明：

> 自傳小說是個私密的敘事體，作者、敘述者及主角共屬一個身分，其文本或外圍文本指示其為一本虛構小說。[8]

然而，自傳體與自傳小說的差異仍處於模糊地帶。「若說自傳體及自傳小說在字義上的分別已夠明確，但兩者的界域可就不大相同。更確切地說，自傳體小說是在想像中的人物的框架下敘述其境遇；而自傳小說則是以虛構事件（或者少許的幻想成分）活現同名、相同個性下的「真實」存在的人物。[9]」由此可知，西卡爾特強調藝術（虛構）呈現是自傳小說中重要的一環是有其道理的。「在自傳小說家作品結構鋪陳中，旨在尊重自己個人主體性的事實：將自身轉化成書中要角，將事件遭遇轉化成冒險式的劇情。也就是說，他以「煉金術般的詩意」（l'alchimie poétique）創造了文學作品，同時也讓自己得以在文學作品中自我實現其生命。[10]」卡繆這位敘述者的「煉金術般的詩意」，

5 Lecarme et Lecarme-Tobone, *L'autobiographie*, pp.274-275.

6 De Montremy, J.-M., "L'aventure de l'aotofiction", *Magazine littéraire*, pp.62-64.

7 Lecarme, Jacques, "L'autofiction: un mauvais genre", p.227, dans *Autofictions & Cie*, éd par S. Doubrovsky, J. Lecarme, et P. Lejeune. Paris Univ. Paris X, 1993; cité dans P.-A. Sicart, p.188.

8 Sicart, Pierre-Alexandre, *Autobiographie, roman, autofiction*, p.190.

9 De Montremy, *op. cit.*, p.62.

10 Sicart, Pierre-Alexandre, *op. cit.*, p.187.

扮演著決定性的角色，他的作品才得以歸類為「小說」（虛構小說），或是「自傳小說」。因為對他來說，「我」是敘述者最熟稔也最熟知的人物。

自我書寫

一九五九年，布里斯維勒（J.-C. Brisville）問卡繆道：「你是什麼時候才開始選了作家這個志向？」卡繆回道：「可以說是志向，但也不全然是如此。我約莫十七歲時就想過要當作家了，同時我心裡也是暗自知道自己會成為一名作家。[11]」卡繆以上的回答不就是一種自我認同，表露自信，嗅到一絲自己未來命運的表象？但這也可能是佛洛伊德在精神分析上所提到的一種「心靈療法」。格勒尼耶認為，是因卡繆出身貧窮，使他在文化領域上力爭上游，但他應不會只當個作家就滿足。他並非藝術愛好者、懷疑論者、犬儒主義者。他試著勾勒出一個充滿各個面向的視野、道德依存其間的世界，換句話說就是某個生存守則。[12]

據勒卡爾姆所說：「卡繆從來不排斥寫自傳體小說。」而且他的志向也很多元：小說家、劇作家、足球守門員、演員、記者，這些方面他多有涉獵。有一回，他在一篇講述他人生的文章裡頭，他公開生平，但只隱約透露幼時在阿爾及爾的貧困時光，他稱這種自損尊嚴的行為是一種「卡斯蒂利亞人的拗氣」[13]（castillanerie）（即法國南方人的傲骨及倔強）。大部分有此一頭銜的作家總希望被人擁戴為大作家，然而卡繆則抱著遲疑的態度，依舊做他書裡的作者，同時也化身為書中的主人翁。因為連他自己也不相信自己話裡的真實。在《墮落》一書中，他說道：

> 最後又怎樣？謊言最後不也是建立在真理之上嗎？我的人生際遇，無論是真是假，最終不都走向同一個終點？意義不也一樣嗎？好吧，無論過去或現在所造就的我是有意義或無意義，都無所謂。說謊話比說實話更容易露出尾巴。真理如光輝耀映，卻讓人瞎子摸象；謊言如美麗晨曦，卻使萬物有了價值。[14]

11 Recueilli dans *Essais*, 1965, p.1919.
12 Grenier, Roger, *op. cit.*, p.9.
13 Lecarme, J, et Lecarme-Tobone, *op. cit.*, p.233.
14 *La Chute, Oeuvres complètes*, Tome III, 2008, p.752

然而，一九三五年五月期間，他在剛開始寫《札記》的時候就已寫道：「不懷好意最好是坦白點。作品就是個用來舉證我自己的平台。[15]」所以，為此一目的，他必須毫無保留地在社會歷練、藝術創造中，學著自我認清及自我評估。就像藝術家不停地汲取自己切身，或多采多姿、或顛沛流離的人生經驗，像是做出一場漂亮的演說那樣，架構出一種世界觀，並且呈現在世人眼前。根據卡繆的人生經驗，世界是荒謬的；這個世界就誕生在自然及個體之間的衝突裡。他曾解釋道：「世界追根究柢是不合理的，我們只能這樣說。但荒謬發生之處，就來自於不合理及人心底深處迴盪的聲音。[16]」

如此一來，大自然與我之間的關係便是個問號。可是，對卡繆來說，這項發現並非偶然，他是透過創作（寫作）且熱中於此，穿越反抗和愛的藩籬，試圖找出個端倪。

總之，列維—瓦蘭希所做的結論：「卡繆生平的真實性是依他個人的自我探索而定；此一舉動使他受限在不斷地思考及感覺之中，在界定人與世界之間的基點上，限制

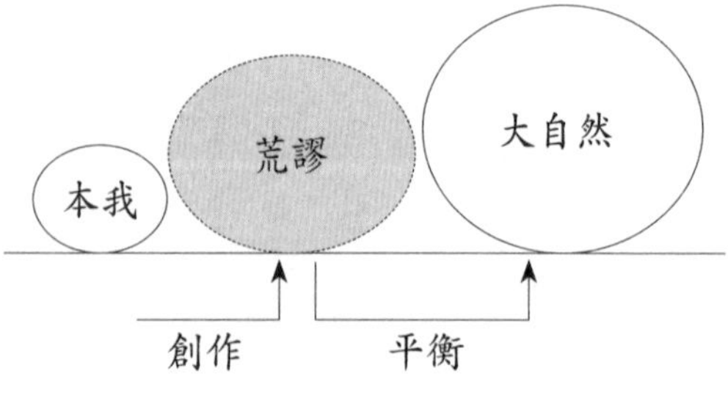

了他的創作靈感，但也可能思如泉湧，一口氣完成鉅作。[17]」卡繆歷經創作過程的艱辛，不僅在道德、情感及肉慾等議題上皆有所涉獵，他也參與政治與投入文化領域發展；簡言之，就是一種透過自我成長以及與他人建立關係的理念。最後成功地把難以辨析的現實，轉換成豐富的瑰寶和閃耀生命的源頭。

透過卡繆的作品，我們可以分析他的自我探索、作家志向及他的敘事手法，特別是他獨具一格的轉換技巧、各行各業面面觀，甚至從中窺知卡繆的現代精神、他觀察世界的視角，與荒謬碰撞的際遇，以及如何自我解析。

自我的探索

卡繆的《反與正》發表後，阿爾及利亞當地《奧蘭共和報》（*Oran-République*）即對此文集登了一篇署名「亨利・埃爾」（Henri Hell）的文評。頭一回有人評論，雖然

15 *Carnet I*, p.16.

16 *Le Mythe de Sisyphe, Oeuvres complètes*, Tome I, 2007, p.233.

17 Lévi-Valensi, J.,"Introduction", *op. cit.*, p.xiii.

不算大事，但這代表卡繆開始了受人注目的作家生涯。卡繆寫信給友人麥松什（Jean de Maisonseul）道：「您瞧，有人在報紙上評論我的文集，我沒什麼好抱怨的了；有這樣的結果是讓人無法預料的。但對我的評論中，我總讀到一些不停迴盪的字眼：苦悶、悲觀主義等等。他們並沒看懂。有時我會想是不是因為我寫得不夠清楚，讓人給誤解了。如果我沒說出自己對於生活的酸甜苦辣，去體驗生活的渴望，甚至沒提到死亡和痛苦這些事情削弱了我活下去的意志，那我等於什麼也沒說。[18]」

此信中，卡繆提及他將發表的作品，將與這部處女作沒多大差別。那會是「一部藝術作品。我當然會說是一種創作，但要講的事情還是一樣，令我擔心的是這部作品的形式——我希望是更外在一些，剩下的，就會是我跟我自己的賽跑了。[19]」

卡繆的自我探索便隨即展開。一九三八年，他在評論沙特《嘔吐》中說：「在臨界焦慮旅程的最後，沙特先生似乎打開一絲希望——就是創作者於寫作中得到自我解放。[20]」《異鄉人》中的宣洩意圖可說是與這樣的觀點形式同出一轍，即在寫作中自我解放的同時，也重新自我連接。對卡繆而言，《異鄉人》的情節敘述有著他年少時帶著悲痛思緒、人生探索的影子，對他來說這是必經的歷程，同時也是令他自我解放的過程。根據阿布分析：「莫索的冒險之旅就是一趟臨界焦慮和死亡威脅的殘篇敘述；這些早於母親過世之前即已存在。藉由此，便在現有的記憶裡去尋回那些偏離的片刻，或者被深埋的事蹟。透過敘述方式，從當下出發，試著追溯到那些動搖個人心理現象的震驚及創傷的源頭。它先是投射著個人的實際生活經驗無法抽離的受困，被例行瑣事所折磨的，喪失準則及目標的生活。莫索的這些片段及瞬間的生活的整體便就是卡繆自一九三二年以來（十九歲時）一直想擺脫的。[21]」

卡繆的老師高中哲學老師讓・格勒尼耶說：「反抗是因為卡繆童年受創無法癒合所致，更是《異鄉人》重要的組成元素。（……）知其童年是重要的一環。對他而言，話語表達仿如一場征戰，是因為他有個幾乎全啞的叔叔、半盲半啞的母親、沒識幾個字的外婆。（……）卡繆想為他們發聲。對他而言，讀書、學習毋寧就是一場革命。其結果，他以其語言表達而獲得尊崇，因愛而被提升為聖事。[22]」

18 Cité dans Grenier, Roger, *Albert Camus, soleil et ombre*, p.64.

19 *Ibid.*

20 *Oeuvres complètes*, Tome I, 2007, p.796.

21 Abbou, André, *"L'Étranger*: notices, notes et variantes*"*, *op. cit.*, p.1255.

22 *Correspondance 1932-1960*, p.88; cité dans Abbou, André, *Ibid.*, p.1260.。

在《薛西弗斯的神話》裡，卡繆做了這樣的結論；「創造，就是賦予命運某種形式。[23]」「也就是說，年輕時的卡繆之所以寫出這段過往的磨練，無非是為了逃離過去的種種，同時將其生存中受辱的經歷孤立起來，且就讓它潛沉在心底，並予以重建。因此，在其虛構的作品中有一部分是取材於對人以及作為作家的探索，以便獲得心中那個不那麼難於忍受，且能協助他繼續活下去的部分。[24]」

一九五八年，在他生命即將結束之際，他重新修改了《反與正》，來紀念年輕時代之作，歷練豐富的他寫出了這樣的序言：「（……）無論如何，沒有什麼能阻止我夢想自己必將成功。在這部作品中依然著重表現出一位母親難得的緘默，以及一名男子如何竭其所能去討回公道及討回愛，用以消解這個緘默。在生活的夢境裡，就是這樣的一個人，他在死亡之地找到了真理，但又得而復失；然後又回到平靜的安身之所，那兒就連死亡也是幸福的緘默。其間他經歷戰亂、吶喊、對愛情和正義的瘋狂追求，最後是揪心的痛楚。還有……是的，沒有什麼東西能阻止夢想，即便流亡中也是如此。因為至少我確實知道：人的創作不過是藉由藝術手法，經歷漫長的道路，重新發現兩三個既淳樸且偉大的形象，而心扉的首次敞開便是向著這些形象。[25]」

看來，卡繆的自我探索像是經由自我解放、介入社會活動（窮人區的代言人）、幻想（思想創造），最後達成對真理（生命意義）的探求。

昏暗不明之處

一九五九年，在一場訪談中，訪問者問卡繆：「對您的作品的評論中，有哪些是他們忽略的？」對此，卡繆做了這樣的回答：「那些昏暗不明之處，我心中一直有這樣的盲點與直覺。而法國文評家首先最感興趣的是理念。[26]」卡繆如此答覆可以解釋幾個重點；一方面來說，像法國這個以哲學當道的國家，尤其是在啟蒙時代後，法國的知識份子或是現代左派知識份子很顯然更看重思想，尤甚於大自然。而這就是卡繆對這點的解釋。阿布說了句中肯的話：「在他作品誕生及創作的過程中，不同層面的題材得以產生。這些題材是源於卡繆思想與其他觀點的融合，以及個人的人生歷練，更因他處在當

23 *Le Mythe de Sisyphe*, *Oeuvres complètes*, Tome I, 2007, p.299.

24 Abbou, André, *op. cit.*, p.1256.

25 *L'Envers et l'Endroit*, *Oeuvres complètes*, Tome I, 2007, p.38.

26 Oeuvres complètes, Tome IV, 2008, p.661.

時意識形態、政治、社會上的身體力行而顯得活躍。[27]」另一方面，卡繆似乎認為，法國文壇及一般讀者只關心表面（外在），而忽略內心（內在）。他同時也認為，連他自己也無法抓住及瞭解自己身上那塊昏暗不明之處，讀者們當然也不會注意到那些字裡行間由作者所吐露的真實。這樣也就限制了創造的空間。

同年，卡繆在為他的恩師讓・格勒尼耶的作品《島嶼》一書再版所寫出的充滿激動的序言中，他又再次強調創作過程中那塊頑強且神祕之處的存在：

> 出自於我身上某個模糊又難於理解的事物或人物有話要說。這個新生，透過某次輕鬆的閱讀或對談，就可能在某個年輕人身上引起波濤。[28]

所以，返回自己文學探索的卡繆，作品便開始充滿陽光及光明，也顯露出他追求清澈透明的努力，「某人」或「某物」就有待更進一步去梳理，去體悟。

在這篇深思熟慮的序言裡，卡繆也強調了在創作中洞悉力及意志所疏漏的部分：「若要完成建構，藝術作品首先就得善用靈魂中這股昏暗不明的力量。[29]」同樣的，他將《第一人》裡頭的一個章節標題命為「自身的疑惑」[30]，且揭露書中主角柯爾梅里的心理狀態，像是「生存中昏暗不明之處」、「他身上不明就裡的鼓動」、「這些年來心裡的昏暗不明的糾結」及「交相糾葛且昏暗不明的根源」和「昏暗不明的欲望以及強大且無以名狀的感受所招致的後果」，及最後「幾年間所累積的昏暗力量具體呈現，且無限制地滋長」。即便這部手稿的尾篇——它並未完成，標題也只是暫訂，卻足以強調了他個人企圖認識自我的基本要素；認知到渴望自我認識，是怎麼也無法滿足，以及在深入思索這個難於獲得定論的過程中，書寫所能代表的作用。

然而，《卡繆全集》編輯小組所做的研究提及：「就在《第一人》手稿標題的位置上方，卡繆畫了一個太陽的形狀。[31]」事實上，透過這部作品最後的敘述，也是他的最後手稿，卡繆表達了一種樂觀，或者一種類似阿基米德發現浮力的呼喊：「我找到了！」他在《反與正》再版的序言中寫下了這耐人尋味的字句：

27 Abbou, André, "Le quoditien et le sacré, introduction à une nouvelle lecture de L'Étranger", p.240.
28 "Préface aux "îles" de Jean Grenier", *Oeuvres complètes*, Tome IV, 2008, p.623.
29 *L'envers et l'endroit*, *Oeuvres complètes*, Tome I, 2007, p.37.
30 *Le Premier homme*, *Oeuvres complètes*, Tome IV, 2008, pp.910-915.
31 *Oeuvres complètes*, Tome IV, 2008, p.1542.

首先，對我來說。貧窮從來就不是一種不幸，因為陽光已賜給了我富裕。（……）災難不足以阻礙我去認定，在陽光底下，在歷史當中，一切都是美好的；但陽光卻讓我知道歷史並不是一切。[32]

根據列維－瓦蘭希的說法：「卡繆的思想中有某種古怪幻想，從他最初作品的手稿，接著《札記》到《反與正》都可找到這方面的足跡。而就在《第一人》——見證卡繆自身早年的歷史——誕生了他如此思維的世界。我認為，這個有趣的雙重身分在卡繆邁入作家生涯中扮演著重要角色，因為這是他自我探索最原本的呈現。[33]」一九三七年，卡繆曾驚歎說出：「寫作就是我最大的樂趣！」創作靈感的尋覓給了他無比的力量，讓他得以投身於生活之中。然而，終其一生，他一直在尋覓在他身上這塊昏暗不明之處。

流離及疏離感

卡繆的一生充滿動盪；他被迫離開阿爾及利亞，因肺結核及戰爭等不幸而流離失所。此外，還有一項士氣上的放逐：貧窮。他對此有感而發，提出了一句格言：「貧窮是一座沒有吊橋的城堡。」此外，滑稽可笑的一生，外在世界的敵意，特別是在巴黎生活中所遭受的排擠及敵意等等，針對他所生活其間的社會，這些都給予他一種疏離的感受。「放逐」也可包括幾個概念：分離、決裂、孤僻、荒誕，甚至是異化等等。根據朗吉尼（**J. Lenzini**）的說法，「卡繆透露流離失所無疑就是他最為關心的焦點。這種流離的感受呈現在內在（文學裡）之後，似乎也是外在地理上的事實。[34]」

卡繆在幾乎所有作品都採用了不同的敘述形式在談論這個主題，甚至出版了一本散文論集《放逐與王國》（一九五七），在他提供給媒體的推薦文裡也說道：「《墮落》在寫成長篇之前是歸類在《放逐與王國》裡的。它的內容分為六則短篇故事：〈不忠的女子〉、〈叛徒〉、〈沉默〉、〈東道主〉、〈約拿斯，工作中的藝術家〉、〈生長之石〉。書中的中心主題都是放逐，他採用了六種不同的敘述方式，從內心獨白到現實事件敘述。雖然這六篇都是在不同時間寫成的，但卡繆依然將它們合併成一本著作。在標

32 *Oeuvres complètes*, Tome I, 2007, p.32.

33 Lévi-Valensi, J., "Introduction", *op. cit.*, 2007, p.xxii.

34 Lenzini, José, *Albert Camus*, p.50.

題『王國』的字眼中，它適巧吻合某個自由自在的人生；以及人們可找回自我，並因而重生的王國。放逐則以其方式為我們指引明路，唯一條件是我們必須同時拒絕『奴役』與『擁有』。[35]」

事實上，卡繆已多次在《札記》裡提及「現代人」的這種病症。一九三七年八月，他寫道：

> 一個過著平庸人生（結婚、地位等）的人，想尋找生命的意義。有一天，看著時尚雜誌目錄時，突然覺悟到他與他的生活竟是如此的生疏（生活的一切全都登錄在雜誌的目錄裡）。[36]

《札記》的編輯小組註記道：「據卡繆自己的說法，正是在這裡最早引出了《異鄉人》主題的意識表述。[37]」至於書名，儘管他清楚知道書名不夠突出，「但卻可以完整地用這個詞來代表卡繆。即使《異鄉人》第一眼看起來很平庸，透過它的內容和形式，卻是一部嶄新之作。[38]」

一九四〇年三月，流離到巴黎的卡繆在《札記》裡寫道：

突然從睡夢中醒來，房間依舊漆黑，喧囂聲在巴黎城裡迴盪。但，突如其來的陌生感是怎麼回事？我對一切感到陌生，一切，沒有人陪伴，也沒有任何地方得以撫平傷口。我在這兒做什麼？那些人的肢體動作、臉上的微笑有何意涵？不，我不屬於這裡——也不屬於他處。這個世界沒有可以讓我的心靈依靠之處，只是一場陌生之旅。異鄉人，知其所意者有幾人？

* * *

承認吧！異鄉人，我是如此格格不入。既然事實已定，只有等待，但什麼也不迴避。至少努力得到平靜及創作靈感，其餘的，其餘的，不管它會如何都

35 Cité dans Grenier, Roger, *Albert Camus: soleil et ombre*, p.321.
36 *Carnet I*, p.61.
37 *Ibid.*
38 Grenier, Roger, *op. cit.*, p.103.

不用在乎了。[39]

僅僅幾行字裡，「異鄉人」一詞重複出現了五次。而就從此時起，卡繆開始將此融入小說，開始說起莫索這個人物的故事。然而，莫索對其自身或對社會而言都不是一個「異鄉人」，至少在小說的第一部裡。但在訴訟開始後，一切都改觀了：

人們一副不干我事般地處理我的案件。事情的發展完全沒我插手的餘地。沒有人問過我的意見就決定了我的命運。[40]

雷伊表示：「莫索因他如此自由不拘的性格，導致在人事物上顯得一股強烈的被動；其實他一點兒都不喜歡冒險和出境：他的人生只有工作，活動範圍也只有辦公室、他家附近的街坊、碼頭、別人邀他一同前往的沙灘。他有假日可休閒嗎？有，但他都在自家陽台上度過。他的朋友最多就是跟他住同層樓的左鄰右舍，以及工作同事，還有餐館老闆。因為他前去為母奔喪，我們才得以看見他跳脫一成不變的日常生活。在馬杭戈養老院，接著在葬禮上，他非常專注那些出現在他眼前的新鮮事：人們的面容、穿著款式、葬禮儀式等。他被判下獄及出庭的過程，可以說讓他開了大眼界。他出席有如一齣舞台戲碼般的訴訟；他注意那些發言人的嚴正措詞、記者群的態度表現，以及『新鮮事』，即專注地揣測周遭的人對他的感受。莫索若是個異鄉人，可追溯的第一個意涵：他是被迫離開自己生活之處，且當時他並沒有做好心理準備以妥當來面對。（或許，他也同樣覺得假若接受了老闆派他駐巴黎的職位，他可能會覺得自己會成了巴黎的『異鄉人』。）他幾乎對他生長的地方、風俗民情、法律也都格格不入。[41]」

之後，他在《薛西弗斯的神話》裡將這種疏離感給理論化：

> 某天，景象崩塌了。起床，搭電車，四小時苦幹，吃中飯，搭電車，又幹了四個小時的活兒，吃晚餐，上床睡覺。然後週一到週六不停持續這種節奏。大部分時間都輕鬆自在地循著這條路。直到有天，「為什麼」突然冒出來，然

39 *Carnet I*, pp.201-202.

40 *L'Étranger, Oeuvres complètes*, Tome I, 2007, p.198.

41 Rey, Pierre-Louis, *L'Étranger, Albert Camus*, 1991, pp.35-36.

後在略帶驚訝的疲乏中，有些東西開始有了改變。「開始」在這是很重要的一步。機械式的人生終究帶來疲乏，但它同時也能激起一種自覺活動。[42]

這種荒謬或者疏離的意識是一種揭示：「因為一切始於自覺，只有它才能決定一切[43]。」卡繆也說：「荒謬主要是一種離析的概念。它無法拿來比較，也沒有等同的概念得以與其相比。它是因衝突而產生[44]。」卡繆更加入了「時間」的意識：「荒謬發生在時間之中，在當中找到它的位置。（……）它隸屬於時間，因心生恐懼而產生，並在那兒認出了最可怕的敵人[45]。」卡繆因此舉了些眾所皆知的經驗：「有個人在透明玻璃後講電話；沒有人可在隔著玻璃的另一邊聽到他談話內容，只見他的嘴巴不停地開開合合，這時一個問題冒了出來：他為何活著？[46]」卡繆在此帶出一種讓人「害怕陌生事物的焦慮」（Das Unheimliche / l’inquétante étrangeté），並下了這樣的結論：「照我存在的經驗，我可以確定的是，我與世界之間存在著永遠無法填補的鴻溝。而我還是我自己的陌生人。[47]」

「異鄉人」的主題概念在法國及世界各地引起大量的評論及分析。卡繆為了讓人更理解他的作品，在一九五五年為美國版的《異鄉人》寫了一段前言：

我對《異鄉人》做了摘要，因為之前我覺得有句話很矛盾：「在我們的社會裡，任何人在母親下葬時不哭，都會有被判死刑的危險。」我只是想說，莫索被判死刑，是因為他不懂得參與社會中這種你來我往的遊戲。照這意思講，他是活在他那社會中的異類，他過著隨波逐流的日子，晃蕩在他私自、孤獨、情欲的小鎮人生之中。而讀者就此認定他就是個「失魂落魄的人」。但透過作者解釋後，讀者對於人物瞭解會更確切、周全，更可以知道莫索不願參與社會遊戲的原因。而這個答案很簡單：他拒絕「撒謊」。撒謊並非只是說出謊話，也會說出內心深處更多的東西，說出一些我們不會察覺到的事。我們每個人每天都在撒謊，就為了人生活得簡單些。而莫索並不像外表看起來的那副漠不關

42 *Le Mythe de Sisyphe, Oeuvres complètes*, Tome I, 2007, pp.227-228。
43 *Ibid.*, p.228.
44 *Ibid.*, p.239。
45 *Ibid.*, p.228.
46 *Ibid.*, p.229.
47 *Ibid.*, p.232.

心的模樣，他不想為了活得簡單而說謊，也不願戴面具遮蔽他真實的情感，而這立刻成了社會所不容的威脅。在書中，他被要求對他所犯下的罪行表示懺悔，而且被要求一切制式的答覆。他則回答說，他對此只感到煩惱，遠甚於真正的悔意。為此，社會便因他這種威脅而判處他死刑。[48]

卡繆也強調：「對我而言，莫索並不是個失魂落魄的人，只是個坦誠的窮人。他熱愛陽光，因它會驅散一切陰暗。他並非麻木不仁，而是懷有一種執著且深沉的激情，一種對絕對、對生存及體驗真理的熱情激發著他。沒有了這些，遑論超越自我，甚至征服世界。[49]」總之，如菲奇（B. T. Fitch）所做的分析：「兩個關鍵因素可理解莫索：孤獨感及無力溝通。[50]」

卡繆描述了荒謬性的世界，同時提到人面對孤獨時會促使自己與外界溝通，而非自我封閉。因此他才強調，荒謬並不是個終點，而是個起點；相反的，它是透過自覺，做出反抗及表達愛而開始。列維—瓦蘭希指出，在卡繆遺作《第一人》中，他就從自己在法屬阿爾及利亞的故事說起，這個安排是有其意涵的，目的在於堅持他對出生地以及他所熱愛的世界的歸屬感。她分析道：「因此，我們可以瞭解到卡繆為何認為敘述自己的出生是必要的，像柯爾梅里（即卡繆本人）。其目的不僅是將他遠大如夢的視野具體呈現，也順理成章地確立筆下的人物以及他自己（作者）的主體性。[51]」

小說中的「我」

卡繆的《異鄉人》美國版的前言，這篇由作者親自來詮釋書中的主人翁，應該沒有人會比他說得更清楚：「人們在閱讀《異鄉人》時大概不會產生誤解。莫索的故事毫無英雄色彩，他為真理接受了死亡。我曾試圖將這個人物勾勒成一位值得我們推崇的耶穌，雖然這樣說很矛盾。在我解釋過後，人們會明白我並無任何褻瀆神的意圖。它僅僅是出自藝術家略帶嘲諷的愛意，藝術家應是有權針對他作品中的人物做出這些的。[52]」為此，《異鄉人》裡的莫索是年輕時的卡繆；《鼠疫》裡的塔魯（它是「卡繆」一詞的

48 *Oeuvres complètes*, Tome I, 2007, p.215.
49 *Ibid.*, pp.215-216.
50 Fitch, Brian, T., *Le sentiment d'étrangeté chez Malraux, Sartre, Camus et S. de Beauvoir*, 1964, p.13.
51 Lévi-Valensi, J., "Introduction", *op. cit.*, 2007, p.xvii.
52 *Oeuvres complètes*, Tome I, 2007, p.216.

同音異義詞）則是介入社會的卡繆；《墮落》裡的克拉芒斯不就是失意落魄的卡繆；還有《第一人》裡的柯爾梅里，根本就是卡繆本人，他現身說法敘述了自身青少年時期的種種。

所有的文學作品，即便是虛構，也免不了包含了作者的生平元素，包括它所親身體驗及所熟知的。這些事件，無論真實或換置過，都通暢無阻地放進小說裡；與作者的世界觀緊密相連，筆下的主角或配角就是自己的發言人。福樓拜說：「我就是包法利夫人！」普魯斯特的《追憶似水年華》，顯然就是作者有意識的記憶或者無意識的記憶，所譜出的人生記憶。紀德則是採自己私密的日記來寫小說。儘管卡繆也有所保留，他卻承認自己寫進到《異鄉人》一書裡。[53]

《鼠疫》中的主角塔魯身為檢察官之子，卻是奧蘭市的異鄉人。他用札記仔細記錄爆發鼠疫的經過。他相信人性，協助醫生里厄所組成的醫療團隊，展現過人的勇氣。這位「獨特、有博愛心的人」相當懂得人生，但也代表他對於人生並沒有新的期盼。身為檢察官之子，他的人生都活在父親獲准去判死罪犯的陰霾下。這個插敘遙相呼應了一個真實事件，即卡繆的父親一大清早跑去觀看執行死刑一事。卡繆曾將這段故事寫進《異鄉人》，也同樣出現在〈關於斷頭台的思考〉一文及《第一人》一書裡。

《墮落》並不屬於一部自傳作品。在訪談中，卡繆確切說明克拉芒斯並不是他自己。但卡繆心中一直有一個縈念，那就是看到一名年輕女子在巴黎塞納河的藝術橋上投河自盡的場景。這讓他想起了待在阿爾及利亞奧蘭市，以及一九五三年時住在巴黎的妻子法蘭芯（Francine）的種種。[54]克拉芒斯是兼具卡繆、存在主義者、左派知識分子特徵的人物。卡繆在附給媒體的推薦文裡，對這角色做了這樣的解釋：「《墮落》就是克拉芒斯精打細算的自白。他避難到了運河密布、日照寒冷的阿姆斯特丹。有別於過去當律師的日子，他在那裡過著隱居簡出的流亡人生，時常待在一家雜沓的酒館裡，等待著樂於聆聽他的觀眾。他有一顆現代人的心，也就是說他無法接受別人的批評。他之所以急於檢視自己，目的卻是要譴責他人。他攬鏡自忖，卻遙指他人。這究竟是自白，或是指控？書中主角在控訴自己，抑或是在針砭時局？他只是個案或平凡百姓？在這個做作、冷峻的人生遊戲裡，真相恐怕只有一個，那就是痛苦，以及它所帶來的一切命

53 *Carnets II*, p.34.

54 Todd, Olivier, *Albert Camus, une vie*, 1996, pp.638-639.

運。[55]」

一九六〇年一月，卡繆車禍身亡，《第一人》因此成了他未完成的遺作。從一九五三年起，他便已在構思這部被尊為「時代鉅作」的作品。[56]這部「成長小說」在許多方面與托爾斯泰的《戰爭與和平》有相似之處，如主題、背景和寫作技巧。它跨進到卡繆的寫作架構的第三階段：「愛」。[57]一九五七年十二月九號，卡繆前往瑞典領取諾貝爾文學獎的前夕，在斯德哥爾摩的記者會上，他公開提及這本「成熟之作」。[58]書中主人翁柯爾梅里敘述自己的出生，以及個人的野心。列維─瓦蘭希做了這樣的結論：「《第一人》雖然因故無法完成，但不失為一本結合卡繆獨特的書寫技巧，及其豐富思想的完整之作。當然，卡繆是沒有機會再重讀自己的這份手稿，想必他會再做修潤。在那些偶爾跳動的長句裡，或許會放進更多的激情及光采亮眼的抒情，搭配著他生命的節奏，循著他個人的事蹟、家族的故事，甚至國家的歷史。或許，卡繆一直都在構思這部小說，因為這部作品充滿著他真實活過，或是夢想過的人生經驗。卡繆似乎頓時將積壓在心中的一大串場景、形象、記憶、感情全都釋放表現出來。[59]」

總之，短篇小說〈約拿斯，工作中的藝術家〉與《第一人》嚴格定義是屬於近「自傳」作品。而《異鄉人》、《鼠疫》、《墮落》等三部，透過真實及個人事物的換置，則應歸於「自傳小說」。就廣義而言，所有卡繆其他的作品如小說、短篇小說、論著、文評、劇本、社論等等，也可歸類在「自傳記述」類別裡，在這些書寫中有著卡繆透過親身經歷、個人敘事技巧所表現的世界觀，以及作為一個人或藝術家對時代的關注。

反抗的藝術家

卡繆是一位其生命與作品緊密相連的作家；他寫小說，寫劇本，也寫哲學論述，同時一生大部分的時間還擔任記者。對他而言，不同類型的書寫，乃是藝術家表現其藝術介入和道德介入的不同方式而已。他反對模式及體系，拒絕人們將他視為哲學家，偏好做個見證者，一位透過書寫表達看法的「藝術家」。一九五七年十二月十四日，他受頒

55 Cité dans Grenier, Roger, *Albert Camus, Soleil et ombre*, pp.296-297.
56 *Carnets III*, pp.96-97.
57 *Carnets II*, p.201
58 *Oeuvres complètes*, Tome IV, 2008, p.281.
59 Lévi-Valensi, J., "Introduction", *op. cit.*, 2007, p.ixv.

諾貝爾文學獎，在瑞典烏普薩（Upsal）大學的專題演講「藝術家和他的時代」，他前後提到「藝術」及「藝術家」多達十三次之多。他可說一直在思索藝術家的職責。在一九五一年出版的《反抗者》一書中還特闢一章來討論〈反抗與藝術〉。他在這個章節裡反思了藝術及藝術家（創作者）在世界的角色，並加以引據論述。當中提到了透過反抗達成最終目標的方法。他仿效了笛卡兒那句著名格言，提出「我反抗，故我們存在」的觀點。

他在《反抗者》這本哲學論述中提到「反抗是世界的開創者，它也因此界定了藝術。[60]」他又強調：「藝術家以其方式再創了世界。[61]」事實上，卡繆正是在發現世界的荒謬性之後，找到了解決之道，即反抗。因為，「荒謬感的核心：反抗乃其必要之所在。它讓人類有其尊嚴，讓藝術家有其創作的正當性。[62]」為此，正是基於反抗，我們才能夠創造，並介入到這個世界。

創作，就是活上二回

當還是文學界的新手，正等待著《異鄉人》付梓出版之際，卡繆在撰述《薛西弗斯的神話》時便已寫下：「創作，就是活上二回。」又說：「在這個世界中，藝術作品是保有認知，並從中確定冒險方向的唯一機會。[63]」他舉普魯斯特為例，普魯斯特是在幾經焦慮的摸索中才找到他的真諦。至於荒謬，他建議吾人應與它聲息相通，認清它的教訓，找到它的人性所在：「鑑此，最佳的絕對喜悅，便是創作。[64]」

若干年後，一九五一年他在《反抗者》一書中寫道：「的確，沒有任何一位藝術家離得開真實。創作就是要求統一，進而拒絕世界。它之所以拒絕世界是由於它有所缺，而這些缺少的東西偶爾是以世界的現狀為名的。反抗在這裡讓人觀察到它在歷史之外的純粹狀態，及其最初的複雜性。藝術因而應當向我們描繪關於反抗的最終景致。[65]」繼而，卡繆又強調：「部分說來，反抗的要求就是美學的要求。[66]」

60 *L'Homme révolté, Oeuvres complètes*, Tome III, 2008, p.280.
61 *Ibid.*
62 Rey, Pierre-Louis, *Camus, L'Homme révolté*, p.59.
63 *Le Mythe de Sisyphe, Oeuvres complètes*, Tome I, 2007, pp.283-284.
64 *Ibid.*, p.283.
65 *L'Homme révolté, Oeuvres complètes*, Tome III, 2008, p.278.
66 *Ibid.*, p.280.

> 一種深刻的思想是不斷成長的，它結合生活經驗，並在其中形成。一個獨有的創作，是在以相繼而繁多的面貌出現的作品中而得以強化。一些作品的補充、匡正，或校正另一些作品，也辯駁另一些作品。一旦某些東西導致創作結束，不是缺乏理智的藝術發出得意而虛幻的吶喊：「我什麼都說了！」而是創作者的死亡；他的死亡結束了他的經驗，他的天分封入到他的書本裡。[67]

然而，卡繆還是提醒我們，想成為一名真正的藝術家是相當艱辛的。他在回覆美國友人布拉克小姐（P. Blake）——她是一九四六年訪問美國時的隨行口譯，詢問他如何可以成為一名作家？卡繆回信道：「如果連妳自己都不滿意自己寫出來的東西，也別太驚慌失措。總得要經年累月才會找到真正的聲音、語調及內心的真實面。一般人會認定這是水到渠成的事，但作家的工作是以最嚴謹的態度來寫作，有了這樣的努力，偶爾他便能找到渴望以求的東西。創造並非世俗意義下的喜悅，而是一種制約，一種可怕的自願奴役。而真正的喜悅像極了那些輝煌的勝利，它是會帶上哀傷的香氣。[68]」

一九三七年，卡繆在其《札記》上寫道：

偶爾，我需要記下一些記不起的事情；而它們正是證實了存在於我的內心的東西，比我還更為強大。[69]

對卡繆而言，創作不正就是一種救贖。他自忖擁有這種力量就得「全力以赴」，又強調「不僅要抗拒它，也要任它馳騁[70]」。

為了達成最高的藝術及其表現形式，卡繆宣稱：「藝術的最偉大形式，就是表現最高層級的反抗。[71]」他補充說道：「藝術家透過對現實加工而肯定了拒絕的力量。然而，在他所創造的世界中所保留的一切現實，表明他至少同意真實的一部分。它正是從變化的陰影中汲取出這一部分，把它帶往創造的光明之境。（……）不論他排斥了全部現實，還是僅僅肯定了它，在這種絕對否定，或絕對肯定中，總是否定了自己。人們可

67 *Le Mythe de Sisyphe, Oeuvres complètes*, Tome I, 2007, pp.297.
68 Cité dans Todd, Olivier, *op. cit.*, p.416.
69 *Carnet I*, p.60.
70 *Ibid.*
71 *L'Homme révolté, Oeuvres complètes*, Tome III, 2008, p.294.

以看出，這種分析在美學方面，與我們在歷史方面的分析是一致的。[72]」

卡繆是以如下的方式來詮釋藝術與藝術家之間的關係：

藝術於是把我們帶向反抗的根源，因為它想給在永恆變化中消逝的價值，賦予一種形式；藝術家已感知到這種價值，並想把它從歷史中奪取下來。[73]

一九五七年十二月十日，卡繆在斯德哥爾摩受獎的正式演說中，再次強調了藝術家的角色：「藝術在我眼底絕非一種孤芳自賞、自我陶醉的東西。它是一種在心靈上打動大多數人的手段，並向他們提供一種共同痛苦和共同歡樂的獨特感受方式。（……）作家的職責，同樣也不能同其艱鉅的使命相脫離。就其本意而言，今天作家不能為製造歷史者服務，他應該為生活在歷史中的人服務。[74]」為此，卡繆可說勾勒出了我們時代一名反抗的藝術家的畫像。

拒絕分離

即便卡繆發現了人世間的荒謬，以及個人與世界之間情感的斷裂，但他從未提出任何負面的思考。相反的，他一向鼓勵付諸行動及介入。它的目的就是要闡明這個世界，並與之做好溝通。此外，他也沒設想任何極端活動，而是主張人應當與其行動保持距離，以及與其作品保留空間。藝術家並未擔負「匡正」世界的使命，而僅僅是透過其作品與世界做溝通。為此，卡繆的整體作品的重要主題便是：在創作與世界現實之間是不可分離的。根據雅雷蒂的研究，「拒絕分離這個主題經常出現在卡繆的作品裡，並貫穿他所有的創作，它蘊含一個雙重的儀式，其一是其作品不會脫離現實（此與文學裡的現實主義無關），其二是作家不可以自外於其生長的社群。[75]」雅雷蒂進一步強調：「卡繆的美學幾乎可以確定的就是一種交流的美學。[76]」

一九五七年十二月十日，卡繆在受獎的正式演說中，委婉迂迴地說出對自身及他者兩者的關心。「藝術家只能在他本人和其他人之間的不斷往復之中鍛鍊自己。在通向至

72 *Ibid.*, pp. 291-292
73 *Ibid.*, p.283.
74 *Oeuvres complètes*, Tome IV, p.240.
75 Jarrety, Michel, *La morale dans l'écriture: Camus, Char, Cioran*, p.52.
76 *Ibid.*, p.58.

善至美的道路上，他不能半途而廢。在走向共通的道路上，他也不能踟躕不前。因此真正的藝術家對任何事情都不能等閒視之，他必須強迫自己去理解，去體會，而不是去判決。[77]」而在十二月十四日的專題演說中，他又再度強調藝術家與社會這種相通相連的關係。「依我的看法，藝術家還是投入到時代中去，因為時代在強烈地呼喚著我們。最好還是心平氣和地承認，主宰一切的人，手持茶花的藝術家，以及坐在搖椅上的天才們，他們的時代已經結束了。[78]」

卡繆說出這一切，其用意旨在揭顯真理及爭取自由。他在十二月十日的正式演說中提到：「執行這樣一個使命，我們當中的任何人都不能堪稱『偉大』。但在他一生的際遇中，不管是處於低谷，或是暫時的輝煌，無論是處於暴政的壓迫之下，還是能有短暫的言論自由，作家總能找到那種活生生的與群眾共通的感覺。但他必須履行兩個職責，一是為真理奮鬥，另一是為自由奮鬥，這也是作家這一職業的偉大之處。[79]」一九四三年三月，卡繆在寫給恩師讓・格勒尼耶的信上說道：「我很清楚荒謬的思考（即便是美學）必然導致死胡同。我們難不成要活在死胡同裡？這便是問題之所在。[80]」直到出版了《鼠疫》（一九四七），透過里厄醫生、新聞記者朗貝爾、知識份子塔魯及神父帕納盧（Paneloux），卡繆終於找到了反抗之路。傳記作家托德為此下了結語指出：「（他的）每一本書並非只是為讀者而寫，這些書都是作者的內心活動。[81]」

要去想像在創作和行動之間存有著某些距離，而真正的藝術家是處在其想像力與其行動的中途點。這正是卡繆在思考創作時所強調的。「因此，就藝術而論，離開現實，藝術便一事無成。而離開藝術，現實也微不足道。那麼藝術是如何高於現實又如何服從現實？藝術家選擇他的描述對象，同時也被其對象所選擇。在某種意義上來說，藝術在不可捉摸方面和在未成形時，乃是對人的一種反抗，因為它賦予現實的是另一種形式，一種受局限的形式，因為現實是藝術靈感的源泉。（……）對於客觀的存在，藝術既不全部排斥，也不全部接受。但在這同時，它既排斥又接受，所以它只能是一種不斷翻新的現實的片斷。[82]」

77 "Discours du 10 décembre 1957", *Oeuvres complètes*, Tome IV, 2008, p.240.
78 "Conférence du 14 décembre 1957", *Oeuvres complètes*, Tome IV, 2008, p.248.
79 Discours du 10 décembre 1957", *op. cit.*, p.240.
80 *Correspondance Albert Camus – Jean Grenier*, mars 1943; cite dans Todd, Olivier, *op. cit.*, p.331.
81 Todd, Olivier, *op. cit.*, p.331.
82 "Conférence du 14 décembre 1957", *op. cit.*, p.259.

一九四三年七月，卡繆在《匯流》（*Confluences*）雜誌上發表了一篇討論法國經典小說的文章，一篇相當理論的論述，標題〈智力與斷頭台〉（L'intelligence et l'Échafaud）則略嫌古怪。他援例說道：「傳說路易十六被送往刑場時，要求其中一位押護，替他傳個口信給王后瑪麗・安托瓦妮特，但卻招來這名押護如下的回應：『我的任務不是要替您傳信，而是負責押解您到斷頭台！』[83]」

根據卡繆的說法，「這是用語上的所有權以及使用上的執拗的最佳典範。在我看來，它應用得極為理想。它也可以應用到所有浪漫式的文學裡，至少是應用到法國小說的某些古典傳統裡。這個流派的小說家拒絕當信差，而他唯一的就是不為所動地將他小說裡的人物帶往等待著他（她）們的預定地點；管他是克萊芙公主的退休之所（拉法葉夫人一六四八年作品的女主角）；或者茱麗葉的幸福、茱斯汀的喪志（兩本分別是薩德侯爵一七九一及一七九七年作品的女主角）；于連的斷頭台（斯湯達爾一八三〇年《紅與黑》的男主角）；阿道夫的孤獨（康斯坦一八一六年成名作的男主角）；格拉斯蘭夫人臨終前的床鋪（巴爾札克一八四一年《鄉村神父》裡的女主角）；或者普魯斯特在蓋爾曼特夫人的沙龍所發現的老年人的歡樂活動。[84]」

卡繆於一九三九年十一月將有關路易十六的這則軼聞寫進他的《札記》[85]裡，目的就是要強調藝術家工作的目標，掌握並有節制地控制其主體性。「藝術是相通相連的，因它令人們情緒有所起伏，使其生命暫歇，因此它能戰勝死亡。[86]」格勒尼耶的這段評語具體點出了卡繆有關藝術的思考，尤其一九五七年十二月十四日在受獎的專題演講中他再度強調：「藝術的宗旨，不是立法，亦非支配一切，它首先是理解眾人。有時它也能發揮支配作用，那是因為它理解了眾人之故。沒有任何天才的作品是建立在仇恨和歧視的基礎上的。（……）相反的，我們應該明白我們不可能逃避共同的苦難，我們唯一的辯護，如果有那麼一個的話，就是在我的能力所及的範圍內，替那些不能講話的人發言。[87]」

一九五三年，卡繆接受幾家電台訪問，匯集成〈藝術家和他的時代〉一文。他說道：「作為人，我對幸福有所渴望；作為藝術家，我似乎還要使我的人物活現，而無須

83 *Oeuvres complètes*, Tome I, 2007, p.894.
84 *Ibid.*, pp. 894-895.
85 *Carnet I*, p.177.
86 Grenier, Roger, *Albert Camus, soleil et ombre*, p.30.
87 "Conférence du 14 décembre 1957", *op. cit.*, p.261.

求助戰爭，或動用法庭。（……）作為一介藝術家，我們或許不必介入到時代的事物，但作為人，則需要。[88]」

他在一九五七年十二月十四日的專題演說中再度呼籲：「自由的藝術家乃是這樣的人，他需花大力氣為自己營造一種合理的秩序，他所應支配的事物越是鬆懈，他的戒律越應嚴格，而他也因此應該越更加確認他的自由。（……）最自由的藝術以及最具反抗性的藝術，將是最典範的藝術，也是最花力氣的藝術。（……）每一個偉大的作品都能使人類的面貌更加美好，更加豐富。這就是它的全部奧祕所在。[89]」

總之，卡繆堅信一個信念，即所有名副其實的藝術家應有一項至高的責任，就是永保警覺，認清世界原本的面貌，尤其要創作不懈。因為「如果沒有了文化，以及應有的自由，即便這個社會十分理想，也會仿如叢林。這就是何以任何一個創作者對於未來都是一份資產。[90]」這些做法的目的無他，它旨在獲取並捍衛自由，即便它只是有限的自由，因為每個人都有幸福的權利！這樣，我們便可以「想像薛西弗斯是幸福的」！

南方思想

法國光復後，卡繆曾擔任當時最具影響力的報紙《戰鬥報》（*Combat*）的總編輯。這份報紙的座右銘：「我們決定以道德取代政治，我們視此為一種革命。[91]」一九四四年九月四日，他署名發表一篇專欄，討論被占領期間與德國合作的通敵者的處置問題。他表達了絕不寬恕的立場。當時法國文壇祭酒莫里亞克（F. Mauriac）則不苟同這種果斷之士的清算做法，認為它只會是「摧毀一國部分尚存的生命，去拯救它的靈魂而已。」莫里亞克懇請卡繆要「心存善念地點燃提燈。[92]」

這個議題的爭論持續甚久，直到一九四六年十二月一日，卡繆應邀到一場基督徒的聚會大會上演講，才主動提及他與莫里亞克的這段筆戰：「我一直都在思考他所講過的話。經過這一番思考，（……）我內心終於承認，從根本上來說，在我們爭論的具體問題上，莫里亞克先生反對我是有道理的。[93]」

88 *"L'artiste et son temps", Actuelle II, Oeuvres complètes*, Tome III, 2008, pp.451-453.
89 *"Conférence du 14 décembre 1957", Oeuvres complètes*, Tome IV, 2008, pp.262-263.
90 "L'artiste et son temps", *op. cit.*, p.455.
91 *Oeuvres complètes*, Tome II, 2007, p.526.
92 *Ibid.*, p. 1327.
93 Cité dans Grenier, Roger, *op. cit.*, p.234.

由此得知，在有關戰後清算的議題上，讓卡繆對人的生命又有了更深度的思考。從一九四七年開始，他就萌生寫作討論「限度」（limite）的主題，在這一年的前半年，他在其《札記》上寫道：

涅墨西斯（Némésis）——節制的女神。所有超出節制的一切均會被毫不留情地摧毀。[94]

一九四八年出版的〈流放海倫〉（L'exil d'Hélène）一文裡，卡繆討論了「節制」（mesure）的概念：

涅墨西斯，節制的女神，而非復仇的女神。所有超出限度的一切，都會被祂毫不留情地懲罰。[95]

一九五〇年夏天，他擬了一個簡約的寫作計畫：

I 薛西弗斯的神話（荒謬）；

II 普羅米修斯的神話（反抗）；

III 涅墨西斯的神話。[96]

儘管卡繆並沒有在「涅墨西斯的神話」的後方寫下註記，也儘管後來的「卡繆研究協會」（SEC）將它填上「孤獨」（solitude）一詞，但我們認為「節制」一詞可能比較貼近卡繆的原意。一九五一年，卡繆完成並出版了《反抗者》一書，其中最後一章訂名為「南方思想」。在這段論述裡，他明確地分辨「節制與過度」的概念，也再一次提及涅墨西斯女神：

> 節制女神涅墨西斯便象徵著限度，祂是行為過度者的剋星。若想對反抗的

94 *Carnets II*, p.198.

95 *L'Été, Oeuvres complètes*, Tome III, 2008, p.597.

96 *Carnets II*, p.328.

當代矛盾進行思索，則應從這位女神獲得啟示。[97]

一九五一年夏天，根據傳記作家洛特曼（H. Lottman）的記載，「卡繆在巴黎會見他的恩師讓・格勒尼耶，並向他提及將撰寫另一本（第三本）論著，以完備《薛西弗斯的神話》及《反抗者》這個系列。這本書的名字可能就叫做《涅墨西斯的神話》。其內容將討論基督教文化與古希臘文化，並將強調它們之間的轉換關係。卡繆並解釋道：『就我個人，我覺得比較接近古希臘文化；而就基督教文化中，我比較接近天主教，而非基督新教。』他對《聖經》興致缺缺，認為它『太違背自然』了。他認為人應該反抗以獲取人世間的幸福，而非僅僅是想消弭世間的不公義，以及『人應當在當下的生活中獲取智慧，而不宜乞靈於遙遠的地方。』[98]」即便在他不幸車禍罹難的前夕，一九五九年十二月，卡繆在其《札記》上仍然寫下「寫涅墨西斯」。顯然撰寫涅墨西斯的計畫，就像他寫《第一人》一樣，都未能竟書。但是，撰述涅墨西斯一直都是卡繆關注的主題。

我們可以注意到，卡繆在《反抗者》一書中討論了形而上的反抗、歷史上的反抗，以及藝術與反抗，並選擇「南方思想」作為此書的結尾，似乎旨在結束有關普羅米修斯這位神祇的討論。也似乎在此時，卡繆對道德與美學有了更具體的理念。經過這麼多年的思考，新的論著應該會朝向「節制」這個概念發展。

節制與過度

打從年少起，卡繆即十分景崇古希臘文化。他在大學哲學系的畢業論文《基督教形而上與新柏拉圖主義：柏拉圖與聖奧古斯丁》（*Métaphysique chrétienne et néoplatonisme: Platon et Saint Augustin*），則更具體表現他對古希臘文化的愛好及聖奧古斯丁（Saint Augustin, 354-430）這位基督教聖哲的尊崇[99]。這位聖哲也同樣出生在北非。因此，在年少時，卡繆就經常表露對自己的出生地，以及整個地中海地區沿岸的熱愛。[100]我們可以從他早期作品中發現他的這份激情。如：《反與正》（一九三七）、《婚禮集》（一九三九），甚至在《夏日》（一九三九）短篇小說集裡，尤其在〈流放

97 *L'Homme révolté, Oeuvres complètes*, Tome III, 2008, p.315.
98 Lottman, H. R., *Albert Camus*, pp.501-502.
99 *Essais*, 1997, pp.1294-1295.
100 Mattéi, J.-F., "La tendre indifférence du monde", 2008, pp.189-206.

海倫〉一篇裡，他坦誠地提及他對古希臘文化的愛好，讚歎它那種強烈的美，以及它那種「限度」的精神。

我們可以理解，在這樣的環境中，如果古希臘人感到消沉的話，那總是透過美來表達，以那種美所具有的使人抑鬱的氣氛為媒介。在這美麗的煩憂中，悲劇占據了制高點。而我們的時代卻恰恰相反，引起消沉及絕望的是醜，是混亂。因此，如果痛苦在歐洲永遠存在的話，那麼歐洲人將不識美為何物。

我們把美放逐了，而古希臘人則為美拿起武器。這是第一個大不同，但其淵源卻是很遠的。古希臘人的思想總是固守著限度的觀念，他們從不把事情推向極限，既不將之神聖化，亦不強調理性，他們什麼也都不否定。他們海納一切，以光明來調和黑暗。我們的歐洲卻相反，一切都要全部據為己有，乃是無節制者的後代。歐洲否定美，正如它否定一切不為它所讚賞的事物那樣。為何要有那麼多的不同看法？歐洲只讚賞一件東西，那就是理性的未來帝國。[101]

卡繆為此界定了節制的價值以及美，視其為「南方思想」（Le pensée de midi），或者「地中海思想」、「無羈絆思想」、「太陽思想」，或者「限度思想」，它與主張整體及統一的「北方思想」對立。他解釋了這種「南方思想」：

> 革命走入歧途的原因首先在於，它不瞭解或者完全不承認與人的本性不可分的那個限度，而反抗恰恰正確地揭示出這種限度。虛無主義者的種種思想正是由於忽略了此一限度，終於陷於一種勻加速運動。[102]

接著，卡繆更具體地說明這個價值從何而來：「在歷史上如同在心理學上一樣，反抗是個不規則的鐘擺，為了追求巨大的節奏，便出現最大振幅擺動。但這種不規則並不是它的全部，它是環繞著一個樞軸而完成的。反抗使人想到人的共同本性，同時也顯示出符合這種本性的原則的節制及限度。[103]」至於「北方思想」的偏失在於「歷史辯證法並非永遠在探討捉摸不定的價值，它始終是圍繞著限度而展開的，限度就是它的第一價

101 *"L'exil d'Hénène", L'Été, Oeuvres complètes,* Tome III, 2008, p.597.

102 *L'Homme révolté, Oeuvres complètes,* Tome III, 2008, p.313.

103 *Ibid.*

值。[104]」

卡繆也提醒了任何過度行為的不良後果：「不合理的罪惡與合理的罪惡同樣背叛了由反抗運動所揭示的價值，尤其是不合理的罪惡。否定一切而自命有權殺人的人，如薩德、紈袴子弟殺人犯、卡拉瑪助夫、橫行無忌的盜匪，向人群開槍的超現實主義者等，他們都要求要有完全的自由，無限制地表現人的驕傲，虛無主義者在狂熱中把創造者和創造物混為一談，它否定了一切希望的原則，拋開一切限度，毫無由來地發洩及憤怒。最後還認定，他對殺死那些注定要死的人毫不在乎。[105]」

在這段論述中，卡繆可說替我們剖析了反抗與限度之間的關係：「節制並非反抗的反面。反抗正是節制，它捍衛著節制，透過歷史及其混亂重新樹立節制。（……）節制誕生於反抗。它只有透過反抗才存在。它永遠是透過智慧所激發及控制的一種恆久的衝突。它不會戰勝不可能之事及深淵，而是與它保持平衡。（……）反抗是各種形式之母，真正生活的源泉，它讓我們在歷史未完成的狂暴運動中永遠昂然挺立。[106]」

接著，卡繆將自由與正義導入，成為辯證對立的關係，從而擴大了節制的概念：

絕對的自由嘲笑正義，而絕對的正義否定自由。這兩個概念若要收到效果，必須彼此在對方中找到自己的限度。人的生存狀況若不是正義的，無人會認定它是自由的。同樣，人的生存狀況若不是自由的，則無正義可言。[107]

這些正證明了，在尋求理想的節制的妥協方案是可能的，甚至必要的。列維─法蘭希透過卡繆的作品勾勒了其「限度」的發展歷程。她指出，「限度」及保有一種特殊性質的暴力的意願，以在《致一位德國友人的信》（*Lettres à un ami allemand*, 1945）一書中有所陳述。卡繆也以對立角度在《卡里古拉》一劇中提及，並且在小說《鼠疫》及劇作《戒嚴》都做了闡述。這些皆成了卡繆作品的核心主題。此外，卡繆還特別向沙俄時期的刺客卡利亞耶夫（Kaliayev）及朵拉（Dora Brilliant）致意。這個事件讓他寫出了《正義者》這齣戲劇，並在《反抗者》一書中特別增闢一節來討論這兩位「高尚的殺人犯」。不過，卡繆並沒有偏離該書的立場：拒絕接受以未來抽象式的正義為名的意識形

104 *Ibid.*, p.315.
105 *Ibid.*, p.303.
106 *Ibid.*, pp.319-320.
107 *Ibid.*, p.311.

態原則，其結果將主宰更多的不正義；以及拒絕接受「以目的制定手段」的原則。「一九〇五年的反抗」（即二月十七日刺殺沙俄的塞爾吉大公爵事件）對卡繆而言就是一種具有價值的創意反抗的體現。108

在這個主題上，卡繆的《正義者》與《反抗者》之間的關連是再明確不過的。他的作品不論是虛構或論著，與當下歷史所保有的關係也不容忽略。一九五〇年，即《正義者》一劇上演前數個月，《反抗者》出版的前一年，卡繆集結出了一本《時政評論》（*Actuelles, Chroniques 1944-1948*），其中收錄了他具名發表在《戰鬥報》的專欄及有關政治議題的文章或訪問。而他將在該書中所陳述的立場轉換成文學創作，此點也不會令人感到意外。不過，這也讓人得以思忖他看待文學創作的嚴謹態度。他認為，文學作品並非用來排遣的。套句帕斯卡（Pascal）的用語，即讓自覺之士移轉他的處境。相反的，是要協助人深刻地認清自身與他者的關係，更加清楚體會歷史，以及更加明白如何在世界立足。

總之，卡繆在其作品中所呈現的是：所有的道德皆是美學，所有的美學都直接觸及道德。他有關節制與限度的論述讓我們得以認定，他不僅是一位道德家，一位美學家，更是一位人道主義者，或者是我們當代的一位新人道主義者。

和諧與統一

根據雷伊的研究，卡繆有關「南方思想」的論述中，「節制」並非界定為一種溫順適度的象徵，而是一種「純粹張力」[109]的要求。它來自反抗，也是因它而存在。卡繆是從梵樂希（P. Valéry）在其詩集《海濱墓園》（*Cimetière marin*, 1920）的詩句「南方正義」而得到靈感。一九五六年夏天，卡繆在其《札記》上寫道：「美，就是理想的正義。[110]」根據雷伊的說法，此處「正義」應與處在極端之間的「均衡」協調一致，它讓人在內心及智慧上產生一種完美的感受。[111]為此，我們可以視其為卡繆的美學，亦是他的道德。

這種美，首先是與世界的統一。這個概念是卡繆極為重視的。他在其早期的文集《反與正》即已提及這個概念：「只當我處在世界之中，我是最誠摯的。[112]」這個統一扮演著洗滌者的角色，讓人得以生活在神祇之下。一九三九年出版的《婚禮集》裡，他

108 Lévi-Valensi, J., "Introduction", vol.I. *op.cit.*, 2007, pp.liii-Liv.
109 Rey, Pierre-Louis, *Camus, L'homme révolté*, p.68.
110 *Carnets III*, p.192.
111 Rey, P.-L., *op. cit.*, p.68.
112 *L'Envers et l'Endroit, Oeuvres complètes*, Tome I, 2007, p.71.

寫道：「儘管在人世間很難找到這種統一，但它卻是柏拉圖（Platon）所期盼的。這種統一是以陽光和大海的形式表現出來。（……）若想獲取純潔，就得找到靈魂裡的這一部分，它會很敏銳地感受到與世界的這層親近關係。[113]」一九五二年，卡繆重遊北非古羅馬時代的名城提帕薩（Tipasa），此時阿爾及利亞正爆發血腥的獨立戰爭。而卡繆卻依然在那兒發現一種混亂裡的神祕體現；這裡的廢墟受到雜草的庇護。他寫道：「我唯一的財富就是能夠在如此美境裡成長，我是在如此完美之中出發。之後，它被安置了許多帶刺的鐵絲圍籬，還有接踵而來的暴君、戰爭、警察，及反抗的時代。我們真的需要黑夜來擺平這一切。[114]」

卡繆指責歐洲人捨棄了美，並拒斥「北方思想」。一九五二年，他在《札記》裡寫道：「對於古希臘人而言，美是出發點；對於歐洲人而言，美是目的，但卻很難達成。[115]」一九五一年，他出版了《反抗者》一書，卻與馬克思主義信徒引發筆戰，尤其在沙特具名批評之後。他在書裡強調：「價值於是被推到歷史的終結，直到那時，人們都還沒有恰當的標準來建立價值判斷，必須根據未來做出行動及過活，一切道德均成為暫時性的。十九及廿世紀，就其最深刻的趨向而言，皆竭力生活在無須超越的世紀裡。[116]」

卡繆可說斷然拒斥了某個不確定的未來，認定其為虛無主義，因此就必須予以克服。「歷史於是不再是崇拜的對象，而僅僅是某個際遇；審慎的反抗會使這個際遇出現豐碩的成果。[117]」他又強調：「對待未來所表現出的寬宏大度，就是把一切都獻給現在。[118]」又說道：「反抗者喜歡的是『我們存在』，而非『我們將會存在』。[119]」他做出總結說道：「按照這個限度，『我們存在』很矛盾地界定了一種新的個人主義。『我們存在』面對著歷史，而歷史應該重視它。『我們存在』反過來應該在歷史中保持自己。我需要其他人，他們也需要我及每個人。每個集體行動，每個社會都以紀律為條件。若沒有這個法則，個人不過是個陌生人，屈從於敵對集團的壓力。然而，社會與紀律若否定『我們存在』，便失去了它的方向。在某種意義上，唯有支撐著共同的尊嚴，我不能讓其他人貶低它。這種個人主義並不是享受，它永遠都處於自豪、充滿同情心的

113 "L'Été à Alger", *Noces, Oeuvres complètes*, Tome I, 2007, pp.124-125.
114 "Retour à Tipasa", L'Été, Oeuvres complètes, Tome III, 2008, p.609.
115 *Carnets II*, p.240.
116 *L'Homme révolté, Oeuvres complètes*, Tome III, 2008, p.183.
117 *Ibid.*, p.320.
118 *Ibid.*, p.322.
119 *Ibid.*, p.303

頂峰，有時會是無與倫比的快樂。[120]」至此，我們可以設想反抗的議題並不僅是道德的議題，也是美學的議題。

卡繆在「南方思想」裡提及一種均衡的概念，並援引古希臘的例子指出，這種均衡的目的在於產生一種和諧：「這個均衡力量，這種協調生活的思想，正是激勵著被稱為『太陽思想』這個悠久傳統的力量。打從古希臘以來，大自然總是能與變化取得均衡。」[121]然而，美與均衡也非經久相容並立，卡繆偶爾也會特意地在他的作品中做出某種「過度」的情事。對他而言，美是無害的，甚至就是真理。簡言之，就幸福與絕望而言，卡繆作品的均衡是很脆弱的，也是很難覓得的。[122]正是因為如此，它才是藝術家應當努力的工作，不斷用心觀察之所在。此外，我們也可以在卡繆的思想，尤其透過他的作品，找到「藝術限度」（limite esthétique）這樣的概念。卡繆正是以其「簡言敘述」，或者稱之為「白色書寫」的風格，以及在敘事技巧上，超越許多當代的法國作家。這難道不正是因為在他的反思中一直保有一種「節制」的關係：一種控制得宜的表現手法和一種協調一致的美學。質言之，卡繆透過一種獨一無二的品質：「在用字遣詞上小心翼翼，在行文構句上步步為營。」[123]可說成功地驗證了「美學限度」。

莫羅特（E. Morot-Sir）綜覽了卡繆的作品，並整理他有關於「藝術限度」的思考，指出：

究竟會有多少種限度？道德的，或許是吧。不過，卡繆提醒我們，就其深層的本性而言，限度是一種美學，其次是語言學。這麼一來，就讓我們思考《反抗者》一書中著名的有關限度與節制的終極影響，它甚至是超出道德與美學的規劃，而具有在宇宙進化與書寫歷史裡最大程度的影響。為此，限度便處在像拒絕被排斥的是與否的雙重考驗之中（見《札記II》頁五八，七九）；像語言的掌控及自我的掌握（見《札記I》頁一七三）；像賦予行動與思想之間的界限的調和價值（見《卡繆論著集》頁六九九，八五六）；像被解放出來的感受（見《札記II》頁二二九）；像面對存在及其意義的感知（見《札記II》頁一八五）；像語義學上過度及混亂的節制（見《卡繆論著集》頁四三九，八

120 *Ibid.*, p.317.

121 *Ibid.*, p.317.

122 Rey, Pierre-Louis, *Camus, une morale de la beauté*, p.105.

123 Morot-Sir, Édouard, "L'esthétique d'Albert Camus: logique de la mesure, mesure de la mystique", 1985, p.93.

五三，八五六）；像極端及極端頑固主義的體驗（見《札記Ⅰ》頁一五，六〇，七六）；像在可能的限度裡發現不可能，像透過排除安逸的智力情境的去合法化工具，像人必定邁向死亡的邏輯中透過緘默及「啞語石頭」所表現出的那種節制（見《卡繆論著集》頁一八，八五，一〇三）；像藝術的唯一語言中的賭注，在這當中唯有死亡才會停止這種遊戲（見《卡繆論著集》頁一三七，一四三，一五〇）；像南方思想，陽光普照在狂熱又四散的世界，像個謎，即像著有著絕美意義（見《卡繆論著集》頁八六五），以及無法接受的真理（見《卡繆與格勒尼耶通信集》頁八九）；最後，像是一種「布局」：它抗拒語言，有著支配、管控、自我管理的意願。這些正是源自於一種協調一致的美學，在這當中，必然產生的後果與限度明確的意願合而為一。[124]

總之，對卡繆而言，在某層意義上，統一、和諧及節制，尤其是美，可說就是真理。這讓我們得以信服，卡繆選擇討論涅墨西斯這位節制女神是有其道理的。

124 *Ibid.*, pp.98-99.

事件的文本換置

有關發生在捷克斯洛伐克，那椿開旅店的母女謀財害命，殺死衣錦還鄉喬裝成住客的兒子的事件，我不知讀了千百遍，一方面，它那麼不真實，另一方面，它又那麼自然。

——卡繆，《異鄉人》，一九四二

卡繆書寫的原創性在於大量採用社會事件（真實事件、社會新聞事件及片段插敘），以及使用時的手法（改編、轉化、換置等等）。儘管他並沒有特別交代他是如何選用以及使用，但透過他的文本以及若干寫進他的《札記》的記載，我們還是能夠找到一些他的敘事手法的線索及概況，以及他作為藝術的書寫目的。

一九五〇年，卡繆寫了一篇有關藝術的論文〈謎〉，直到一九五四年他才將它與其他七篇文章集結出版《夏日》。不過，這篇文章先譯成英文，刊登在一九五三年六月號的《大西洋月刊》（*Atlantic Monthly*），標題也改成〈作家在尋找什麼？〉文中提到作家自身的生平事件使用到作品裡的問題：

那種關於任何作家在作品中必然有自己的影子，並且在其中也必然要描繪自己的思想，這可說是浪漫主義遺留給我的一種幼稚想法。相反的，藝術家關心他人，或他的時代，或一些通俗的神話，這些並沒有被排除。如果有時候其中有自己的影子也參與進去，我們只能將其親身經歷的事件當成例外。一個人的作品所反映的，經常是他對往事懷念的軌跡，或者他本人的嚮往，幾乎沒有完全只是自己的故事。即便他宣稱那是自傳體小說，沒有一個人敢如實地在作品中把自己完全反映出來。[1]

不過，他在《反抗者》一書中也分析了作家的任務：

小說的本質就在於這種永遠朝向同一方向的永恆匡正，而它是根據藝術家自身的經驗來推展的。[2]

因此，小說家便將其日常瑣事，最稀鬆平常的事件，以及內心最私密的傷痛予以美化粉飾，為的就是在空暇之時將自身登錄到世界裡。一九五八年，卡繆在《反與正》一書再版時的序言裡寫道：

> 因為至少我確實知道：人的創作不過是藉由藝術手法，經歷漫長的道路，重新發現兩三個既淳樸且偉大的形象，而心扉的首次敞開便是向著這些形象。[3]

在此，「借助藝術手法」（par les détours de l'art）不就是將一席論述、某個美學匡正，或者僅僅是某些事件的換置

1 "L'Énigme", *L'Eté*, *Oeuvres complètes*, Tome III, 2008, p.605.
2 *L'Homme révolté*, *Oeuvres complètes*, Tome IV, 2008, p.288.
3 *L'Envers et L'Endroit*, *Oeuvres complètes*, Tome I, 2007, p.38.

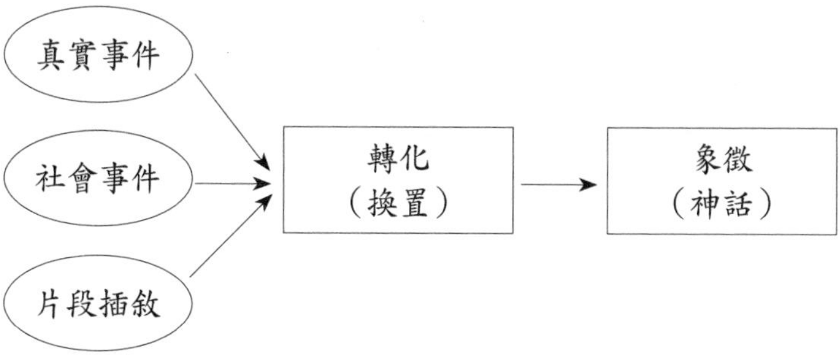

技巧的藝術化呈現？如下圖所示，真實事件、社會事件，或者片段插敘必須透過小說家的深思熟慮，才能成為某個象徵或者神話。作家的主要任務便是不停歇地將平淡無奇的日常事件予以換置。

轉化手法

勒泰（Y. Reuter）指出，研究文學作品可從三種水平來辨識：虛構的水平、敘事的水平、形成論述的水平。我們也可以將它說成：故事、敘事及風格。「虛構（或者故事）意味著某個被創造出來的世界，是一個我們可以再造的故事，包括人物、時間與空間……敘事則負起手法（及創意）的選擇，據此，虛構才得以呈現；包括由誰來述說，依著何種視角、何種順序、何種時態等等。（……）虛構與敘事之間的這種區別會引起「敘事」（récit）這個詞的意涵的歧義：一方面是指事件的敘事或一系列的事件，另一方面是指事件或一系列事件成了敘事的對象。[4]」

另根據米侯（J.-P. Miraux）的分析，「如果作者想敘事生活，或者應用某個生命回溯的敘述，便可以從其生平故事獲得換置的效果。因此，如果我們能夠多多少少輕鬆自在地概述虛構故事（這個虛構故事很清楚地跳離其參照：真實性、可靠性，及向我們展示的誠意問題），但如果從敘事學的角度看，我們反而可以分析作家所寫出的反覆、省略、延緩等現象。我們也能看到某些能成為某個奇聞的、真實元素的片段插敘的呈現。條件是這些片段插敘並非建立在某個生命的編年史的順序裡，而是成為某個文學整體的建設性元素，這個文學整體是人為創作，其目的是展示的。[5]」如果我們據此來檢視一下卡繆的作品，尤其是其早期的創作，我們很輕易地就能發現其內容總是緊扣著他生命的諸多經驗。

從這個角度看，我們總是想弄清楚卡繆主動以其生平事蹟作為文本的參照，是想讓自己成為其生長的窮困街坊的代言人，抑或是其內心一直有著一個更具野心的藝術家使命，好讓其所生活過的事實，成為某個具代表性及普世的神話？尤其，他依編年方式逐一寫下的《札記》，有時會記下其親身的經驗，坦白說，它們並不構成生命敘述的條件；更精確地說，它們是以其生存的一些片段插敘、某個能夠提領出教誨的明確經驗、某些一般性的分析，或某些箴言或者格言為基礎的。

4 Reuter, Yves, *Introduction à l'analyse du roman*, pp.37-38.

5 Miraux, Jean-Philippe, *L'autobiographie*, pp.70-71.

在《異鄉人》一書中，某些文本的引據（如電報、克魯森製鹽公司、一截舊報紙等等），很清楚地會讓這些文本的意義出了問題，以及呈現其意義與現實關係之間的問題。譬如，通知他的母親過世的電報，對主人翁莫索，即這位負責公司文書工作的職員而言，卻不具任何意義（「因為上頭也沒交代清楚時間點」）。在此，書寫竟無法考量到現實和時間問題，就像是那個指示詞「明日」（「母歿。明日安葬。」）。發生在捷克斯洛伐克的這則社會新聞，它只不過是舊報紙上頭不完整的片段，也就缺少了某種真實性。根據埃夫拉爾（F. Évrard）的分析，「小說中的書寫經常會與一些無意義的、遊戲的、謊言的內容相結合。這些文本斷絕了與生活過的、存在的統一性，切斷其連續性，使其成了不相關連的元素，從而孤立了事件，使其無法與故事結合。卡繆正是因為這個世界的不穩定、無法永續、多義，以及無法辨識，才採取了這種缺漏及不完整的書寫。而根據羅蘭・巴特在《寫作的零度》一書的論述，卡繆這種零度的書寫即是一種白色的、不可能的，及透明的書寫，其目的旨在逃避語言中缺漏的秩序，並讓其存在於小說之前。[6]」

埃夫拉爾也援引羅蘭・巴特對《異鄉人》的評論裡所強調的一種「疏遠的書寫」（écriture distanciée），羅蘭・巴特寫道：「由卡繆的《異鄉人》所帶來的這種透明的話語，完成了一種不存在的風格，一種最理想的、沒有風格的風格。這種書寫簡化為一種否定的語式，其中語言的社會與神話性質就此消失，而有利於呈現一種形式上的中性和無活力的狀態。[7]」埃夫拉爾認為這種「中性的書寫」是「出現在其原初的物質性之中，敘事便消解了意涵，文化就此滲透到社會事件所陳述的內容裡。主人翁莫索最初那種不合情理的因果關係，似乎便指向人類處境的荒謬性裡。[8]」

此外，沙特在他更早撰寫的評論〈詮釋《異鄉人》〉裡，即已提及這種布局建構了一個靈巧的結構，不僅產生一種新的書寫風格，其本身也營造了一種疏離感，甚至荒謬性；它同時也將閱讀引向讀者必須深思，並細心讀完這個敘述：

> 所產生的這種靈巧的結構：一方面是生活中有過的日常現實，了無生氣的過程，另一方面是針對這個現實，透過人類理性及論述出現的受益匪淺的重

6 Évrard, Frank, *Fait divers et littérature*, p.120.

7 Barthes, Roland, *Oeuvres complètes*, Tome I, pp.217-218.

8 Évrard, Frank, *op. cit.*, p.70.

組。其做法是，讀者首先得面對出現在眼前的純然現實，在不識其理性換置下發現了它。就此便產生了荒謬感，換言之，即一種無力感，即透過觀念和語言去「思考」世界事物所出現的無力感。譬如：莫索竟然是以這種態度去安葬母親、去找老情人共度良宵、然後無緣由地開槍殺人。[9]

跨文性的敘事手法

除了轉化，或者換置手法外，卡繆在敘事上也有著多音及多義的布局技巧。由熱內特（G. Genette）所開展的「跨文性」（transtextualité）研究指出：「所有建立起關係的皆顯示或者滲出某個文本及文本外的文本。」「跨文性」一詞也可以擴大到其他類似的概念，如「互文性」（intertextualité）。後者指的是一種「兩種或多種文本共存的關係」，它是以一種明確的方式呈現，包括引言、複製、未註明出處的借用，或者一些不那麼明確、不那麼具文學性的隱喻。總之，對這些寫出的文本的理解，意味著要對文本自身及其所指向的文本的關係有所感知。[10]

因此，在《異鄉人》一書中，辯護律師稱主人翁莫索為「反基督者」，它很明確地是指向尼采（F. Nietzsche）那部哲學論著的隱喻。在這同時也存在著一種「副文性」（paratextualité），即「所有圍繞著已出版的文本，無論其形諸於文字與否的產品」。它指向「圍繞作品的諸多元素：標題、副標題、序言、跋、註釋、題詞、插畫、廣告腰帶、封面。這些形態迥異的整體決定了閱讀的方式和讀者的期待。[11]」至於「變文性」（métatextualité），指的是「結合兩種的評論關係，但並非絕對要標明。不過這種關係經常受到批評。[12]」譬如，在《黑死病》一書中，作者卡繆讓一位賣香菸的婦人說出在《異鄉人》一書中，有人殺了人。[13]或者，在《卡里古拉》一劇中，這位暴虐的皇帝說道：『我取代了瘟疫。』最後，還有一種「超文性」（hypertextualité），它是指「結合某個超文本（hypertexte）與另一個次文本（hypotexte）的關係，但其嫁接方式並不由評

9 Sartre, Jean-Paul, "Explication de L'Étranger", *Situation I*, p.103.
10 Évrard, Frank, *op. cit.*, p.47.
11 Évrard, Frank, *op. cit.*, p.49.
12 Évrard, Frank, *op. cit.*, p.51.
13 *La Peste, Oeuvres complètes*, Tome II, 2007, p.71

論者所採用的。[14]」

埃夫拉爾的觀點是「寧可用轉化的關係來界定超文性（即只討論單一文本），或者模仿（再造某種風格或手法），我們看重的是這些關係的運作，亦即它們的意圖及效果。[15]」通常這類的書寫都具有一種「滑稽」的效果，為此，列維－瓦蘭希針對捷克斯洛伐克那樁社會新聞事件及《鼠疫》一書裡提到瘟疫的爆發，推斷出卡繆這種諷刺及戲仿的態度為「既自然又不真實」。[16]關係的網絡皆會在文學世界裡引發迴盪。為此，菲奇提到另一種「內－互文性」（intra-intertextualité），即同一位作家的不同作品之間的關連。他指出，卡繆式的「內－互文性」就是一種「收縮讓位給舒張，向心讓位給離心」[17]的本質。質言之，我們離「後現代」的文風已不遠矣！

小說裡的真實事件

「需要神話的人未免可憐。在這裡，諸神充當歲月河床或標識。我描述，我說著：這是紅的，藍的，綠的，那是海，是山，是花朵。[18]」但根據列維－瓦蘭希的說法，寫出這些肯定的用語，並不意味著卡繆推崇現實主義，因為他在其《札記》裡明白寫道：「現實主義是個空泛的詞。[19]」不過，人們很輕易地就發現，卡繆的敘述裡主要都是汲取其自身所經歷過的，或者熟知的經驗。透過其作品的表現及其敘事的品質，我們認為他應該屬於「象徵現實主義」（réalisme symbolique）一派的作家。他的作品會敘述一些親身體驗及熟知的現實，並搭配一些形成神話的形象，這些也是眾所皆知的；再加上其敘事手法，我們不也就找到了他的「藝術手法」？他在一九四二年十一月的《札記》裡寫道：

> 作家要學會的第一件事，就是讓自身所感受的，轉化成讓別人也感受的換置技巧。頭一回他可能僥倖做到了，但接下來就得靠才華才能取代僥倖。的確，在天才的根底裡存在著一部分的機運。[20]

14 Définition de Gérard Genette, citée dans Évrard, Frank, *op. cit.*, p.54.

15 Évrard, Frank, *op. cit.*, p.54.

16 Lévi-Valensi, Jacqueline, *Albert Camus, ou la naissance d'un romancier*, p.534.

17 Fitch, Brian T., "Des écrivains et des bavards: l'intra-intertexualité camusienne", pp.267-283.

18 "Noces à Tipasa", *Noces, Oeuvres complètes*, Tome I, 2007, p.107.

19 *Carnets II*, p.32.

20 *Carnets II*, p.52.

象徵化的形象

親身經歷或熟知的現實當中的「兩三個既淳樸且偉大的形象」，對卡繆書寫的建構是極具意義的。在其短篇故事〈若有若無之間〉（Entre ouï et non），這篇描述其窮困的童年，及他守寡又幾近聾啞的母親的真實故事，他寫道：

> 一窮二白到這般地步，任何事情都不再會引向任何結果。希望或者絕望似乎無所根據，全部的生命就濃縮成一副形象。[21]

這個形象就凝結並深藏在他的記憶之海裡，就像普魯斯特記憶裡的「瑪德蓮小蛋糕」，成了卡繆文學創作的原動力。我們可記得一九三六年初，他在其《札記》裡寫道：「我們只能透過形象來思考，若要成為哲學家，那就去寫小說吧！[22]」之後，卡繆又說明道，「哲學家兼作家」（即相對於「寫主題式小說的作家」）是同時能夠在日常生活中的「平凡景觀」裡發現象徵，又能夠在不違背此一景觀的真實性下，讓它與自身的世界觀相吻合——而且不必說出任何「暗示」來支撐這一觀點。

根據卡繆的說法，這些形象會轉化成思想，並努力去開創某個神話；只要這個人能放下所有的幻想，讓自身變成唯一世界的主人，讓這個世界裡洋溢著真理和自由，在那兒，他的思想就會「如同形象」般那樣活潑蹦跳。

> 思想便栩栩如生，便能活躍在神話裡。不過這些神話不夠深刻，只不過是人類的痛處，它們像思想那般，是無窮無盡的。它們不是逗樂及蒙蔽人類的神話寓言，而是人世間的面貌、舉止及悲劇，當中凝聚著一種難得的智慧和一種無前途的激情。[23]

此外，卡繆在評論卡夫卡的作品一文中，解釋了敘事中象徵的重要性：「的確，象徵意味著兩個層面，即一個理念及感覺的世界，以及一部溝通這兩個世界的詞典。把這

21 "Entre oui et non", *L'Envers et L'Endroit, Oeuvres complètes*, Tome I, 2007, p.52.
22 *Carnet I*, p.23.
23 *Le Mythe de Sisyphe, Oeuvres complètes*, Tome I, 2007, p.300.

種詞彙收集起來是最艱難的。但意識到赫然出現的兩個世界，等同投身探測兩者之間的祕密關係。[24]」卡繆又強調：「一個象徵的使用，總是超越使用它的藝術家，它實際上可以讓使用它的藝術家，說出比自己想表達還多的東西。[25]」

列維—瓦蘭希討論了卡繆式的敘事過程：形象——象徵——思考，她總結指出：「基本上，被視為真理象徵的小說，並非奠基在由現實轉化出來的形象之上。這些形象本身就已經屬於概述及摘錄性質，或者說，已經形象化了。透過這些形象，及透過作者所提供或者強加的呈現，小說便成了揭露，或至少找到了內心第一個真理。亦即，小說附和同時，也詮釋了「我」在世間與「我」的世界之間的往復運動。而這個向封閉形象聚焦的運動便勾勒並圍繞著現實，並藉由形象以便更好地解放想像事物的富饒動力。[26]」

她又強調，卡繆一向很在意將現實與想像事物放進同一個寫作方案裡，用以消除現實與象徵之間的距離。不過，這樣的距離也提醒了小說的存在只能依賴著其所代表的現實。[27]她進而發現，藉由「幾個形象」是可能產生某種現實的神話。這些形象「隸屬於小說的世界，換言之，唯一處在現實的形態，作品才得以開展，這些屬於個人的神話就變得既清晰透澈，又祕而不宣。（……）這樣的形象清楚考量到神話的醞釀：它從我們稱之為主體性的深層底部取材，或許它並沒有意識到這一點，卻透過相同的路徑包含了一切，包括那些未封閉且連續的循環。然後脫穎而出，讓主體性得以浮現。接著，作家便能將之換置成僅僅隸屬於作者的形象、故事、小說、詞語、特殊的語言。不過，每個人皆知道也懂得箇中意涵，因為它也是依著現實而建立起來的，而且每個人都能辨識出它。為此，此一個人的神話便成了普世的神話。[28]」

神祕化的現實

在〈反抗與藝術〉一章中，卡繆界定了小說的至要角色：「小說製造了量身訂做的

24 "L'esprit et l'absurde dans l'œuvre de Franz Kafka," *Oeuvres complètes*, Tome I, p.307.
25 *Ibid.*, p.305.
26 Lévi-Valensi, Jacqueline, "La relation au réel dans le roman camusien," p. 157.
27 Lévi-Valensi, Jacqueline, *Albert Camus, ou la naissance d'un romancier*, p.518.
28 Lévi-Valensi, Jacqueline, "La relation au réel dans le roman camusien", p. 185.

命運[29]」以及「小說是替懷舊或反抗的感覺服務的智力練習[30]」。根據列維－瓦蘭希的說法，「小說裡的現實可因此界定它首先是內心世界，但卻不是屬於心理學拐彎抹角的那種，而是人相對於世界的方式。正確地說，小說除了探索人類處於世間的關係外，不會有別的主題。[31]」她又強調：「將故事、象徵及形象換置成小說的語言，本身就是反對現實和親身經歷過的表象秩序；且透過詮釋、匡正這些經驗和現實，便能將之轉化為命運。[32]」

針對生活過的經驗的使用，卡繆也強調「藝術手法」（及將之隱喻化）的必要性：

> 相反的，真正的小說創作（……）運用現實，而且只運用現實，運用其熱情和鮮血，激情或呼喊，只不過在其中加入某些東西，使其改變形象。[33]

我們確實看到卡繆並沒有採用絕對的現實主義，但他也沒有否定現實的重要性。卡繆認為浪漫式的現實主義，並非盲目屈從於現實，且忠於現實也不必然與象徵及神話背道而馳。在接受現實與自我反抗之間，在使用現實與它的形象化之間的持續張力之下，小說似乎處在一種困難的均衡——這是他在《反抗者》一書中申論「南方思想」裡曾提到的。[34]一九五〇年五月，他在其《札記》裡區分了現實與神話這兩個概念：

> 我在前兩個系列裡的作品提到不說謊的人，但並非是現實。世間並不存在這種人。這就何以在我們所認定的意義上，大概直到現在，我都不是一個小說家。而比較像一個依著激情和焦慮去創造神話的藝術家。[35]

一九五四年九月八日，他寫給哈迪什（Hädrich）的信，直截了當地說：

29 *L'Homme révolté*, *Oeuvres complètes*, Tome III, 2008, p.288.
30 *Ibid.*
31 Lévi-Valensi, Jacqueline, *Albert Camus, ou la naissance d'un écrivain*, p.516.
32 *Ibid.*, p.517.
33 *L'Homme révolté*, *Oeuvres complètes*, Tome III, 2008, p.293.
34 Lévi-Valensi, Jacqueline, *Albert Camus, ou la naissance d'un romanesque*, pp.517-518.
35 *Carnets II*, p.325.

《異鄉人》既非現實亦非荒誕之作。我倒認為它是一個具體化的神話，不過是非常根植在日常生活的人性和熱情上。（……）那兒有一些絕不會扯謊的東西：像太陽底下的石頭、風，或者海。[36]

為此，《異鄉人》裡的主人翁莫索重新創造了他過去生命裡的時間及空間，而他似乎說著：「這就是我生活過的。」除了他成長的窮人區貝勒古（Belcourt）外，他並不處在神話裡的時間及地點。我們似乎太過一再強烈領會這種「神祕化」視角的豐富性。這個生命先只是被片斷的外觀所揭顯，並徹底地被納入現時的現實裡。[37]

「荒謬」的小說不僅建基在象徵現實主義之上，它本身也是「神話的製造者」。而那些自然的、日常的，以及荒謬的事物便發生在這樣的視角下——即它們真正的維度裡。它們是其所推論出的神話真理的擔保。在事件之外，忠於現實的小說就應當提供某個世界觀，在這當中只有內部的協調一致才得以讓其建立。只有透過提供給這個現實神話化的形象，才能充分發揮其價值。不過，它確是藉由它所創造的現實，或者更正確地說，藉由人，依著他的真理，及依著他加入到世界的現實，才得以實現。[38]

總之，透過本質上屬於現實主義文風以及若干「藝術手法」，卡繆才得以在現實及其形象轉化之間取得「均衡」，並創造了自身的神話，從而營造出自身的風格。正如列維—瓦蘭希在分析「現實與神話」時所強調的，這種敘事手法有著某些現代性的風格：「從現實的理想化視角來看，現實的神話相當空洞，但卻是朝向主體真理及人的道德的一種研究方法。儘管卡繆的作品有其自身的獨特性，至少在某些視角上來看，他的小說創作在當代文學裡是有其代表性的。[39]」

小說裡的社會事件

在成為作家之前，卡繆在阿爾及爾市擔任過記者；新聞寫作讓他萌生當作家的志

36 Cité dans Lévi-Valensi, Jacqueline, *op. cit.*, p.535.
37 Lévi-Valensi, Jacqueline, *op. cit.*, p.537.
38 *Ibid.*, p.513.
39 Lévi-Valensi, Jacqueline, *op. cit.*, p.540.

向。他熱中於新聞寫作，整個一生都身兼這兩種職業。年紀輕輕他就在法屬阿爾及利亞擔任記者，到事發現場做調查，做過很大型的專題報告，針砭社會，及撰寫文學評論。法國被納粹德國占領期間，他加入地下刊物的編撰。法國光復後，他成了這份彼時最具影響力的刊物《戰鬥報》總編輯。他出版了三冊有關時事的評論及社論集刊《時政評論I，II，III》（*Actuelles I,II,III*）。根據當初引他入行的好友皮亞的說法：「他很有語言天分及能做出極佳新聞報導的才華。[40]」另根據傳記作家托德的觀察，「新聞記者這個行業讓他驚豔不已，令他全心投入。他可說是同僚當中最突出的一位。他也在同時擬出了寫三本書的計畫，後來完成了兩本：《反與正》及《婚禮集》。很多作家皆出身記者，但也有很多作家被新聞記者這一行業所扼殺。卡繆做了逆向操作，他知道如何生動描述場景，並拋開人物的羈絆。大學哲學系的專業訓練，讓他很清楚知道：要尋找『事件』的『真諦』。[41]」

透過他對新聞寫作「真諦」的掌握及對社會事件的偏好，在構思創作《異鄉人》期間，他經常造訪警察局，到法院旁聽，並大量閱讀報紙等等。為此，我們便可以發現在他這本初試新啼的小說中充滿了許多社會事件，如此也引發一些文學評論家的不自在，並做出有所保留的評價。簡言之，不少人認為《異鄉人》只不過是一篇新聞報導，而非文學創作；譬如書中出現像電報、克魯森製鹽公司的廣告、替鄰居雷蒙代擬一封信、檢察官的資料檔，以及著名的捷克斯洛伐克謀殺事件等等。一九四一年四月二十五日，皮亞在讀完《異鄉人》的草稿後，寫了如下的信給他。之後皮亞還特別將這本小說推薦給當時的文壇祭酒馬爾侯，及介紹到伽利瑪出版社發行。

> 很坦白說，已有好久沒讀到這樣高品質的作品。我相信不久的將來《異鄉人》會占有一席之位，它是眾多好書中的一本。（……）我很欣賞你的掌握本事，它讓你陳述莫索這樁社會事件，同時也讓你寫出卡里古拉那種離譜放肆的獨白。[42]

最早撰文評論《異鄉人》的是他的好友埃爾，他也跟皮亞持相同的看法：「卡繆先

40 Cité dans Olivier Todd, *Albert Camus, une vie*, p.185.
41 *Ibid*.
42 *Ibid.*, pp.276-277.

生採用無人稱的書寫，很接近報端上社會事件的節錄報告。（……）這種風格的危險之處是推展的步調會有些機械化，以及冒著久而久之會趨向內心獨白的危險。但我們不得不承認，正是這種內心獨白，特別適合《異鄉人》這樣的主題。沒有比這種安排更好的做法，它導向一種讓人無法忍受的、事不關己的態度。這正是因莫索的存在而引發的，並且很精彩的詮釋了這個人與世界之間所存在的距離。『外在化』讓這個人不僅要面對圍繞在他四周的人，還有那些接二連三的事件，當中甚至還有一場至關緊要的訴訟，這場訴訟關係到他的死活，而他卻以旁觀者的身分出席在場。[43]」

在現實與虛構之間

卡繆並非第一個在文學作品中安插社會事件的作家。在他之前有許多文學正典甚至直接吸取社會事件的故事，譬如：福樓拜的《包法利夫人》，它是取材自德拉瑪爾情殺案（Affaire Delamare）。[44]或者斯湯達爾的《紅與黑》，這本書一開頭就提到讓黑勒（Louis Jenrel）被送往斷頭台的事件。[45]而這類作家如林：從雨果到勒—克萊喬（J.-M. Le Clézio），勒—克萊喬是二〇〇八年諾貝爾文學獎得主。當中還有普魯斯特、塞利納、馬爾侯、羅伯格里耶、貝雷克（G. Perec），以及格諾（R. Queneau）等等。簡言之，社會事件可視為一種「前文本」（avant-texte），它會讓作家的寫作轉向。「社會事件是根據典型化的人物及情境，代表一種恆久性及普世性，它有助於當作文學創作的題材。它切斷與新聞體寫作的源頭，可以透過文學裡特有的距離及美感，獲致增強及崇高。它能產生一種隱喻及典範的性格，並經常讓自身更加接近神話化的敘述。[46]」

根據羅蘭・巴特的說法，從文學上來說，社會事件是小說裡的諸多片段，它是一個曖昧不清的地帶，事件可充分表現為一個徵象，而其內容卻不甚確定。「它是一個只能透過智力和分析才能認知的世界，藉由說出這個事件的人以次層的方式設計出的，而非由其本身完成。就閱讀層面而言，所有因素皆能包含在事件當中，包括它的情境、原因、過往、議題、既無期限亦無背景。它成為一種立即的且整體的存在，從形式上看，它並未求助於言外之意。正是因為如此，它比較類似短篇小說，或者故事，而非長篇小

43 Cité dans Pingaud, Bernard, *L'Étranger d'Albert Camus*, pp.164-165.
44 Évard, Frank, *Faits Divers et littérature*, pp.87-89.
45 Évard, Frank, *op. cit.*, pp.58-61.
46 Évard, Frank, *op. cit.*, p.6.

說。也正是因為它所具有的無限性，界定了社會事件的特性。[47]」如果讀者願意放棄去理解軼聞的意涵，社會事件則有利於讀者採取較不負責的態度來閱讀。相反的，對作者而言，社會事件的文本是開放、任由詮釋的，如此也鼓勵讀者對偶發、命定及宿命之事提出質疑。根據埃夫拉爾的研究，「社會事件因有著諸多空隙、沉默及空白，屬於一種不完整的敘述；它會讓卡繆、莒哈絲（M. Duras），或者霍伯格里耶的作品意涵，令人感到失望。另外一些作家則拉高了它的價值，他們從中覺察到它是一道客觀的偶發指令，一個限度經驗的機運，或者是夢境語言不期然的接近。在邊緣之處發揮作用，炫耀另一種荒唐的現實，社會事件是有其實意的，並在倫理學及美學上保有許多隱藏的潛力。[48]」

為此，報端上出現的任何最稀鬆平常及毫無意義的軼聞，便可由殊相轉為共相，由獨特轉為典範，由真實轉為神話。艾可（U. Eco）對此肯定，指出：「當朱利安・索雷爾（Julien Sorel）射殺了勒納爾夫人（Madame de Rênal）（《紅與黑》裡的情節），當愛倫坡（E. Allen Poe）發現巴黎摩格街兩起兇殺案的兇手，當警探賈維爾（Javert）償還了積欠冉阿讓（Jean Valjean）的債（《鐘樓怪人》裡的情節），我們便看到一種戲劇效果，無法預料之事參與了部分的虛構，並成了一種美學的價值。[49]」簡言之，社會事件經常就是一個不完全的文本，有著曖昧不清又多義的身分，透過它可以觀察社會的幻景、恐懼，但它絕非某個社會學事件，它並非以社會學事件的形態被建立並加以詮釋的。它無須提供任何暗示，直接由讀者去看、去聽、去閱讀，它只能被視為社會觀察的某個忠實反映。

在「妒嫉的悲劇」裡，朝向預期的終點，讀者感受到一種沒有歷史的樂趣，一種如艾可所言「冗贅的敘述」後的和緩。這是偵探小說及連載小說的特性。社會事件是集體憧憬的催化劑，使用它的作家傾向將其凝結為某種可以加以識別的寓意化的固定模式。它的效應是可以預料的，且承當起神話裡特有的普世性。[50]

47 Barthes, Roland, *Essais critiques, Oeuvres complètes*, Tome II, p.443.

48 Évrard, Frank, *op. cit.*, pp.7-8.

49 Eco, Emberto, *De Superman au surhomme*, pp.116-117; cité dans Évrard, Frank, *op.cit.*, p.65.

50 Évrard, Frank, *op. cit.*, p.65.

總之，社會事件的配置能達成一種「疏遠的書寫」，並賦予虛構文本某個真理的保證。埃夫拉爾總結指出：「文學作品裡的社會事件是由作家經由閱讀、體驗，或者想像出來的。很明顯的，它的成功使用是基於其功能性之故。社會事件是偵探敘述裡珍貴的敘事添加劑，以現實主義為志向的小說裡的「真實效應」，或者作為戲劇品質而精選的論據，很輕易地就被收納到各種文類的創作裡。藉由連結到無法解釋或不值一提的因果關係，或者基於命定或宿命的巧合關係，社會事件便顯示為像是某個過度的意符，它向著多面貌且曖昧不清的意旨敞開。如果它含蘊著徵兆，其訊息內容似乎在迴避辨識，並且求助於某個世界或人類處境裡的荒謬世界，就像卡繆在《異鄉人》裡的故事那般。不過，它也可以提升為某個似夢生活的表現，或者某個客觀偶發事件的奇妙呈現。[51]」埃夫拉爾強調道：

> 社會事件既牢牢扣緊日常現實，又脫離時事，它並非只是單純的現實的再造，它是個徵兆，又是個跡象，它需要有某個隱喻的、象徵的，或者神話的詮釋，以便在其深層及複雜的性質下再現一個真實的世界。（……）這種對真實的質疑，伴隨著一種語言及文學的問題意識。對作品中社會事件的質疑得以解

構傳統的小說形式（像紀德、卡繆及霍伯格里耶的作品），或者打破詩學的慣例（如超現實主義詩作裡的貼畫）。此外，透過社會事件所產生的新聞體式的論述，也讓此類作品有其文學性。相較於報紙上新聞用語的飽和、單義及封閉性，文學作品中社會事件的配置則在開發一種弔詭的、多音的、開放的書寫，並找到某個不同於真實的格言，以激發想像事物及神話。[52]

為此，在「後現代」時代的今天，社會事件依舊引發文學世界的關注，如米特朗（H. Mitterand）的研究所示：「不同於一九六〇年代的人們，今天大家全都拱手讓位給實際經驗。換言之，全都浸沒在消費社會及傳媒社會裡，被標誌、徵兆、通告、儀式，及「社會事件」所蠶食，弄得昏頭轉向又憂心忡忡。作家們甚至在敘述裡利用蒙太奇剪輯，挑明或含而不語述說著內心創傷、自我分裂，以及矛盾的情緒。[53]」

51 Évrard, Frank, *op. cit.*, p.125.

52 Évrard, Frank, *op. cit.*, p.125.

53 Mitterand, Henri, *La littérature française du XXe siècle*, 1996, pp.111-112.

捷克斯洛伐克的故事

卡繆取材一九三五年一月五日美國聯合通訊社（AP）的一則電訊稿，內容是發生在南斯拉夫的一場「誤會」，導致一名回老家探望母親的兒子被誤殺：「貝爾格勒一月五日訊。拉弗萊姆（La Vreme）報導，貝拉—茨爾克瓦（Bela-Tserkva）一家小旅店發生一起可怕的兇殺案，女店主和她的女兒聯手謀殺了一名住客，此人正是女店主的兒子貝達・尼柯洛斯（Petar Nikolaus）。死者在國外工作了二十年，有了一點積蓄，隨身帶了一部分回老家……[54]」

這則電訊隔天被當作社會新聞事件方式，刊登在阿爾及利亞當地的報紙上：

一名男子出外二十年後衣錦還鄉，因沒被母親及妹妹認出，橫遭她們倆殺害並洗劫。（《阿爾及利亞電訊報》）

可怕的悲劇。一家旅店的女店主在女兒的協助下，殺害一名投宿的住客。此人正是她的兒子。女店主得知真相後上吊自殺，女兒投井自盡。（《阿爾及爾迴聲報》）[55]

卡繆將這則社會新聞安插到《異鄉人》一書裡，並增添了一段評語：「不像真實，卻很自然。」之後，又挪用將其改編成一齣戲劇《誤會》（*Le Malententu*, 1944），劇中談到了流放、誤會、人類的命運及反抗。故事發生的地點，由南斯拉夫改成捷克斯洛伐克（可能因為一九三六年夏天，卡繆曾孤單一人在布拉格待了四天，那是他情緒最低潮的一次），後來再移到巴黎。他想將這個社會事件發展成一部「現代悲劇」。根據埃夫拉爾的研究，安插這樁社會事件的目的在於瓦解小說的敘事方式：「在《異鄉人》一書中，這則社會新聞得以解構人物和故事的概念；透過主觀且去儀式化論述的評論，這個在情節之外及之前的文本，於此便無法被強制視為真實之事。[56]」

> 有一天我發現草蓆墊子和床板之間有一塊舊報紙，幾乎就黏在板子上，已經發黃且褪色。上頭有一則社會新聞，開頭已經沒有了，但看得出來事情就發

54 Cité dans Grenier, Roger, *Albert Camus, soleil et ombre*, p.155.

55 *Ibid.*

56 Évrard, Frank, *op. cit.*, p.73.

生在捷克斯洛伐克。（……）這段故事，我不知讀了千百遍，一方面，它那麼不真實，另一方面，它又那麼自然。無論如何，我覺得那個旅客有點自作自受，永遠也不應該玩這種遊戲。[57]

埃夫拉爾又說：「捷克斯洛伐克這則故事，從小說中獨立出來，容許在與小說其餘部分毫無關連下單獨閱讀；然而，將其安插到敘述裡，把它視為文本參照的情況下，便與整部小說拉近關係。（……）這個故事係用身分辨識來做賭注，但卻沒能被認出，自己被其母親視為『異鄉人』，也就像莫索一樣，有著多種面貌及情感外露的性格。（……）它是莫索的故事的變體，這個反寓言式的故事，質疑著現實主義所陳述的擬真實性。一個塞滿社會事件的敘述，會像文本前的楔子那樣，慌亂地出現在敘述裡：『電報上也沒交代清楚，推想可能是昨天發生的事。』」[58]

這個故事後來被換置到《異鄉人》一書裡，而卡繆本人似乎並未認知到。他從一則真實的軼聞中獲得啟發，實則已轉為一個永恆的傳奇主題，即悲劇式的過錯，或者錯殺了兒子：

一個人離開捷克的一個農村，出外謀生。二十五年後，他發了財，帶著妻子和孩子回來了。母親和妹妹在家鄉開了一家旅店。為了給她們一個驚喜，他把妻子和孩子先安頓在另一個地方，自己直接到旅店。他進了旅店，母親並沒有認出他來。他想開個玩笑，便租下了一個房間，還亮出他的錢來。夜裡，母親和妹妹用大鎚把他打死，洗劫了他身上的錢，然後將屍體扔進河裡。第二天清早，他的妻子來到旅店找人，無意間提及那旅客的姓名。之後，母親上吊自殺，妹妹投井自盡。[59]

根據埃夫拉爾的研究，歷史學者塞甘（J.-P. Seguin）曾在十七世紀的一份舊報紙裡找到一則線索：「一六一八年十月，朗格多克（Languedoc）地區的尼斯姆鎮（Nismes）發生一起因不相識，親生父母誤殺兒子的事件。這是一則出奇又駭人聽聞的

57 *L'Étranger, Oeuvres complètes*, Tome I, 2007, p.187.
58 Évrard, Frank, *op. cit.*, p.74.
59 *L'Étranger, Oeuvres complètes*, Tome I, 2007, p.187.

故事。」事實上，在之後的十八及十九世紀裡，人們更換了主角，繼續傳遞著這則奇聞，包括透過戲劇、社會新聞的敘述、歌劇腳本、民間悲歌等等。透過無數的變體，每回這類的敘述都被視為原始版本，此乃是由於體現在現實的真實效應所賜。這種神話式的敘述中的道德意涵至為明確。故事的內容打破了禁忌，以便強調並呼籲戒律的必要。無論如何，它提醒我們不要犯殺戒，因為我們極可能就殺掉自己的同胞。[60]」

卡繆在美國版的《卡里古拉及其他三劇》（*Caligula and Three Other Plays*）的序言寫道：「《誤會》一劇寫於一九四一年，彼時法國已被占領。在這樣的歷史及地理情勢下，足以體會當時我身上出現的幽閉恐懼，而它也反映到這齣戲裡。因而，此齣戲劇會令人感受到窒息沉悶，這是事實。不過，在那個時期，每個人都不可能大口呼吸。儘管劇中的憂鬱會感染到觀眾，為了讓大家接受此劇，我僅提供兩點建議：一是，接受此劇的道德並非是全然負面的；二是，設想《誤會》的意圖，旨在寫出一齣現代悲劇。[61]」

《誤會》曾訂名為《流放》，而這個主題有點反映了卡繆當時的處境。一九四五年底，卡繆在其《札記》裡寫了一段針對《誤會》一劇的主題，比較深思熟慮的觀感：

> 人類的所有不幸皆因人們不肯有話直說。如果《誤會》一劇的主角說：

「是啊，我就是妳的兒子！」接下來的對話是有可能的，而且也不會像劇中那樣給搞混了。這就不會有所謂的悲劇，因為悲劇的高點來自主角的充耳不聞。（……）能夠均衡荒謬的是，人類社會團體與之對抗。所以，如果我們選擇服務這個團體，我們就是選擇了對話（即便到了荒謬的程度），用以對抗所有謊言及緘默的權術。如此，我們與他人相處便會覺得自在輕鬆。[62]

看來這齣「現代悲劇」並未大獲成功，也未能大受歡迎。不過，卡繆解釋道，這種現代的也是日常悲劇的失衡，似乎是這場悲劇的根源：

> 如果悲劇的結局是死亡或嚴懲，但必須認知，在這當中，被懲罰的不是罪行本身，而是主人翁的盲目作為；只因他否定了均衡及緊張的情勢。[63]

60 Évrard, Frank, *op. cit.*, p.66.
61 Cité dans *Oeuvres complètes*, Tome I, *op. cit.*, p.448.
62 *Carnets II*, pp.161-162.
63 "Conférence prononcée à Athènes sur l'avenir de la tragédie". (1955), *Théâtre, récits, nouvelles*, 1991, p.1705.

儘管卡繆將《誤會》一劇列為其「荒謬」作品系列，但根據格勒尼耶的分析，這齣戲劇反而比較接近「反抗」系列。[64]因為劇中，在不幸已確立後，女主角瑪爾塔（Martha）依然提高嗓門，很憤慨地說：「我啊，我受到不公正的待遇，沒有人認定我有理，我不會屈膝認罪的。奪去我在這地球上的位置，被我的母親拋棄，獨自面對我的罪行，我將離開這個世界，但心有未甘。[65]」

簡言之，這樁「捷克斯洛伐克的故事」的社會事件，也是一件日常會發生的事件，它在日常生活中體現為一種神話。正如沙特的評論所言：「卡繆的《誤會》一劇裡的人物並無象徵性，這些人物有血有肉：一個母親，一個女兒，及一個遠行歸鄉的兒子，他（她）們的經歷局限於自身。然而，這三個人均具有神祕性，從這層意義上來說，他（她）們之間所產生的誤會，可作為人與自身，人與世界，人與他人之間所滋生的誤會的具體體現。[66]」而卡繆的換置手法不僅提升平淡日常生活的事件，也讓它成為一部藝術創作，一部傑作，及一個神話。

斷頭台的縈念

《異鄉人》書中主人翁莫索提到他的母親曾告訴他，他的父親為了目睹一名兇手被正法，看完回到家便嘔吐不止。這件事情是確有其事的：

> 這時，我想起媽媽講的關於我父親的一段往事。我從未認得過我的父親，關於這個人，我所知道的全部確切的事，可能就是媽媽告訴我的這件事：他想去看處決一名殺人兇手的場面。想到要去看別人被殺，他就感到難過，但他還是去了。回到家時便嘔吐了一個早上。聽了之後，覺得我這個父親有點令人厭惡。現在我明白了，那是很自然的事。當時我居然沒看出執行死刑是多麼重大的事情。總之，它是真正使一個男人感興趣的唯一的事情。[67]

這個記憶經常縈纏著卡繆，因為他在〈關於斷頭台的思考〉（一九五七）一文中，一開頭他又講述這個由家人告訴他的故事：他的父親曾專程跑去現場觀看行刑，看完回

64 Grenier, Roger, *Albert Camus, soleil et ombre*, p.160.

65 *Le Malentendu, Oeuvres complètes*, Tome I, 2007, p.491.

66 Cité dans Grenier, Roger, *op. cit.*, pp.159-160.

67 *L'Étranger, Oeuvres complètes*, Tome I, 2007, p.205.

到家便嘔吐不止。卡繆針對此事做了結論指出：「他（父親）剛剛才親眼目睹了那個現實的場面，而這種場面一向都被掩飾在一些冠冕堂皇的用語之下。在看了之後，他沒有去想想那些被斬首死去的孩子，卻怎麼也控制不住總是想著，那個剛剛被切斷脖頸，被丟棄在行刑台的板上，渾身抽動顫慄的軀體。（……）當被視為保護人民的至高司法，其功效只是讓老實人嘔吐。那麼就很難去接受它會負起其應盡的責任，給當地的人民帶來安寧和秩序。相反的，它令人嫌惡的程度不會亞於犯罪本身。這種新形式的殺害，反倒會在前一種形式的殺害之上，添加新的恥辱。[68]

總之，卡繆質疑司法體系，主張廢除死刑。他在其未完成的手稿《第一人》裡再次詳述這段插敘，同時譴責不該採用死刑：「在他童年有一個印象非常深刻的事，這件事一直跟著他一輩子，甚至走進他的夢裡；便是他的父親大清早三點鐘便起床，跑去觀看一個惡名昭彰的兇手被行刑的情形——這件事情他卻是從他外祖母那兒知道的！那個叫畢黑特（Pirette）的兇手，是阿爾及爾市附近的薩黑勒農場的工人。他用鐵鎚擊斃了男女主人和三個小孩。（……）大夥兒便開始搜捕兇手，結果在郊野找到了他，面容呆滯、傻愣愣的。當時整個輿論震驚不已，一致要求將他處以極刑，結果也就這樣判定了。行刑的地點就在阿爾及爾市巴柏魯斯監獄前頭，還吸引不少民眾趕去圍觀。據外祖母的說法，傑克的父親對於這種罪行非常憤慨，三更半夜便起身，親自跑去觀看這場殺雞儆猴示範的行刑。不過，沒有人知道當場的情況，表面上看來，行刑並沒有發生什麼意外事件。但傑克的父親回到家滿臉慘白，直接倒下就睡，之後又起身吐了好幾回，又再回去躺下。他從此絕口不提當時他所看到的情形。[69]

這回，卡繆承認他永久保留著執行死刑這個形象。「就這樣，在他這一生當中，這些形象一直在夜裡跟隨著他，雖然中間曾有所相隔，卻十分規律地成了他最常夢見的可怕幻象；型態雖有別，但主題卻是單一不變的，就是有人前來逮捕他，並將他送去行刑。[70]」雖然，他將這段自傳式的敘述安插在書中「尋找失父」這一章裡，但這卻是他記起父親的唯一線索：第一次世界大戰，在法國北部戰死，當時卡繆只不過二歲。同樣的，在《鼠疫》一書裡，那位知識青年塔魯，因不滿父親的作為而離家出走。擔任助理檢察官一職的父親，在一個起訴案中主張判處兇嫌死刑，結果被法院裁定了。塔魯旁聽

68 *Réflexions sur la guillotine, Oeuvres complètes*, Tome IV, 2008, pp.127-128.

69 *Le Premier homme, Oeuvres complètes*, Tome IV, 2008, pp.788-789.

70 *Ibid.*, p.789.

了這場訴訟，自覺有罪，替父親感到羞恥，並表示「在任何罪犯身上，總有一部分是無辜的！」為此，他便決心投入拯救他人的行列。[71]

這也就是何以打從他的第一部小說《異鄉人》，到最後的遺作《第一人》，卡繆總是會在書中談論死亡，像是他對死亡這個主題有著特殊的偏好，或者對斷頭台有著揮之不去的繫念。「死亡（或者它的呈現）的意識一直都出現在卡繆的作品裡，從《反與正》到《第一人》，這種呈現有著多重面貌；從〈嘲弄〉一文平淡無奇的結論：『人皆有一死，各有其死法』，到傑克・柯爾梅里（Jacques Cormery）（即卡繆本人）的那趟瞻仰之旅，前往聖布里厄（Saint-Brieuc）父親的墳前憑弔；當中還包括作品的標題：《幸福的死亡》，《婚禮集》裡對意識清醒的死亡的冥想，《薛西弗斯的神話》裡對生命的意義與價值的沉思，莫索因喪母在法院裡的對質，瘋狂殺人魔卡里古拉的任意判死人及罪己的行徑，瑪爾塔的弒兄行為，以及瘟疫導致奧蘭市屍體遍野，《戒嚴》裡擬人化的死亡等等，像對生命激情的熱愛那般，死亡的主題及其戲劇張力皆取之不盡，且滋養著卡繆的反思。」[72]列維—瓦蘭希的這段評論極具深意及啟發。人只有一次面對死亡，尤其在現代世界裡，人們已不再相信靈魂不朽，死刑這樣的懲罰便是終極的，到任何地方都不可能提出申訴，況且這個地方也不可能存在。

同樣地，他終其一生被痊癒率不高的結核病所苦，且數度與死神擦身而過，卡繆的作品打從青年時期起便不停歇地體驗著死亡，而他也透過書寫予以表達。譬如，他年輕的一首小詩：「地中海，／噢，浩瀚的地中海，／您的子民，獨自，裸裎，清清白白地，等待著死亡！[73]」

一九三六年初，他就擬訂了《幸福的死亡》的寫作計畫，安排書中主人翁帕特里斯（Patrice）講述自身作為死因的故事：「我看到了這個男人，他就是我自己。他說的每一句話都勒緊我的心頭。[74]」一九三七年十二月，卡繆在其《札記》裡寫道：「這傢伙什麼都承諾人家。現在他在一家公司工作，除了下班回家，他沒做別的。回到家，先躺一會，邊抽菸邊等著晚餐時刻到來，再回去躺著，並睡到第二天。禮拜天，他很晚起床，待在窗邊，看著雨或陽光、行人，或者靜默不語。就這樣行禮如儀了一整年。他等

71 *La Peste, Oeuvres complètes*, Tome II, 2007, pp.204-210.
72 Lévi-Valensi, J., "Introduction", *Oeuvres complètes*, Tome I, op. cit., p.lii.
73 Cité dans Lenzini, José, *op. cit.*, p.59.
74 *Carnet I*, p.24.

待著，等待著死亡。管他什麼承諾來的。因為，好歹……[75]」此外，有關斷頭台的隱喻，也多次出現在他的《札記》裡。一九三八年十二月，一則以「論荒謬？」為開頭的記述，它扼要分析了一名死囚在即將被正法的前夕的心境。「此刻荒謬至為明晰，它不同於非理性，眼前都是事實確鑿的徵兆。（……）事實確鑿的是，人家即將砍下他的頭；就在他意識清醒的狀態下——甚至就在他的意識清醒且全集中到一個事實，就是人家即將砍下他的頭。[76]」

一九四二年五月，他發表了他的扛鼎之作《異鄉人》。事實上，他這部小說的後半部幾乎也都在討論死刑。從一名受審的殺人犯的視角，思索人性，批判司法，探索人的存在及其荒謬性，還有死刑的意義。書末，主人翁莫索坦然接受死亡，作為他最終極的反抗。他說道：

> 面對著充滿星光和暗示的夜，我第一次向這個既溫馨又冷漠的世界敞開心房。我感受到這個世界是如此地像我，如此友愛。覺得自己過去是幸福的，現在依然是幸福的。為了讓這事有個圓滿，為了讓自己也感到不那麼孤獨，我還是希望在處決我的那天，會有很多人前來看熱鬧，希望他們發出對我報以仇恨

的喊叫聲。[77]

我們可以這麼認定，「正是無可避免的死亡的這種經驗，緊密地連結到活著的喜悅，才是『荒謬』的源頭。[78]」簡言之，打從孩提時期起便縈繞著父親永存的死亡這個事實，以及一生中隨時會發病奪去其性命的死亡，還有在戰爭時期及法國光復後發生在其他人身上的死亡等，都激發了卡繆在構思創作時的許多思考，同時也可理解到他對人類命運的關注之情。很不幸地，這當中也包括了他個人在一九六〇年一月四日因車禍導致的意外死亡，享年四十六歲。

小說裡的神話化插敘

當代卡繆研究權威學者列維—瓦蘭希在《卡繆全集》（二〇〇六）的導讀裡指出：

75 *Carnet I*, p.98.
76 *Carnet I*, p.141.
77 *L'Étranger, Oeuvres complètes*, Tome I, 2007, p.213.
78 Pingaud, Bernard, *L'étranger d'Albert Camus*, p.37.

「《異鄉人》出版已超過六十載，但一點兒也沒失去它的獨特性，以及其創新和謎樣般的性格。小說文本裡的詞彙及句法是如此清晰，因而經得起任何貶低視為膚淺之作的看法，正如其主人翁莫索那樣，他並沒有被界定為一介普通人物。（……）《異鄉人》出現一種奇特的真實效應，重讀它也不會陷於含糊不清，尤其書中人物，不僅有其獨特性，在神話層面上也獲致一種普世的、象徵的及倫理的高度。（……）事實上，《異鄉人》正是想要提供一個神話，即一個現代人被日常生活及偶發事件裡的荒謬性所苦，這種荒謬性復因體制和社會的徹底顛頇而與日俱增。它是講述一個人的故事，這個人拒絕對自己撒謊，也拒絕欺騙他與世界的關係。[79]」

《異鄉人》的成功絕非偶然，這項成就需要許多插敘做理想的布局，需要將事物轉化，並從中提領出價值，尤其需要一種敘事手法，它能夠讓建基於事實，或者虛構的敘述轉為一種神話。一九五〇年五月，卡繆在其《札記》上寫道：

> 我在前兩個系列裡的作品提到不說謊的人，但並不是現實。世間並不存在這種人。這就是何以在我們所認定的意義上，大概直到現在，我都不是一個小說家。而比較像一個依著激情和焦慮去創造神話的藝術家。這也就是何以那些

將我帶到這個世界的人，在這些神話裡總是有其力道且獨一無二。[80]

列維—瓦蘭希指出，「此處『前兩個系列』一詞所指的是『荒謬』及『反抗』，顯示了在其創作與現實存於世界之間，並沒有所謂的界線，且神話與現實之間也並非總是對立的。」[81]

為此，卡繆這位作為「神話創造者」的夢想家，舉了梅爾維爾（H. Melville）的例子，說他不會忽略真實的力度：「像許多偉大的藝術家，梅爾維爾是以具體之事作為象徵的，而非憑空設想出來的。神話創造者只有當事實厚實到足以讓其天分介入之際，才會參與其間，而非只在想像事物稍縱即逝的虛幻事物裡。[82]」不過，「將事實建構成神話的轉化活動，並非來自脫離現實這樣一種逃避的渴望而已。相反的，而是在『熱愛活著』與『絕望活著』之間追求全然滿足感的渴望。卡繆很早就認知到這種渴望，就是他

79 Lévi-Valensi, J.,"Introduction", *Oeuvres complètes*, Tome I. pp.xxxiii-xxxv.

80 *Carnets II*, p.325.

81 Lévi-Valensi, J., *Albert Camus, ou la naissance d'un romancier*, p.533.

82 "Herman Melville" dans *Oeuvres complètes*, Tome III, p.899.

與自身及他與世界之間的關係的根基。[83]」為此，卡繆便信心滿滿地做出如下結論：

《異鄉人》既非現實亦非荒誕之作。我倒認為它是一個具體化的神話，不過是非常根植在日常生活的人性和熱情上。[84]

總之，卡繆自許也自認為是一個「神話創造者」，他以「努力建構一種語言及創造神話」[85]，來界定自身的企圖及自己的創作目標。

我們倍感有趣地注意到，連結到《異鄉人》一書裡的軼聞和插敘，對於當代這部重要小說而言，都是極佳的範例。譬如：「不想看媽媽最後一眼」、「在死者屍體前喝杯牛奶咖啡」、「在守靈時抽菸」、「帶孝期間跑去看費南代爾的搞笑片」及「和公司前女同事上床」等等插敘，這些都成了謀殺母親的「證據」，一種「道德謀殺」，最後成了小說後半部裡指控的內容，也就是上演對簿公堂的戲。為此，《異鄉人》整部小說就仿如一場訴訟。主人翁莫索必須出庭，但卻無權作證，或自我辯解。他只能眼巴巴地看著法院的運作，成了一名十足的旁觀者（即局外人）。卡繆譴責並醜化了司法體系，同時也提醒我們，莫索乃是當中「唯一」有自覺的人。簡言之，卡繆書中所安排的插敘，向我們展現了一段複調且象徵的故事，它不僅凸顯了卡繆的敘事手法，也反映了將真實事件轉化為神話的企圖，特別是以一種復活的方式呈現：「其人物有其人性，也活在當下。[86]」

殺死一名阿拉伯人

根據學者菲奇的說法，「《異鄉人》這部小說真正的主題乃是死亡。[87]」為了讓這個死亡成為神話，就得呈現某些行為模式，並建構人之所以存在的智性原則。在溝通中說出實話來對抗所有的虛偽，真實必須提供詮釋及予以活化。另根據埃夫拉爾的理解，「社會事件的這種神話維度，就出現在《異鄉人》一書裡。殺死一名阿拉伯人的敘述，疊合了戲劇世界與神話悲劇，呈現其必要性與其小說世界。莫索殺人的動機竟然是『我

83 Lévi-Valensi, J., *Albert Camus, ou la naissance d'un romancier*, pp.537-538.

84 Littre du 8 septembre 1954 à Hädrich, cité dans *IMEC*, p.8.

85 *L'Envers et l'Endroit, Oeuvres complètes*, Tome I, 2007, p.38.

86 Cité dans Grenier, Roger, *op. cit.*, p.384.

87 Cité dans Pingaud, Bernard, *op. cit.*, p.37.

只感覺到鐃鈸似的太陽罩住前額，（阿拉伯人手上的）那把刀子刺眼的刀鋒，一直隱隱約約地對向我。[88]』就太陽在象徵主義裡的意涵而論，它代表死亡、命定及正義；大海則代表軀體、渴望及愛情。因而殺人的場景具有雙重的可讀性是有其可能的。至於從現實主義的角度閱讀，它是指社會事件虛構中的某一個人的故事，這個人因陽光刺眼才開槍打死一名阿拉伯人。不過，《異鄉人》的敘事則建議另一種閱讀方式，它鼓勵人們採用幻想及神話的方式來閱讀。亦即，為躲避命運嚴酷的指令，它奪去人的自由，這個人便朝著洩漏及審判它的太陽射槍。這個人渴望生活在水裡，帶著他的一切渴望，就生活在社會及世界的陰暗角落裡。[89]」

埃夫拉爾又指出：「理論上，殺人的社會事件會在線式及向前的歷史時間，與反覆及循環的神話時間，兩者之間的緊張關係產生作用；一方面，它像一系列突發及不可逆轉的事情那樣真實，另一方面，它像依著預先安排好的節奏，建基在原始事情的一再重複那樣被感知，組成一個恆久的結構，這些事情似乎在同一時間推延到了過去，也到了現時，及到了未來。（……）社會事件因而提供了一個結構化的雙重模式，它讓依著自身規則所形成的神話，與依著自身運作規則所形成的當代世界裡的客觀現實，兩者相互交錯。[90]」

小說中出現殺死人這樣的暴力，著實需要提供甚多的事由，不論是敘事的，或是心理學的。不過，後者的事由比較不為人所採信。初步的分析讓我們可以得出如下的說法：「它讓這個面目幾近模糊的阿拉伯人作為替身，而它唯一的作用似乎就是觸動這樁慘事，以及讓這位溫和的敘述者，搖身變成殺人犯。[91]」然而，卡繆向我們展示的乃是，如果這項犯罪行為應予以譴責，以及如果莫索是有罪的，但卻不應由他一個人來承擔極刑。因為在人皆有罪的前提下，莫索身上總是會有無辜的一部分。既然沒有了絕對化的責任，就不應有絕對化的懲罰！如此明晰的推論就銘記在所有人類的價值上，為此，它就成了一項永恆的神話。

神情直愣愣的女子

在《異鄉人》一書裡，卡繆放進了一個插敘「神情直愣愣的女子」，引起不少人在

88 *L'Étranger, Oeuvres complètes*, Tome I, 2007, pp. 175-176.
89 Évrard, Frank, *op. cit.*, p.98.
90 *Ibid.*, p.97.
91 Pingaud, Bernard, *op. cit.*, p.124.

閱讀上的疑問及困惑。人們問著，在主人翁莫索的情節裡安排這位動作一如自動木偶人的女子，或小自動木偶女人，或表情直愣愣女子或小婦人，其用意何在？

我到塞萊斯特餐館吃晚餐，我已經開始用餐了，這時進來一位怪異的女子。她問我是否可以與我併桌用餐。她當然可以！她的手勢忽上忽下，眼睛炯炯有神，一張小臉蛋貌似蘋果形狀。她脫下緊身上衣坐了下來，焦躁地看著桌上的菜單。她呼喚老闆過來，立刻點了她要吃的菜，語氣精準又急促。在等前菜冷盤上桌之際，她打開手提包，取出一小張紙和一枝鉛筆，提前結算出費用。然後取出小錢包，外加要給的小費，如數地放在桌角上。此時，老闆送來了前菜，她吃得飛快，一掃而空。在等下一道菜時，她又從手提包裡取出一枝藍色鉛筆和一本這一週廣播節目的雜誌。她仔仔細細幾乎把所有的節目都做了記號。因為那本雜誌有十來頁，所以整個用餐時間她都專注地在做這件事。我都已用完了餐，她還專心一志地圈圈點點。不一會兒，她用完餐站起身，以方才那樣精準無比的機械化動作，穿上外套，走了出去。我無事可做，也走出了餐館，並跟在她後頭一陣子。她走在人行道的邊沿上，步伐快速又穩健無比。

她一路兀自前行，頭也不回的。最後，我跟丟了她，自己也就往回頭走。心想她真是個古怪的女子，但念頭一過，我很快就忘掉這個人。[92]

除了這段介紹外，這位「神情直愣愣的女子」也在小說的後半部出現過四次。在這四次中，卡繆在當中的三次裡還特別強調了這位怪怪女子的「凝視眼神」：

> 我認出塞萊斯特老闆一旁的小女子，她到餐館用餐，穿著一件緊身上衣，動作精準又毅然決然。[93]
>
> 我感受到記者群當中最年輕的那位及神情直愣愣的女子的凝視眼神。[94]
>
> 那位年輕記者和小婦人一直都待在那兒，但卻沒拿起扇子搧風，默不作聲地用眼神盯著我看。[95]

92 *L'Étranger, Oeuvres complètes*, Tome I, 2007, p. 166.
93 *Ibid.*, p.191.
94 *Ibid.*, pp.191-192.
95 *Ibid.*, p.192.

我迎面看到那位穿著灰色西裝的記者及直愣愣女子的凝視眼神。[96]

根據加桑（J. Gassin）的詮釋，「在《異鄉人》一書裡突然冒出這段直愣愣女子的插敘，讓讀者倍感突兀，詫異為何平白無故地安排這則插敘，或者，可能會是因為主人翁的一種『害怕陌生事物的焦慮』。[97]」加桑甚至進一步提出假設，「安排這位神情直愣愣女子即是讓死亡走進餐館，並與莫索同桌。如此，這段插敘便有著明確預示的作用。[98]」

當然，精神分析學的研究能提供某些跡象，不過，還得就近審視：若我們拿卡繆的生平記事來看，出現這位神情古怪的女子極可能代表他那位跋扈的外祖母，且當中也可能揉雜著未能從其半聾半啞的母親那兒獲得足夠的母愛的情緒。神情直愣愣的女子代表著一個「惡母」，就像在《誤會》一劇裡誤殺親生兒子的那位母親。此外，文學分析也能提供這個「平白無故」插敘的若干解釋。因為卡繆曾多次提到：「藝術是一種自我克制的活動，我們不宜直截了當地挑名事情。[99]」或者，他也說過：「我的所有作品皆帶有諷刺。[100]」而根據列維—瓦蘭希的研究，「語帶諷刺」及「祕而不宣」乃是卡繆個人神話的一種表現手法。她指出：「藝術只能位於緘默和語言之間的緊張關係上，是拒絕與接受事實的另一種形式——即假裝緘默的述說，或者假裝述說的緘默，而由諷刺盡全力去翻譯它。[101]」

簡言之，不論與死亡有否關連，或者僅僅只是瞥見外祖母的形象，或者因母愛不能滿足之故，這段「神情直愣愣的女子」的插敘是否反映了一種「害怕陌生事物的焦慮」（佛洛依德的用語），一個幻景，或者僅僅是一種書寫遊戲，或者一個諷刺的形式，這些都值得我們去深思。

作為象徵的鼠疫

卡繆的《鼠疫》（一九四七）乃是一本關於神話的最佳小說。整部小說只談論鼠

96 *Ibid.*, p.203.
97 Gassin, Jean, "À propos de la femme « automate » de *L'Étranger*", p.77.
98 *Ibid.*, p.78.
99 *Carnets II*, p.107.
100 *Carnets II*, p.317.
101 Lévi-Valensi, J., *Albert Camus, ou la naissance d'un romancier*, pp.538-539.

疫、傳承，或者厄運。卡繆從構思到完稿，整整花了七年的時光來撰述這部虛構小說。這部小說也是象徵現實主義流派的最理想化書寫範本，因為卡繆花了許多時間來查閱瘟疫的歷史記載，細心觀察傳染病的情況，以及他自身在戰爭期間的親身體驗。譬如，一九四二年十一月十一日，納粹德國發動新一波的侵略，揮兵南下，攻占法國南部。卡繆在其《札記》上寫道：「十一月十一日，像一群鼠類。[102]」其結果就是，難民遍野，人們就像逃避傳染病那般逃難。

卡繆希望他這部有關瘟疫的「記事」能成為一種神話。為達成這樣的目標，他就以具體可證的真實世界為依據。這段力圖呈現其真實面的歷史，包括它的背景、曲折婉轉的劇情、病情的臨床描述、性格迥異的人物，講述的是，為什麼這場瘟疫並非在一座想像中的城市爆發，而是選在奧蘭市？為什麼需要與世隔絕任由厄運蹂躪？以及為什麼有那麼幾個人清楚認知到，只有透過反抗這種唯一的態度，才得以對抗不幸？

羅蘭・巴特曾發文批評《鼠疫》一書「缺乏互助的道德」，為此，卡繆於一九五五年一月十一日寫了一封公開信駁斥他的這種看法，建議羅蘭・巴特以一種更能結合事實的方式來閱讀它。卡繆寫道：「我期待人們以更多的層面來閱讀《鼠疫》，其內容明明確確就是歐洲對抗納粹的故事。其證據就是，這個敵人不用我分說，大家都知道是誰，尤其在所有歐洲國家裡。此外，也要強調一事，在法國被占領期間，《鼠疫》一書當中有極長的篇幅曾刊登在地下的抗敵集刊裡。這樣的情境就足以印證我所採取的換置手法。就某個意義而言，《鼠疫》絕非僅是一段抗敵的記事。肯定的是，它早已超出抗敵記事了。[103]」

卡繆將《鼠疫》歸類到他的「反抗」系列裡，在撰寫的同時，他也在構思《反抗者》。卡繆強調這種「反抗」並非個人式的。因此，在寫給羅蘭・巴特的同一封信上，還特別提醒他這點：「相較於《異鄉人》，《鼠疫》突出了從一種孤獨反抗，過渡到認知由團體一起反抗的態度，這點是無庸置疑的。如果《異鄉人》與《鼠疫》之間存在著某種演變的話，那就是它是朝向互助及參與的方向。[104]」

繼《異鄉人》之後，卡繆的《鼠疫》的出版也大獲成功。這部小說獲頒當年的「評論家文學獎」。這部呼籲歐洲自覺及符合冷戰時事背景的小說，讓卡繆在世界文壇上更

102 *Carnets II*, p.53.
103 *Théâtre, récits nouvelles*, 1991, p.1973
104 *Ibid.*, p.1973-1974.

加享有盛名。簡言之，卡繆利用自覺創造了一個當代神話。從意識形態而論，這種執拗、這種象徵，就存在於我們心底，它也是一種人的本性。它是會致命的、快速感染的，個人是無法單獨與之對抗的，唯一能做的就是想盡辦法避開它。卡繆在書末做出結論指出：即便贏得戰役，但這項勝利不會是恆久的：

聽到城裡傳來歡呼聲，里厄心底想著，這樣的歡樂總是會受到威脅的。因為這些興高采烈的人群看不見某事，但相關的書籍已經告知我們：鼠疫的桿菌絕不會就此滅絕或消逝。它能潛伏在家具或衣櫥好幾十年，在房間、地窖、旅行箱、手帕及廢紙堆裡耐心等候。也許有那麼一天，鼠疫會喚醒鼠群。讓牠們葬身在某個幸福的城市，使人類再罹厄運，再度汲取教訓。[105]

投河溺死的女子

跳進塞納河「溺死的女子」是《墮落》一書裡的主要插敘，至於「背後有人發噱」則是這部獨白式小說重複出現的主題。這部小說比較像是一部單人獨白，因為說話的對象並沒能回應。主人翁是個名叫克拉芒斯（J.-B. Clamence）的男子，他譴責自己，同時也指控別人；我們碰上的是一位「法官兼懺悔者」（juge-pénitent）。這位主人翁有著卡繆的若干特徵，至於那位沒能夠出場的聽眾，也根本不存在的人，也被推論就是卡繆本人。

人們會問：為何克拉芒斯要自我放逐到阿姆斯特丹？

> 那是一個十一月的夜晚，是在我以為聽見背後有人發噱之前的兩三年。我走上羅亞爾橋，返回位於左岸的住所。此刻已深夜一點鐘，下起了小雨，簡直就是連綿的毛毛雨，也就驅趕了本已寥寥無幾的行人。我剛與一位女友分手，此刻她應已入睡。走這一趟路感到很愜意，心情平和；像雨水飄落，溫和的血液流暢著，身體都靜了下來。過橋時，我從一個身影後方走過，那身影正俯身靠著扶牆，像是在觀賞流水。挨得近些，辨出那是一位身著黑衣纖細的少婦。深暗色的頭髮和大衣領子之間，露出一截脖頸，皮膚細緻，又微微濕潤，讓我有些動情。但只猶豫了一下，便繼續前行。走過橋身，我順著堤岸往聖米樹爾

105 *La Peste, Oeuvres complètes*, Tome II, 2007, p.248.

> 大街、我的住處走去。大約走上五十公尺，突然聽見撲通一聲，人體掉落水面的聲響。雖然離我已有一段距離，但在靜謐的夜裡卻相當駭人。頓時我停下腳步，卻沒回頭。幾乎同時，我聽見一聲呼喊，接著重複呼叫了幾回，它從河面傳來，然後突然沒有聲音了。在突然凝結的夜裡，這種寂靜幾乎無垠無境。我很想跑開，但身體卻佇立在那兒。我想一來是冷，二來是怕，就這樣我哆嗦不已。我自忖應該趕快做點什麼，卻覺得渾身癱軟，怎麼也使不上勁兒。我忘了當時心裡在想些什麼。「太遲了，太遠了……」之類的。我就一直佇立在那兒，側耳傾聽著。之後，我頂著雨水，慢慢走開，我沒有向任何人提及此事。[106]

這就是法律人士稱之為「見死不救」的罪行，是他怎麼也無法承受的。根據傳記作家洛特曼的資料分析：「《墮落》一書最令人信服的關鍵，事實上就是自傳的成分。以拒絕伸出援手，協助陷於困境的女子，來隱喻卡繆的個人遭遇，他的朋友們不會不注意到這個夠明顯的暗示。至於《反抗者》所引發、帶給卡繆深遠影響的論戰，在《墮落》一書中留下種種痕跡，也絲毫不令人感到詫異。根據卡繆的《札記》，這場論戰使卡繆從此以消極悲觀的眼光評判他的同時代作家。譬如，早在一九五四年十二月十四日，他在《札記》上就寫道：「存在主義：當他們罪己自我批評時，可以肯定的是，他們的目的是為了淩辱別人，這簡直就是『法官兼懺悔者。』[107]」

至於「背後有人發噱」為何導致主人翁有著「從不過橋」[108]這樣的牽念呢？

> 這時，為了看一看夜色朦朧的塞納河水，我「登上」藝術橋，行人寥寥無幾。我正對著「綠林好漢」餐館，聖路易島盡收眼底。心中升起一股強勁有力又倍感成就的感覺，頓時心曠神怡。我挺了挺胸脯，正要點燃一根象徵心滿意足的香菸。就在這同時，背後爆出了一陣笑聲。驚訝之餘，我立刻轉過頭去，並未見任何人影。我直接走到橋邊的扶牆，也未見有駁船或輕舟駛過。回身轉向聖路易島，我又聽見背後傳來的笑聲；在稍遠處，笑聲似乎沿河漂下。我木

106 *La Chute, Oeuvres completes*, Tome III, 2008, p.729.

107 Lotman, Herbert R., *Albert Camus*, p.571; *Carnets III* op. cit., p. 147.

108 La Chute, *op. cit.*, p.703.

> 然而立，笑聲漸行漸弱，但仍清楚聽見它發自我的身後，但卻不知來自何處，除非來自河面。就在這當下，我聽見自己的心臟怦然跳動。[109]

「背後有人發噱」不就是每個人都有過的經驗，一種自覺有罪的感覺。卡繆以此表達他的絕望之情，並透過絕妙文筆進行懺悔，可說銜接了偉大的古典傑作，不過，卻採用了一種徹徹底底的新風格。總之，如果我們相信傳記作家托德的分析，那位迫不及待衝向塞納河上藝術橋的少婦，正是卡繆的妻子法蘭芯。[110]那麼謎題就揭曉了，典範式的諷刺就更明白地顯示了：譴責自己，也譴責別人。正如該小說書末，這位「時代的英雄」心底想的：

> 噢！姑娘，再往水裡跳一次吧！好給我一個救人及自救的機會！[111]

109 *Ibid.*, p.714.

110 Todd, Olivier, *Albert Camus, une vie*, p.638.

111 *La Chute, Oeuvres complètes*, Tome III, 2008, p.765.

結論

不少評論家抱怨卡繆沒能告訴世人他「如何寫」，只是呈現他「為何寫」。我們認為這樣的觀點只是關注一直將卡繆視為「介入作家」的傳統面向，而不將他視為一位有著出色作品及理念的「重要」作家。他的作品的現代（或嶄新）風格受到彼時許多知名作家的激賞，這是相當明確的事，舉如：從紀德到霍伯格里耶，當中還包括馬爾侯、沙特、布朗修、羅蘭・巴特等等。至少這些評論家都一致肯定這種卡繆式的風格的新穎性，亦即，簡樸、清晰、純淨，或者「白色書寫」或「中性書寫」。這樣的認同已足以將卡繆列為當代前衛作家之林。

自從他在一九六〇年一月不幸過世後，為數甚多的深入評論及一些文學研究，皆強調了他的作品的質地、創作的準備工作，以及小說作品的終極目的等等。簡言之，討論卡繆作品的「焦點」已移向其文學理論、創作目的，以及他個人所發表的文學評論。為此，我們發現在他出版的哲學論著裡，如《薛西弗斯的神話》，或者《反抗者》，都「置入」了若干討論文學評論的章節，並且以十分新穎的方式申論，譬如：「匡正的創作」、「極簡敘述」，以及「限度與節制」等等。此外，卡繆也替他自己稱之為「象徵現實主義」的風格辯護，詳加闡述在創作中「兩三個淳樸且偉大的形象」，同時透過「藝術手法」，表現一種敘事技巧的重要性。總之，卡繆所主張的自覺、文學理論、敘事手法，以及表現方式，讓他成了一位沒有派別限制的作家，而且是一位現代風格的創作者。

另一項質疑則是，不知要將卡繆歸類到「古典派」，還是「現代派」作家？我們認為答案應不會引起太多的爭議。的確，他可能是「古典派」，也可能是「現代派」。事實上，他兼具了兩者。不過可以確定的是，在心理上，他是屬於現代派，在文采上他是偏向古典主義。一方面，卡繆一直是古典主義文學的愛好者，特別是那些「有節制的」正典，他閱讀了不少這類作家的作品，從康斯坦到斯湯達爾，並從他們的作品中汲取其表達方式，譬如：語言的精確性、「簡言敘述」等。另一方面，他也相當用心地閱讀從福樓拜到普魯斯特等大作家的作品。卡繆的目的是十分清楚的，他想學習他們並超越他們。至於在精神上，我們認為卡繆應是詩人波德萊爾的忠實信徒。相關的證據甚多，卡繆的成名之作《異鄉人》，書名就直接借用自波德萊爾在一九六二年創作的一首同名詩作。而卡繆的哲學論著《薛西弗斯的神話》的靈感，應也是來自波德萊爾寫於一八五七年同名的詩作〈薛西弗斯〉。甚至，卡繆經常援引的用語：「現代藝術家」，或者「現代英雄」，似乎也都是取自於波德萊爾的藝術評論用語。另外，還有不少痕跡讓我們據以認定，他的觀點與波德萊爾那段著名的有關「現代性」的定義有著緊密的關連：「現代性就是過渡、稍縱即逝、偶發；其中一半是藝術表現，另一半是永恆與不變。」如果我們再仔細核對，也很輕易就能發現，卡繆作品的主題或多或少都涉及「現代性」這個精神。

許多當代傑出作家當然也透過他們的品格或作品，影響到卡繆的書寫，舉如：紀德、馬爾侯、恩師讓•格勒尼耶、詩人摯友夏爾（R. Char）、沙特、杜思妥也夫斯基（F. Dostoïevski）、卡夫卡、海明威、福克納等等。在哲學界方面，可以上推至柏拉圖、聖奧古斯丁，以及存有學的哲學家，如齊克果（S. Kierkegaard）、謝斯朵夫（L. Chestov）、胡塞爾（E. Husserl）、雅斯佩斯（K. Jaspers）、海德格，尤其是尼采，後者深刻地影響到卡繆。這些幾乎都是同代人，其中大部分都是「現代派」，他們對卡繆的影響是極其自然，且有憑有據，我們只稍閱讀卡繆的小說創作或者哲學論著，便可見端倪。若這些使卡繆名列當代最重要的作家之一，包括其小說《異鄉人》成為最受歡迎，名列「廿世紀最佳小說榜首」，那麼將卡繆視為現代派的一員，也應不致會令人感到錯愕。

在討論了卡繆的美學概念、敘述理論，尤其是他的敘事手法後，我們發現其小說創作的表現上有著若干原創性。這些原創性可簡述為廣義之下的「現代性」，即保有藝術面向，並擴大到社會視野。因為美不應只局限在形式，畢竟是內容（主題）決定美的水平和品質。若「風格就是人」（布封語），即創作者本人，那麼這個人就不能避居到他的象牙塔裡。因為根據卡繆的格言：「作品即是招供」，那麼就絕對有必要介入，至少在美學及道德領域上。時代的精神影響著我們，引導我們邁向美，也邁向理想王國，絕對應該透過「藝術手法」如實地描繪這個世界，同時也應該保有幾個不會被人遺忘的形象去尋求真理，讓它們成為神話。簡言之，任何人都應該挺身做出見證，以其從中提煉出人類的價值。卡繆所選中的三位希臘神話神祇：薛西弗斯、普羅米修斯，及涅墨西斯，來作為荒謬、反抗，及節制的象徵，已很清楚地交代了他的藝術事業。這些皆讓我們確信，它所呈現出的表現便是「象徵現實主義」。正如卡繆對此觀點的詮釋所強調的：「內容超出形式，或者形式完全占據了內容的作品，只會淪為說些無法盡言，且令人失望的統一。」

卡繆書寫最清楚不過的原創性，在於他對現代性、美學，及道德的自覺，而他正是透過書寫做出了他的見證。透過他華美絕倫的文筆，以及顛沛流離、四處磨練的一生，寫出了他的生命及他的時代。他的所有作品便是感人且永恆的傑作，同時也是廿世紀如史詩般的小說。藉由純淨又精確的語言，運作熟稔的敘事手法，精彩絕倫的換置技巧，尤其是深思熟慮，且因事制宜的風格，卡繆最終提升了其書寫的價值，也給法國語言注入了新生命。簡言之，生命是短暫的，唯藝術是永恆。為了允執其中，人類就必須開創，因為，「創作，就是活上兩回」！

總之，卡繆的一生及其作品應尚未完結：「他要如何做」或者「我們還聽見他在說著」（沙特寫的追悼文）。這位人道主義者堅定地提倡「節制」，無論是在日常生活的行動，或是在創作之中。質言之，這就是他的美學，不多也不少，永遠依著時事和價值觀浮動、調整，且意在尋求人與大自然之間的統一與和諧。卡繆因此為世人展現了他的「現代性」的典範，好讓我們各自去開創自己的「現代性」。

卷二

認識卡繆

卡繆作品中的空間書寫

本論文主要透過邇來興起的「空間論述」，探討卡繆作品中所呈現並呼應到這項研究方法的文本，和敘述方式及其特色，進而透過彼此的論證，試著重新解讀卡繆的書寫風格。尤其透過他於一九三八年所提出的觀點：「極簡敘述」（dire le moins），申論其在文學創作、閱讀，乃至文學批評界所激發的討論和影響。本論文分三個子題：一是探討「空間論述」的興起與範疇，二是申論卡繆「極簡敘述」的主張和美學風格，三是透過卡繆作品中的文本，申論空間與「現代性」的諸多表徵與呈現方式。

空間書寫的辯證

過去，西方哲學或文學觀念裡，空間一向附屬於時間。文學的書寫尤然，不論是歷時或共時的敘述，總是以「時間」為主軸。這種趨向直到廿世紀末才出現重大「轉向」。首先是法國哲學家巴舍拉於一九五七年發表了《空間詩學》（*La poétique de l'espace*），以現象學的視角，探討人類透過「介物」的觸發，所出現想像力的馳騁空間，並辯證著存有一種不受時空限制的「深廣意識」，一種仿如詩意般的想像空間。接著，傅柯於一九六七年發表了一篇演說：〈其他空間〉（Des espaces autres）。不過，這篇關鍵的論述直到一九八四年才出版。傅柯顯然受到巴舍拉的啟迪，在該文章中還特別引述了巴舍拉在《空間詩學》裡的一段話：

> 我們並非生活在某個同質且空洞的空間。反之，是生活在一個有各式各樣品質的空間。它也可能是一個奇異的幻想空間；像是我們本能知覺的空間、我們夢想的空間，以及像是我們與生俱有的激情的空間。它是一個輕盈、飄逸、透明的空間，或是隱晦、生硬、雜沓的空間。它是高高在上、頂峰的空間。或相反的，它是在低端底部、泥濁的空間。它可能是如湧水般流動不居的空間，或如岩石、水晶般固定凝結的空間。

傅柯在此不僅肯定「想像空間」的具體可證，也進一度提出「外在空間」的存在（它是針對巴舍拉所提「內在空間」的補述）。傅柯還指出，「我們時代的焦慮，與空間有著根本的關係。」之後，另一位哲學家列斐伏爾也於一九七四年出版了《空間的生產》（*La production de l'espace*）。書中的觀點不僅強化了傅柯有關權力與空間的關係，更進一步提出「社會空間」的理論。列斐伏爾認為，社會空間是物理空間和想像空間之外的「第三個空間」，而且它還是前兩者的加總與拓衍。他還強調，「空間乃是意識的容器。」

這些理論和論述在一九九〇年代被廣泛地討論，並應用到諸如建築美學、文化地理學、詮釋學、後現代文學批評等等思辨裡。當中尤以傅柯的〈其他空間〉一文的影響最為深遠與最為關鍵。他不僅在該文中援例，說明諸多「另類空間」（或稱之為「異域」）的存在，還採用了一個與「烏托邦」（utopie）不同的新詞「異托邦」（hétérotopie，另譯「異質空間」），來指稱這些「新」空間。他說，「烏托邦」是一個在世上並不存在的地方，而

「空間」的意涵及意識

空間（空間意識）	場所（Topos）	—地理空間（Place）	—生物空間→空間實踐
	容器（Chora）	—知覺空間（Espace）	—社會空間→空間表徵
	虛空（Kenon）	—體驗空間	文化空間→表徵的空間
	間隙（Diastema）	—想像空間	

吳錫德／製

「異托邦」則不是，它是具體存在的場域，對它的理解要借助我們的想像力。廣義的「異托邦」包含了在一個真實空間裡被文化所創造出來，但同時又看似虛幻的東西。它就存在於我們的日常生活中，具有「神話」和真實的雙重屬性。

傅柯還仔細分析並指出這些「異托邦」的六項特徵：

一、所有的文化都會參與並建構起「異托邦」，但它們卻沒有任何地理標記；譬如：某些涉及生殖、神聖的「禁忌場所」，或者比如精神病院、監獄等「偏離場所」。

二、某些「異托邦」的功能既特定又重疊，它們在文化的共時性上能發揮不同的作用；譬如：公墓是一個空間，但又不是一般的空間，而是空間裡的「異域」。只要想到那兒安葬的人曾經生活的年代、城市、社會、民族、語言、信仰等等都不盡相同，就可以聯想到它是怎樣一個異域空間的集合體。

三、某些「異托邦」是以一個單獨的真實位置或場所呈現，但卻可以並立安排幾個似乎不相容的空間或場所；譬如：戲劇舞臺或電影院，在這些真實的空間裡往往同時包含了幾個自相矛盾或自相衝突的空間，它們有些可以被「觀看」到，有些卻看不見，是被想像出來的。

四、某些「異托邦」既是「異托邦」，又屬「異托時」（hétérochronie）；譬如：

博物館或圖書館，那兒把所有的時間、所有的時代、所有的文化類型和所有的情趣都集中封閉在一個場所。這些也包括傳統的節慶，或者現代度假村，在這裡，過去的文化活動和現代的日常生活全都混雜在一起，因而也就把人類的時間重疊在一起。

五、某些「異托邦」是既開放又封閉的系統，兩個並存的空間是相互滲透的；譬如：巴西大農場著名的過宿臥室，訪客由農場大門進入，卻只是通向各自的臥室，而非成為農場主人的賓客。相同的情況亦如美式汽車旅館，它是開放式的，但房間是各自隔離的、隱匿的。

六、某些「異托邦」是既虛幻又真實的；殖民地便是其中的例子，殖民地本身就是一種「異托邦」，它會根據移入者的需要和想像，興建起比原來母國更為完美完善的「新城鎮」，包括它的空間、信仰，甚至家庭的組成、子女的數量、日常作息等等都可以照表操練。此外，十六世紀地理大發現以來，探險家和殖民者所搭乘的海船亦是典型的「異托邦」；這些浮動的空間既自給自足又自我封閉，它們航行在漫無邊際的海洋，也就把自身提供給無限，既虛無又想像的情境裡。

傅柯的這份論述不僅擴大並延伸了巴舍拉現象學所探索的「內部空間」，更將「想像空間」具體化，從而讓人類的想像力更能清楚地馳騁；也將巴舍拉以讀者為主體的閱讀「迴盪」（retentissement）現象，擴大到以藝術創作者為中心的想像和創作空間裡，即所謂的「主觀空間」（un espace subjectif）。而這些在卡繆的作品中有著極為豐富多采的呈現。

卡繆的極簡敘述

卡繆於一九四二年啼聲初試，推出處女作《異鄉人》（*L'Étranger*，一譯《局外人》）。結果因風格新穎及反映時代氛圍而一舉成名。最後於一九五七年以四十四歲之年榮獲諾貝爾文學獎桂冠（他也是法國歷來得獎者當中最年輕的一位）。這部小說不僅暢銷至今（初估法文本和譯本已售出近七百萬本），更受到彼時重要文評家高度肯定，甚至引發之後出現的「新小說派」的「客觀寫作」風格。直到今日，這部小說依然受到眾多的討論和研究。它應是廿世紀中葉以來法國最具影響力的小說。但它的篇幅不長，僅短短一八六頁而已。而且一開始，卡繆本人就不以「小說」（roman）稱之，而是以「敘事」（récit）定調，亦即，比「短篇故事」（nouvelle）略長，近乎「中短篇小說」的敘述體。不過，令人驚豔的正是它所營造的新式的敘述風格和新穎的美學。過去的文學評論多偏向卡繆打破傳統式古典和寫實式的敘述手法，尤其強調是以法文裡特殊的時態變化來陳述感情的新猷。有關以「空間」的評論則少之又少。

率先高度肯定卡繆書寫風格者，應屬沙特。他在看完小說當下就寫出了二十頁的推薦長文〈詮釋《異鄉人》〉，不僅稱許這部小說是法國二戰期間最佳的作品，也分析指出卡繆開創了一部屬於他自己的劃時代力作。質言之，一位新作家誕生了！文評家布朗修亦數度為文評介卡繆，包括《異鄉人》和《薛西弗斯的神話》，他稱許卡繆的敍述手法，尤其讚賞他的「簡約」（simplicité）風格。「新小說派」的開創者薩蘿特稱許男主角莫索是當代最典型的荒謬者。羅蘭・巴特更驚歎卡繆的敍述風格，是一種沒有風格的風格。且還激發他出版了一本以《寫作的零度》為題的評論集。這本書成了他早年文集的重要代表作。有「新小說教皇」之譽的霍伯格里耶在二十年當中先後為文評論過卡繆。之前是挑剔卡繆的布局及寫作視角（事實上他正是因此受其啟發）。之後在晚年的力作《重現的鏡子》（*Le miroir qui revient*, 1984）裡則修正了先前的觀點，並大力肯定卡繆的原創性。

早在一九三八年二月，卡繆尚未成名，以及才準備構思《異鄉人》之際，在他的筆記《手記》裡即寫到：「真正的藝術作品是那些言簡者。」亦即，如當代繪畫風格裡所強調的「極簡藝術」（Minimal Art）。之後，他又將這個觀念加以論述，放進《薛西弗斯的神話》這本討論「荒謬」的理論書裡。他說：

當作品是硬將全部經驗鉅細靡遺地放進花邊紙印製的文學裡，這種關連就不好了。反之，當作品只是從其經驗中擷取雕琢的一小塊，像鑽石的刻面，其內聚的光芒綿亙無境，這種關連就是好的。。

一九四二年，他反駁《費加羅報》署名「A・R」的文評家指責他賣弄玄虛，標新立異時，更語帶嘲諷地回敬道：「本人刻意採用極簡敍述，箇中緣由非三言兩語可向您說個明白！」一位當代卡繆研究專家雷依指出，就像古典派文學敍述裡極為重視「間接肯定」這項修辭手法那樣，卡繆的「極簡敍述」不僅是一項美學的操作，也是世界道德觀裡的一個徵象！

卡繆一生多采多姿，閱歷極為豐沛。出生在法國殖民地阿爾及利亞的貧困家庭，父親在他未滿二歲便戰死沙場。若根據傅柯的說法，「殖民地」乃是最典型的「異托邦」，而卡繆正是從書寫他的出生地著手，透過古今呼應，馳騁其想像；透過精煉高超的書寫及刻意的「極簡敍述」策略，而受到高度肯定。他的寫作主題經常不離監獄、死亡、墓地，更無時無刻不在觀物、借景，表達日常生存的荒謬性。此外，他更是劇場中人，身兼演員、導演、劇作家多項才華，對於如夢如幻的舞臺人生早有深刻體悟。尤其他還曾任記者、主編，熟悉新聞事務，更樂在其中，對於諸多新聞軼事及廣告文案，乃至看似稀鬆平常的社會新聞，更是感受深刻。在他的作品中，都可以看到他刻意安插這類事件的文本，如此不僅擴大了他的寫物視角，也讓他的文本更具現代氛圍及可讀性。另一位卡繆研究專家列維—瓦蘭希指出，卡繆不僅擅於擷取日常生活的景物，最主要的是莫過於他確定了想像力在文學創作的重要性，並且無時無刻都在思索如何將最習見的「事物」（réel）轉化為「神話」（mythologie）的可能。

卡繆如何寫「空間」

本論文以《異鄉人》的文本為例，引述並申論卡繆的「空間書寫」以為佐證，並期從中探究其「現代主義」文學風格的特徵，尤其是他力求精煉的極簡風格。

在描寫「養老院」的院子，他寫道：

> 我們穿過一個院子，那兒有不少老人，正三五成群地閒談。我們經過的時

候，他們都不作聲了；我們一過去，他們又說開了。真像一群鸚鵡在嘰嘰喳喳令人厭煩。

寫來既傳神又形象鮮活。而寫「停屍間」是這樣的：

> 我進去了。屋子裡很亮，玻璃天窗，四壁刷得白灰。有幾把椅子，當中有幾個X形的架子。正中兩個架子上停著一口棺材，闔著蓋子，一些發亮的螺絲釘，剛擰進去個頭兒，在刷成褐色的木板上看得清清楚楚。棺材旁邊，坐著一個阿拉伯女護士，穿著白色工作服，頭上纏繞著一條顏色鮮亮的圍巾。

文字不僅簡潔，情緒更是「客觀」至極，仿如事不關己地在觀看某個陌生地。卡繆的書寫用字精簡，三言兩語便能勾勒出景物的特徵，寫物極為突出。譬如描述自己的房間：

> 吃過午飯，我有點悶得慌，就在房子裡踱來踱去。媽媽還在這的時候，這

房子還挺合適，現在我一個人住就太大了，我便把飯廳的桌子搬到臥室裡來。我只住這一間，我的活動空間就只限著個房間：幾張草坐墊已塌陷的椅子、一個鏡子發黃的櫃子，一座梳粧檯，一張銅床。其餘都不管了。

寫同樓層的鄰居雷蒙的房間，則是：

他也只有一個房間，外加一個沒有窗戶的廚房。床的上方擺著一尊粉紅色仿大理石的天使像，幾張體育冠軍的相片和兩三張裸體女子海報。屋裡很髒，床上亂七八糟的。

如此只三言兩語，便把一位新喪母的男子含蓄地思念母親的情緒，表露無遺；同時也交代了男主角是怎樣的一個人，他的基本性格、生活形態，甚至鮮活的形象。至於那位孔武有力的市井小民雷蒙，他的特徵癖好也都昭然若揭。

卡繆擅於掌握氛圍，透過寫物，便輕易地將個人內心情緒與外在客觀世界結合。在此，文字成了他的黏合劑，牢牢地將讀者框進他的小說世界裡。譬如，作品中寫他在船運公司工作的場景和活動，就突出一位安於現狀的職員本色：

我的桌子上堆了一大堆提單，我都得處理。（……）辦公室外面就是海，大太陽底下，我們看了一會兒停在港裡的船。這時，一輛卡車開過來，帶著嘩啦啦的鐵鏈聲和劈劈啪啪的引擎聲。艾曼紐問我「跳上去看看如何？」我就跑了起來。卡車超過我們，我們追上去。我被一片嘈雜聲和灰塵團團罩住，什麼也看不見了。只感到一股奔竄的衝動，整個人就像置身在絞車和機械之林，置身在地平線上晃動飛舞的桅桿之中，還有一路與我們擦身而過的船隻。我先抓住車，跳了上去。然後，拉艾曼紐一把，讓他上來坐好。我們簡直喘不過氣來，汽車籠罩在塵土和陽光中行駛，在碼頭高低不平的路上跳躍奔馳。艾曼紐笑得上氣不接下氣。

透過寫景，也傳達了卡繆的心境。譬如，寫陽台外周日的街景，實際上是想表達休假日空閒又令人疲累的心境：

我的臥室朝向鎮上的大街。午後天氣晴朗。但是，馬路滑膩，行人稀少，卻個個來去匆匆。（……）我也把椅子反轉過來，像賣菸的那樣放著，我覺得那樣更舒服。我抽了兩支菸，又進去拿了塊巧克力，回到窗前吃起來。沒多久，天色變暗了。我以為要下起夏季的暴風雨，可是，天色又漸漸放晴了。不過，剛才飄過的烏雲，使街上更加陰暗，似乎是一種要下雨的徵兆。我待在那兒望天，望了好久。（……）這時，街燈一下子亮了，令出現夜空中的星星黯然失色。我望著熙來攘往的路人和燈光的人行道，覺得眼睛很疲累。電燈把濕漉漉的路面照得閃閃發光，電車間隔規律地出現，車廂的燈光照在發亮的頭髮、人們的笑容或手鐲上。不一會兒，電車少了，路樹和街燈上空變得漆黑一片，不知不覺中路上的人也走光了，直到一隻貓慢悠悠地穿過重新變得空蕩蕩的馬路。這時，我才意識到該吃晚飯了。我在椅背上趴得太久了，脖子有點兒痠。我下樓買了麵包和麵條，自己下廚做，站著吃了。我想在窗前抽支菸，可是空氣涼涼的，我有點兒冷。我關上窗戶，轉身回來的時候，在鏡子裡看見桌上的一角上擺著酒精燈和麵包塊。我想星期天總是令人疲憊不堪的，媽媽已經安葬了，我又該上班了，總之，什麼也沒有改變。

這當中最為「極簡」、「客觀」的描述，莫過於當男主角莫索的女友瑪麗問他巴黎怎麼樣？莫索的回答僅僅只是：「很髒。有鴿子，有黑乎乎的院子。人的皮膚是白的。」就這麼幾句簡到不能再簡的形容，就足以讓巴黎的「全貌」脫穎而出！

空間的拓衍

「空間」顯然並不局限在物理空間。巴舍拉認定會有一個「仿如詩意般的想像空間」，列斐伏爾也提到「空間乃是意識的容器」。卡繆《異鄉人》書中的主人翁莫索在牢房裡費力思索未來的生命，是上訴，還是走上刑台，此刻他所看到的天空是「綠色的」。雖說意識層裡知道那是傍晚時分，但這個「綠」卻是「潛」意識的，它已在暗示「出路」是沒有的。

譬如在寫「起棺」的情景，他幾乎以一介「局外人」的視角，以毫無私情又簡約至極的文字寫道：

我一眼就瞧見棺木上的螺絲釘已經旋進去了，屋子裡站著四個穿黑衣服的人。同時，我聽見院長說車子已經等在路上，神父也開始祝禱了。從這時起，一切都進行得很快。那四個人拉開一張毯子前去覆棺。神父、唱詩童子、院長和我，一齊走出去。（……）禮儀師安排了我們的位置。神父走在前面，然後是靈車，旁邊是四個抬棺的。再後面，則是院長和我，護士代表和貝雷茲先生殿後。

在描寫送殯的路途風景，也十分技巧地將書中的主題：做人子盡人事的無奈心情、酷陽的壓力，以及種種無可奈何的心境，一一濃縮陳述。當中，還特別突出母親男友貝雷茲先生的窘態以及護士代表的冷酷。同時，也埋下日後釀成悲劇的伏筆。

我覺得一行人走得更快了。我周遭仍然是一片被陽光照得發亮的田野。天空亮得讓人受不了。有一陣子，我們走過一段新修的公路。太陽曬得柏油爆裂，腳一踩就陷進去，發亮的瀝青都給溢了出來。馬車駕駛座上，車夫的熟皮帽子似乎就與這團黑泥揉在一塊似的。介於藍天白雲，和這一片單調的顏色，黏乎乎的黑色柏油、黑森森的服裝、黑漆漆的靈車，我有點兒恍恍惚惚。炙陽，皮革味，馬糞味，漆味，香爐味，還有一夜失眠的疲倦，這一切模糊了我的視線和思緒。我又回了回頭，貝雷茲（Pérez）已遠遠地落在後面，消失在一團熱氣中，後來就再也看不見了。我用目光仔細尋找，才見他已經離開大路，從野地裡斜穿過來。我注意到前面大路轉了個彎。原來貝雷茲熟悉路徑，正抄近路追我們呢！在大路拐彎的地方，他追上了我們。後來，我們又把他拉下了。他仍然斜穿田野，這樣一共好幾次。而我呢，則感到血液湧上太陽穴，在那兒直跳。

以後的一切都進行得如此迅速，既準確又自然，以至於我現在什麼也記不得了。除了一件事，那就是在村口，女護理長跟我說了話。她的聲音很特別，語調優美，略帶顫抖，與她的面孔不很協調。她對我說：「走得慢，會中暑；走得太快，又要出汗，到了教堂一冷一熱就會著涼。」她說得對。進退兩難，出路是沒有的。

之後，在關進牢裡近半年後，他又想起母親下葬那天護士代表說過的這句話：「不，出路是沒有的！」這裡，卡繆則是透過第三者的話說出自我的思緒。同樣的，卡繆又以一種被傅柯稱之為「主觀空間」的寫法，來描述他與母親「心血相連」的感受：

「我理解母親的心理。在這個地方，夜晚該是一個既寂寥又令人傷感的時刻！」到了最後，在等待行刑的某個夜裡（指牢裡），他又想起送殯的這段感受：

很久以來，我第一次想起了媽媽。我覺得我明白了為什麼她要在晚年又找了個「未婚夫」，為什麼她又玩起了重新再來的遊戲。那兒，那兒也一樣，在一個個生命將盡的養老院四周，傍晚時分，應該是一個既寂寥又令人傷感的時刻。媽媽已經離死亡那麼近了，該是感到了解脫，所以準備把一切再重新過一遍。任何人，任何人都沒有權利為她落淚。我也是，我也準備好把一切再過一遍。

卡繆在此將養老院與監獄視為相似的空間，因為他藉此傳達了相同的感受。

空間與神話

作為一位「現代派作家」，卡繆不僅在文字表達上力主「極簡」原則，也大量使用現實生活中的新聞事件或廣告文案，作為文本的一部分。以「嵌空」的方式置入文本，如此不僅提高文本的張力和可讀性，也開創了另一個新「空間」。這個空間既真實、自然（naturelle）又似不真實（invraisemblable），因而開創了文本的另一個側面，使它具有某種詩意的隱喻。譬如：他在牢房的床墊下找到一張發黃的報紙碎片，上頭是「克魯中製鹽公司」的廣告。它是真實的，但卻傳達更多的好奇、疑問以及想像。

又如，回憶母親轉述其早歿的父親，某日特早出發趕去觀看某個死囚的斷頭刑，回家後昏睡及嘔吐的情景。這事也是真實，卡繆還又更詳實地寫進他的自傳《第一人》裡。終其一生，這事件一直纏縈在他的思緒中，最終讓他徹底反對死刑制裁，因為那是另一種暴力的展現，令更多的無辜者成為受害者。在此他透過文學提領出他的人道主義觀點。此外，最膾炙人口的新聞事件便是，捷克一對母女謀財害命，「誤殺」出外打拚、喬裝成旅客衣錦還鄉探親的兒子。卡繆還將這則真實新聞改編成舞台劇《誤會》。他在小說中提到：

> 這段故事，我不知讀了千百遍，一方面，它那麼不真實，另一方面，它又那麼自然。無論如何，我覺得那個旅客有點自作自受，永遠也不應該玩這種遊戲。

總之，社會新聞事件本就誇張且不尋常，但畢竟是真實。卡繆藉此強調了人生的「似非而是」，以及「虛實不分」。

卡繆擅於將日常生活場景、稀鬆平常的事物，或耳熟能詳的觀點，以現代隱喻的手法，使之「傳奇化」，並假以主觀及想像的敍述，進而淬鍊出某種帶有詩意的神話內容，開創了新的書寫，而深入讀者印象。他是這樣描寫「靈車」的：「長方形，漆得發亮，像個鉛筆盒」。他對即將判決他生或死的「陪審團」的印象則是：「彷彿電車上一整排互不相識的旅客，盯著新上來的乘客，想發現他有什麼可笑之處。」最經典的莫過於卡繆對「牢房」的書寫，他把囚室媲美為住在枯樹幹裡：

如果讓我住在一棵枯樹幹裡，除了抬頭看看天上的流雲之外，無事可幹，久而久之，我也會習慣的。我會等待著鳥兒飛過，或者與飄過的白雲相會，就像在這裡等著瞧見我的律師的那條奇特的領帶，或者就像我在另一個世界裡耐心等到星期六擁抱瑪麗的肉體一樣。然而，仔細想想，我並不在一棵枯樹幹裡，還有比我更不幸的人。

接著，卡繆又將「牢房」裡的空間加以「傳奇化」：

就這樣子，睡覺、回憶、看新聞，晝夜交替，時間也就過去了。我在書裡讀過，說在監獄裡，人最後就失去了時間的概念。但是，對我來說，這並沒有多大意義。我始終不理解，到什麼程度，人會感到日子是既長又短的。日子過起來漫長，這是沒有疑問的，但居然長到一天接一天。（……）時間沒有重複，所以就沒有所謂的時間。（……）從我學會了回憶的那個時刻起，我就一點兒也不感到煩悶了。（……）於是我明白了，一個人哪怕只生活過一天，也可以毫無困難地在監獄裡過上一百年。

在此，卡繆拿「回憶」來對抗「時間」，以及「空間」。「監獄」這個空間成了卡繆辯證其不受時空限制的深廣意識。他還更上層樓，淋漓盡致地發揮了巴舍拉所言的「內在空間」，使自己跳脫被禁錮了的空間，自由地品味他的想像力：

審訊結束。走出法院登上車子的時候，一剎那間，我又聞到了夏日傍晚的氣息，看到了夏日傍晚的色彩。在行駛中，昏暗的囚車裡，我彷彿從疲憊的深淵裡，聽到了這座我所熱愛的城市，某個我有時感到滿意的時刻的種種熟悉的聲音。在已經輕鬆的空氣中，飄散著賣報人的叫賣聲，滯留在街頭公園裡的鳥雀的叫聲，賣夾心麵包的小販的吆喝聲，電車在城裡高處轉彎時發出的呻吟聲，港口上方黑夜降臨前空中的嘈雜聲，這一切又在我心中畫出了一條我在入獄前非常熟悉，在城裡到處隨意亂跑的路線。

莫索在等後最後的判決，卡繆是這樣寫道：

我聽見大廳內一個低沉的聲音在讀著什麼。鈴又響了，門開了，大廳裡一片寂靜，靜極了，我注意到那個年輕的記者把眼睛轉向別處，一種怪異的感覺油然而生。我沒有朝瑪麗那邊看。我沒有時間，因為庭長用一種奇怪的方式對我說，要以法蘭西人民的名義在一個廣場上，將我斬首示眾。我這時才明白我在所有這些人臉上所看到的感情。我確信那是尊敬，法警對我也溫和了些。律師把手放在我的腕上，我什麼也不想了。庭長問我還有什麼話要說。我說：

「沒有。」於是他們這才把我帶走。

在這裡，法庭大廳是以第一人稱當事人的視角予以描述，但作者捨棄了物理空間的書寫，改以「意識空間」的方式敍述。其結果反而突顯了一種「客觀書寫」。宣判的結果幾乎是由「他者」的眼神宣布的，換言之，當事人是透過「觀看」他者的眼神提早獲知了判決的結果。沙特說過：「他者即地獄」（L'enfer, c'est les autres）。在此，「他者」既是空間裡的配角，也是主角，更是關懷的、溫馨的，是人道主義的……只是結局都是一樣的殘酷！卡繆正是通過這樣的書寫，提出他最為沉痛的「反抗」。

空間性與現代性

根據列斐伏爾的「社會空間」理論，存在有一種「三元組合概念」，即可將空間區分為：「感知空間」（espace perç）、「構思空間」（espace conçu）以及「生活空間」（espace vécu）。當中感知空間就是人從如萬花筒般的物理空間所感受的一切。構思空間則指被各類專家所「支配」的空間，或者由藝術創作者所「想像」出來的空間。至於生活空間（即經歷過的空間）才是人類最適存的空間，它既包含前兩種空間，更是人類應極力爭取自由和解放的空間。當中既包含統治與服從（即權力關係），也包含了人類的「反抗」。而卡繆藝術創作的核心價值及終極目標正是「反抗」。他說過：「我反抗，故我們存在。」質言之，卡繆有關空間的思索，正是聚合了這三種空間，並予以凸顯，當中既有他的所見所思，亦有他的所慮所言，更有他的創作和使命。這便是他的詩意與策略。

卡繆可說是刻意地將「空間」大量書寫進他的作品裡，並且還予以無限地擴衍。這個「空間」恆早就已存在，對它的描述也不乏其人。只是卡繆的特色在於將現代生活中早已碎片化的空間加以組合，又很高超地再加以黏合。透過現代人對「時間」的新感知，添加了對「空間」的新認知及感受，並且利用「極簡敍述」手法，將這些「構思空間」串連在一起，使書寫更具意象化，更具臨場感，更具張力，也更見荒謬，並更為現代感。

羅蘭・巴特在論述《異鄉人》時，是透過卡繆不尋常的「時間書寫」，發現了「白色書寫」（即「零度書寫」），並從書中「時間」的氛圍，瞧見卡繆作品中的「現代性」。這個「現代性」當然是有別於文學裡的古典主義修辭法，以及寫實主義裡的刻板敍述。至於「空間」的「現代性」，英國文化地理學者克朗（M. Crang）認為是：「產生於工業化的一種情感結構（A Structure of Feeling）。」卡繆正是透過這種「情感結構」，用了最簡潔有力的「極簡敍述」去彰顯現代社會中種種看似「自然」，又「虛幻」（難以置信）的二元辯證關係，並從中凸顯「荒謬」的存在。不過，最關鍵的還是，他是透過藝術家的想像與敏銳，將這些稀鬆平常的「空間」予以「傳奇化」，如此才拉近並感動讀者。

結語

卡繆的書寫簡約、客觀，而張力十足，早有定論。他不僅在時間的敍述上力創新猷，呈現一種現代性的美學風格；透過其對空間的感知，將空間書寫的諸多可能靈活運用，並連番上場而精彩繽紛。尤其配合他所身體力行的「極簡敍述」，而臻於一種既批判，又帶有詩意，及人道主義精神與傳奇效應的敍述風格，使作品的氛圍既飽和，又充滿想像，而為世人所驚豔。

「空間性」的介入顯然更有助於凸顯、體驗，並領悟卡繆的詩意和敍述手法；也同樣更有助於掌握卡繆作品的核心論述，不論是荒謬性或人類的反抗，及其作品的氛圍，如疏離感和現代性。若能聚合這些考慮和因素，也就更能多面向、更具體地體驗卡繆作品的美學。

總之，強調「空間書寫」可讓文本的呈現更立體化，更具體可證，同時還能更清楚凸顯主題論述，譬如，讓疏離感更具體，讓荒謬感更像神話，讓「他者」更鬚眉畢現等等。而最珍貴的莫過於提升「想像」的作用，讓它更寬廣、更深厚地在作者與讀者之間建立起一道共鳴。這應當就是我們現代人所探尋千百回的「現代性」吧！

（刊於《世界文學》，NO.2，二〇一二年六月，聯經，頁三一—四九）

主要參考書目：

Bachelard, Gaston, *La poétique de l'espace*, Paris: PUF, 1957.

Camus, Albert, *Oeuvres complètes*, Paris: La Pléiade, Gallimard ; nouvelle édition (t. I et II, 2006; t. III et IV, 2008).

Crang, Mike, *Cultural Geography*, New York: Routledge Academic, 1998.

Foucault, Michel , *Dits et écrits*, Tome 1: 1954-1975, Paris: Gallimard, 1984 , *Des espaces autres* (conférence au Cercle d'études architecturales, 14 mars 1967), in *Architecture, Mouvement, Continuité*, n°5, octobre 1984, pp. 46-49. http://www.foucault.info/documents/heteroTopia/foucault.heteroTopia.fr.html.

Lefebvre, Henri, *La production de l'espace*, Paris: Anthropos, 1974, 2000.

Lévi-Valeni, Jacqueline, *Albert Camus: ou la naissance d'un romancier*, Paris: Gallimard, 2006.

Rey, Pierre-Louis, *Camus: une morale de la beauté*, Liège: Sedes, 2000.

包亞明主編，《後現代與地理學的政治》，上海，上海教育，二〇〇一。

朱立元，《當代西方文藝理論》，上海，華東師範，二〇〇五。

尚傑，《法國當代哲學論綱》，上海，同濟大學，二〇〇八。

卡繆的倫理觀：求善與驅惡

「鼠疫」號稱是人類有史以來最危險的傳染病，習稱「黑死病」，因患者末期會皮下出血，全身發黑而死去。約莫在一三四〇年代發生在亞洲西南，之後傳遍整個歐洲，造成七五〇〇萬人死亡，使中世紀的歐洲人口折損了三成。其致命的病毒，到十八世紀才逐漸失去威力。

鼠疫改變了歐洲的歷史、生活乃至生存，進而影響了全世界。因為這個病毒是全人類的公敵，有關它的主題便散見在歷代的文學作品裡，其中尤以義大利人文作家薄伽丘（G. Boccaccio, 1313-1375）的《十日談》最為著名。寫的正是一三四八年發生在義大利的大瘟疫。這本名著也標示人們追求「活在當下」新的生活態度。卡繆的這本《鼠疫》（*La Peste*，另譯為《瘟疫》及《黑死病》）也強調個人的生存與抉擇，但與之截然不同的是，前者選擇逃避，十個人（三男七女）逃離災區，極盡可能地尋歡作樂；後者發揮博愛，投入救災，甚至捨身取義。當中唯一的共同點就是抨擊傳統的價值觀，尤其針對基督教會。卡繆不僅挖苦基督教士，否認來世，更以辯證法來捍衛個人追求幸福的正當性。

「鼠疫」的寓意

這本被法國學術界稱譽為二戰結束後，最好的一部小說（卡繆之前的處女作《異鄉人》也在一九四三年，被沙特譽為二戰期間法國最好的一部小說），一九四七年一出刊即洛陽紙貴，在短短三個月內就售出九萬六千本。截至目前為止，它的發行量已超過六百萬冊。第一個中文譯本是一九六九年由周行之譯自英文的版本。這部作品受到如此歡迎，除了新穎高超的文字技巧及敘述手法外，最關鍵的還是書中所洋溢的人道主義關懷，以及對情節背景「似曾相識」的高度認同。

《鼠疫》基本上是一部寓言小說，雖然故事的時空背景確實可徵：一九四〇年代，阿爾及利亞第二大城奧蘭省的省會奧蘭市（Oran，阿拉伯文為Wahrān，「雙獅」之意，塞萬提斯的唐・吉訶德曾到此城落腳，它亦是卡繆妻子的娘家）。一九四一－一九四二年間，此地曾爆發斑疹傷寒，染病人數多達二十餘萬人，當局曾進行大規模的隔離，但這些只是提供卡繆書寫的素材。事實上，早在一九三八年（卡繆時年二十五歲），在他的文學筆記《札記》裡已出現不少日後寫進《鼠疫》的記述。一九四一年三月，他在《札記》中寫道：「關於奧蘭，寫一部無關緊要且荒謬的傳記。」同年四月，他首次提到「一部關於鼠疫及冒險的小說」，並羅列了小說的角色及大綱。在這期間，他大量閱讀關於鼠疫的醫學報告、發展史及相關小說、記敘，甚至還包括一位名叫安德里安・普魯斯特（Adrien Proust）所寫的《歐洲防疫和一八九七年威尼斯大會》的專論。此書作者正是鼎鼎大名的文豪普魯斯特的父親。

一九四二—一九四三年間，他利用避居及養病之餘寫成了初稿。一九四三年曾發表一篇〈鼠疫的流亡者〉，其中部分內容出現在《鼠疫》的第二部裡。之後又陸續做了修訂及增補，尤其把納粹占領法國期間的許多事件，一併寫進書裡，以及法國光復後諸多的真人真事嵌進文本，於一九四七年成書出版。小說出乎意料外的成功及轟動，也隨即獲頒「評論家文學獎」（Prix des Critiques）。旅美途中的沙特也放棄原先預定的講題，即興又熱情洋溢地談起這本新問世的小說。

有關鼠疫的寓意有著多層涵義，一九四二年，卡繆在《札記》裡寫道：「我想通過鼠疫來表達我們曾經遭受的壓迫，和我們生活在其中的威脅及流亡的氣氛。同時，我想使這層涵義擴展到一般意義上講的生存概念。」書出不久，也有來自左翼知識界對他的批判（尤其是羅蘭・巴特的指責），指出他的作品過於道德傾向、缺乏互助的道德、過於置身度外等等。他回駁說：「我希望人們在幾個意義上閱讀《鼠疫》，但是它最明顯的意義，是歐洲對納粹主義的抵抗。證據就是其中雖未指明，但在歐洲的每個人都認出了它。」

很明顯地，「鼠疫」就是造成人類痛楚的一切「惡」。舉凡暴力、戰爭、納粹、極權、人生的苦難（仳離、孤寂、疾病、流亡、死別等等）。它同時也包含某些政治及社會批判：基督教會的顢頇及偽善、戰後法國社會的停滯及僵化，以及違反人性的死刑處決。卡繆更直接點出奧蘭居民的墨守成規及麻木不仁等等。

從荒謬到反抗

一九四七年六月，卡繆在他的《札記》中，將其作品及未來的文學創作構思分成三個階段；「荒謬」系列：《異鄉人》、《薛西弗斯的神話》、《卡里古拉》、《誤會》；「反抗」系列：《鼠疫》、《反抗者》（一九五一）；第三系列則以「愛」（Amour）為主題。這個「愛」可以是親情、愛情、友情、博愛，甚至希望、認同等。其後完成的作品以其傳記《第一人》（一九九四）為代表。

早期人們輕率地將卡繆歸類為「荒謬作家」，如同彼時流行的「荒謬劇」的劇作家那般，或者是個人主義傾向的「存在主義作家」。沙特很早就看出端倪，他說過卡繆是「點出荒謬從而反對荒謬的作家」。我們生存的世界本身就充滿著荒謬，人有生老病死、富貴貧賤。卡繆提醒我們荒謬的存在；荒謬的不是世界，也不是人，而是存在於這兩者之間的關係。唯有透過「反抗」，才能取得平衡，也才能開創。《鼠疫》揭示了人類與荒謬的關係，以及人類面對荒謬所應採取的態度。其最終意旨在於，人類要走出荒謬的狀態。

卡繆在書中指引了方向，那就是人類有權追求「幸福」，而唯有透過「反抗」才能獲致這個「幸福」。換言之，人類的社會本就是以荒謬的形式存在，它令人心灰意冷，也教人卻步不前。唯有「反抗」，才能開創。同時也應積極介入到社會，這樣才能成為一個幸福的人，進而邁向一個理想的王國。但卡繆強調的毋寧是一種普世的、天職式的「介入」，而非像沙特所主張的意識形態的「訴求」。畢竟，人是被「投入」到世界、被「捲入」到時局裡。重要的是要清醒地覺察到自身的環境，去發覺荒謬的存在。這應就是卡繆存在主義哲學的起點：「覺醒」（或者「頓悟」）。反之，麻木不仁才是最可怕的。卡繆說過：「世界上的罪惡差不多總是由愚昧無知造成的。沒有見識的善良願望會同罪惡帶來同樣多的損害。」

一九五七年十月，瑞典諾貝爾基金會以「其重要作品以一種精闢又嚴謹的方式，闡述了當今人類的自覺問題。（……）以完全純藝術風格的高度濃縮，把人類心靈中的種種問題，不加註釋地透過角色與情節，活生生地呈現在我們面前。」授予他年度的文學獎得主。時過近半世紀，如今讀來，可說相當適切地點出卡繆思想的核心所在。

從現實到神話

《鼠疫》一書係以「記事」（chronique）方式呈現，即以時間的順序記載事件的發展。從一九四〇年代的某個四月十六日爆發疫情說起，歷十個月解除隔離為止。以具體的時空描述一場想像中的大災禍。鼠疫遂成了一個殘酷的實驗室，檢驗著每一個人：醫生里厄、憤怒知青塔魯、神父帕納盧、公務員葛朗、新聞記者朗貝爾、走私商人柯塔，每個人都以自己的方式表明了對待鼠疫的態度。最後，除柯塔外，所有的人都一起組成了防疫義工隊。

小說以冷靜、平淡、紓徐不迫的口吻敘述了一場攸關生死、驚心動魄的大災禍。情節發展中穿插許多人生哲理的辯證與對話。敘述的手法尤見新猷，事件的敘述者幾乎隱姓埋名，讀者是到了第三部才赫然發現，原來作者就是第一男主角里厄醫生（本書沒有女性角色）。但細心的讀者也能發現那位憤怒的知識青年塔魯，又何嘗不是卡繆本人！他極端又沉痛地提出他的時代訴求。

一改《異鄉人》中的冷漠、平和及事不關己，《鼠疫》的文字有血有肉，論證犀利、譏諷挖苦、又鋪陳許多真實事件及黑色幽默。卡繆十分欽佩美國作家梅爾維爾創作《白鯨記》的敘述手法。他說：「（《白鯨記》是）人們所能想像出來的關於人對邪惡開戰的最感動人的神話之一。」又說：「像所有偉大的藝術家一樣，梅爾維爾是根據具體事物創造象徵物，而不是在幻想中創造的。神話的創造者只有以現實的厚度為依據來寫神話，而不是在想像的瞬間進行創造才算得上是天才。」

談到他所追求的藝術風格，卡繆在《反抗者》一書中論述道：「藝術家透過語言，或者從現實中汲取的元素重新予以配置，所進行的匡正便稱之為風格；它賦予重新創造出來的世界以統一和限度。」卡繆可說充分掌握現實與神話的力量，並給予藝術化處理，使這部小說提升為一部既具象徵意涵，又貼合現實的作品。卡繆成功地讓一樁普通事件提升為一件普世認同的藝術作品，讓人類的痛楚、流亡、仳離等情緒，得以昇華到具有某種象徵的「神話」。

總之，透過這部小說，卡繆清楚地傳達一個訊息，那就是「人之可讚之點，多於其可鄙之處。」一九四六年十二月，他以公認不信教者的身分與天主教多明我教會會員座談，公開說道：「我對人類的命運是悲觀的，對人的命運卻是樂觀的。」

是的，卡繆正是以超越宗教信仰，既樂觀又入世的態度，來撰述這部小說，它（他）引領我們更清楚地看待世界、看重生命。

（刊於《鼠疫》〈導讀〉，顏湘如譯，麥田，二〇一二年，頁七—十二）

主要參考書目：

Camus, Albert, *Oeuvres completes I, II*（全集Ⅰ，Ⅱ）, Tome I, 1931-1944 ; Tome II, 1944-1948, Paris, Gallimard, Pléiade, 2007.

---, *Oeuvres completes III, IV*（全集Ⅲ，Ⅳ）, Tome III, 1949-1956 ; Tome IV, 1957-1959, Paris, Gallimard, Pléiade, 2008.

郭宏安，《從蒙田到加繆》，北京：三聯，二〇〇七。

柳鳴九、沈志明主編，《加繆全集：小說卷》，石家莊：河北教育。

卡繆作品中的「死亡」

「我們對於死亡的事情知道得太少了，這點一直讓我感到很訝異。」

——〈賈米拉的風〉（"Le vent à Djémila", 1939）

卡繆在他著名的哲學論述《薛西弗斯的神話》（一九四二）開宗明義就說：「真正嚴肅的哲學問題只有一個，那便是自殺。判斷人生值不值得，等於回答了哲學的根本問題。」在一九三七年出版的散文集《反與正》中的一篇〈靈魂的死亡〉（La mort dans l'âme）裡，卡繆就以「我」的出發點去思忖「死」的議題：儘管生命有多麼的荒謬，生活有多麼的疏離，人還是要坦然面對死亡。他甚至呼籲：人若要和諧，就必須甚至在他的靈魂深處，接受「死亡」就伴隨人們。

死亡的經歷

卡繆可說是法國作家中，最大量議論到「死亡」議題的作家。他的每部作品、哲學論述、戲劇劇本，甚至許多評論文，都會有涉及到「死亡」的議題。有可能是因為他在十七歲那年就感染了肺結核，這種病在當時並無特效藥，也就是終其一生，卡繆都必須與病魔對抗，數度瀕臨死亡威脅，多次進出療養院接受治療。其次，卡繆本身為戰爭孤兒，他的父親在他出生不到二歲，便在一次大戰中為國捐軀，戰死沙場。而卡繆所處的時代也是歐洲最殺戮的年代。單單法國，在一次大戰就死了一五〇萬人，二次大戰也死了六十到七十萬人。他自己也因為加入抗德地下組織而一直受到死亡的威脅，或者從此與至親好友天人永隔。基本上，卡繆是反對暴力式死亡，不過在法國光復後不久展開的肅清（一九四四年九月—一九四五年）活動中，他一度力主將部分通敵的知識份子正法。因為法國承受四年多的死亡及羞辱，都是這批人造成的。不過隔年（一九四六年十二月），他便公開同意莫里亞克的觀點，後者之前與他唱反調，主張以德報怨，寬恕他（她）們。甚至在戰後，阿爾及利亞的獨立運動中，以他重量級意見領袖的聲望數度站上火線，替遭到逮捕處死的阿拉伯籍領袖說項，當中有幾位也因此免於受難，但最後，他自己反倒是無法安詳地接受死亡。一九六〇年一月，一向不欣賞快速及汽車的他，接受好友伽利瑪出版社的少東米榭爾・伽利瑪（Michel Gallimard）的邀請，一起搭乘後者的跑車北上巴黎。中途因失速撞樹而猝死！

死亡的思考

卡繆藉由作品大量表達他對「死亡」議題的反思，甚內容可分成三項，第一是從《反與正》（一九三七）、《卡利古拉》（一九四四）及《鼠疫》（一九四七）三項作品展開的形而上的反思；第二是從《異鄉人》（一九四二）及〈關於斷頭台的思考〉（一九五七）所做的社會的反思，例如：在《異鄉人》中，主要傳達的是人或多或少都是無辜的，以及在〈關於斷頭台的思考〉這篇論述文（後來單獨出單行本）主要辯證的是要從法律上廢除死刑；第三是從《札記》（一九三五—一九五九）、《幸福的死亡》（一九三六—一九三八）、《薛西弗斯的神話》（一九四二）和《反抗者》（一九五一）所進行的哲學的反思，例如：在《札記》中，他提到唯一可能的自由就是面對死亡的自由。他一向主張人們應該正視死亡。在《薛西弗斯的神話》中強調人應該勇敢活在當下，不准自殺。卡繆在一九四六年十一月發表於《戰鬥報》（*Combat*）的社論

〈不做受害者，也不當劊子手〉（Ni victimes ni bourreaux）中，主要強調拒絕讓殺人變成合法的事情，而這裡的殺人就是指處死別人。

這些論述的發展，我們也可以從卡繆死後才出版的《幸福的死亡》（一九七一年）一書中找到相關的端倪。這本在他生前未予出版的小說，一向被視為著名《異鄉人》的胚型，是在一九三六－一九三八年間醞釀成形的作品。由於周遭讀過的好友都持保留態度，包括批評它：部分情節過於超現實，調性不一，結構不勻稱，人物的信度不足等等，逼得卡繆重作思考，也經過幾次改寫，最後還是決定將之束之高閣，直到死後才得以問世。該書議論兩種「死亡」：「自然的死亡」與「意識的死亡」。描述一名年輕男子謀財害命及逃亡的歷程，最後坦然面對判決的過程。另一個主題則是探討何者為「幸福」（即：活著的幸福為何物）？而這兩個主題交錯論述，遂成了卡繆日後作品的基調。

在悲劇劇本《卡里古拉》中，「死亡」幾乎就是唯一的主題，暴君卡里古拉（Caligula）抱著死在他懷裡的至愛（與他亂倫的妹妹），才真正體會到「死亡」是如此真實又簡單的事。但之後這位暴君卻得出結論，既然人都有一死，何不由我來決定誰該死，而玩起濫殺的死亡遊戲。在《反與正》中，卡繆申論到「人終將一死，但他並不幸福。」又說：「大勇者就是敢於睜眼面對光明及死亡的人。」卡繆接著在《鼠疫》一書裡辯證，他舉了無辜的孩童卻因染上黑死病而死，表達他由衷的憤慨。當神父帕納盧向孤苦無告的居民說道：「大家要全心信仰（上帝）吧，不要反而全盤否認祂！」主角醫生里厄駁斥道：「連孩童都遭此凌遲至死，我至死都不會喜歡這個造物者！」

在社會的反思上，可說具體呈現在他於一九五七年刊載在《新法蘭西雜誌》（*Nouvelle Revue Française*）的論文〈關於斷頭台的思考〉（Réglexions sur la guillotine）裡。這篇擲地有聲的論述同時具有當代性，議題涉及政治性。卷首就先敘說源於從未謀面的父親的一段親身經歷：

在一九一四年戰爭之前不久，一個殺人犯在阿爾及利亞被判死刑，其犯罪事實特別使人憤慨（他殺了一個農民的全家，包括他們的孩子）。此人是一個農業工人，他是在一種極度狂熱中行兇殺人的，尤其嚴重的是，在殺人之後又把錢財全部掠走。此事引起了極大反響。普遍的看法認為，對於這樣一個殺人犯，判殺頭罪，那量刑是太輕了。有人對我說，我父親的意見是，殺害兒童這件事，特別令人氣憤。關於他老人家，據我所知，這是一件極少見的事，他竟然要去行刑現場親眼看一看，這是他有生以來的第一次。為了及時趕到刑場，他在夜間便起床，和一群前去觀看的群眾一起跑到城市的另一頭。那天早晨他看到的情形卻對誰都沒講，只聽我母親說，看完行刑之後，他便飛快地趕回家來，只見他形容異常，什麼也不講便到床上躺了下來。不一會兒，就見他突然大嘔起來。他剛剛才親眼目睹了那個現實的場面，而這種場面一向都掩飾在抽象的套話之下。他看過這個場面之後，不但不去想那些被殺的孩子，卻怎麼也控制不住總是想著那個即將被切斷的脖子，被丟到行刑板上那個渾身抽動著的軀體。（王殿忠譯，《加繆全集》卷四，河北教育，頁三三五）

這個事件他先前也曾寫進《異鄉人》及《第一人》裡，可見此事對他一生糾纏的程度。卡繆透過「換置」的手法，早在一九四二年即將這個真實事件寫進《異鄉人》裡：

這陣子，我想到媽媽跟我講的有關父親的事。我沒有見過父親。我認識這個人的輪廓，也許都是媽媽對我說的，譬如：他看過一位殺人犯被正法。一想到去刑場，就渾身不自在，然而，他還是去了，回家時，部分的早餐嘔吐出來。當時有點討厭父親，現在，我明白了，那是很自然的事。我怎麼沒看出比正法死刑更重要的事？畢竟，這是人們真正感覺興趣的唯一事情！如果我能出獄的話，我將要觀看每一次的死刑正法。我想我怎麼這麼笨，竟盤算這個可能性。因為一想到某個清晨，在憲警警戒線後面自由自在地觀看，可以說置身度外，一想到身為目睹者，看完後回家嘔吐一番，一股荒謬的快感就湧上心頭。但這是沒有道理的。我竟笨得儘讓自己在這種假設上撒野放肆，因為，不久來了一場可怕的冷意，使我不得不在毯子裡蜷縮成一團。我的牙齒上下打顫，一時無法制止。（莫渝譯，《異鄉人》，志文出版，頁一六一）

一九五七年，即便功成名就，在獲得諾貝爾文學獎的桂冠後，他更加速構思一部登峰之作《第一人》（惜因車禍亡故而未完成），也將這個情節更完整地置入：

在他童年時有一件印象非常深刻的事，這件事一直跟著他一輩子，甚至走進他的夢裡；便是他的父親大清早三點鐘便起床，跑去觀看一個著名的兇手被行刑的情形——這件事情他卻是從外祖母那兒知道的！那個叫畢黑特的兇手是阿爾及爾市附近薩黑勒農場的工人。他用鐵錘擊斃了男女主人和三個小孩。『為了偷東西？』傑克還小的時候曾這樣問過。艾迪舅舅回說：『是的。』外祖母則說：『不是。』但並沒有多加說明。事發後人們發現了那些不成人形的屍首，屋子內沾滿血漬，連天花板都有；最小的孩子還沒斷氣躲進床下，使盡了他最後一口氣用手指沾了血水在白牆上寫著：「畢黑特」之後，這孩子還是死了。大夥兒便開始搜捕兇手，結果在郊野找到了他，形容呆滯傻愣愣的。當時整個輿論震驚不已，一致要求將他處以極刑，結果也就這樣判定了。行刑的地點就在阿爾及爾市巴柏魯斯監獄前頭，還吸引了不少群眾趕去觀看。據外祖母的說法，傑克的父親對於這種罪行相當憤慨，三更半夜便起身，親自跑去觀看這場殺雞儆猴示眾的行刑。不過，沒有人知道當場的情況，表面上看來，行刑並沒有發生什麼意外事件。但傑克的父親回到家滿臉慘白，直接倒下就睡，之後又起身吐了好幾回，又再去躺下。他從此絕口不提當時他所看到的情形。（……）長久以來，每回總是會因恐懼和焦慮而震驚不已；然後回到他無論如何也不會被判處死刑這樣一個的溫暖事實，他才如釋重負。及至稍長，周遭的事件——雖然被認為盡是一些不足掛齒的事，對他而言卻就像是一種行刑一樣；而眼前的事實卻不再能夠舒緩他的惡夢。而在過去相當（確定）的幾年當中，那份與父親當年相同的焦慮，反而助長了這份夢魘；那份焦慮曾令他的父親驚嚇不已，而就像是一份唯一信而有徵的遺產那樣，他就從父親那兒將它繼承下來。跳過那位熟知這段故事的母親，這層神祕的關係不正是將他與那位沒沒無聞，死在聖布里厄的人結合在一起（這個人可沒想到自己竟也會猝死）；這位母親曾見過他起身嘔吐，但卻像渾然不知時間會前進那樣，將那天清晨的事忘得一乾二淨。對她而言，時間是沒有什麼差別的，所有的不幸隨時隨地都不會事先提醒人地便躍現了出來。（吳錫德譯，《第一人》，皇冠，頁八四—八五）

不同於在《幸福的死亡》中的主角麥爾索（Mersault）的狡辯與逃避，《異鄉人》裡的莫索（Meursault）則是坦然面對死刑。事實上，卡繆的中心思想除了陳述生命的可貴外，也在申論死刑犯的「無辜」。他說道：「在每個罪犯身上均有一份無辜。」在〈關於斷頭台的思考〉裡，他辯證道：

> 應該相信，為了平息老實而正直的人們心頭的憤怒，這種慣常的做法也確實十分可怕。而這種刑罰，在正直人的眼裡認為再加重一百倍也不為過，然而其結果卻是另一種效應，並被認為是保護人民時，其效果僅僅是使老實人嘔吐，那恐怕很難認為，它會給當地人民帶來安寧和秩序，也很難認為這就是他應盡的職責。相反地，它令人厭惡的程度不會比罪犯更差，這種另一種形式的殺害，反而倒會在前一種形式的殺害上加上新的血污。更談不上對社會這個大軀體的損害給予補償了。（王殿忠譯，《加繆全集》卷四，河北教育）

為了撰寫這篇論文，卡繆花了很多的時間在搜集相關資料及思索，在哲學的辯證上，他認為：「既然沒有絕對的責任，也就沒有絕對的懲罰。」在社會層面上，他更譴責：「透過司法手段殺人，遠比兇殺來得更殘酷。」

在哲學上的反思，卡繆在一九三八年八月《札記》裡寫道：「唯一可能的自由就是面對死亡的自由。」也正式透過這項哲思，他展開《幸福的死亡》這本小說，書中主角麥爾索透過受害者——半身不遂的札格厄（Zagreus）坦然面對謀殺（死亡），而悟出死亡所帶來的自由與幸福。接著，他在《薛西弗斯的神話》裡雖然指出生命就如一場荒謬劇，但卻反對自殺。他說道：「自殺的對立面就是被處死！」事實上，卡繆的哲學核心論述仍是屬於地中海式的思辨，亦即他強調的「南方思想」（La pensée de midi），那是一種和諧的宇宙觀與平和的秩序。他說過，我們很容易體會何謂「荒謬」，但總不能像超現實主義者那樣，拿著機關槍在街上掃射行人（此處暗指超現實主義發起人布賀東／André Breton的主張）。

反對死亡（死刑）

從父親好奇湊熱鬧，去觀看人頭落地行刑的記憶，到父親戰死沙場，以及成年後到父親的墳前憑弔。他在《第一人》這本類似自傳的小說裡這樣寫道：

> 就在這一刻他才瞧見墓碑上他父親的出生日期，在這之前他是渾然不知的。接著便瞧見兩個生歿的年份「一八八五－一九一四」，然後不自覺地做了計算：廿九歲。剎那間，一個念頭湧上心頭，並令他渾身為之一震。他此刻已年高四十，而長眠在這塊墓碑下的死者，就是他的生父，竟然比自己還年輕！
>
> （吳錫德譯，《第一人》，皇冠，頁三三）

這期間加上自己染上幾乎是不癒之症的肺結核，這是種隨時隨刻都可奪走他性命的「絕症」。從而日夜都在思索生與死，從而反映且置入他的文學創作裡。實則，卡繆寫「死亡」是採用「反命題」（antithétique）的方式來凸顯「生之喜悅」。讀者即便看了他描寫死亡，或兇殺，或辯證殺人，都會油然產生像在觀賞古典悲劇那樣的「洗滌」（purification）作用。尤其在《薛西弗斯的神話》裡，他更直接挑戰命運，借用古希臘神話裡那位薛西弗斯（Sisyphe）一角（他因觸怒天神宙斯，被罰以推巨石上山），來代替人類的命運。書末那段結語十分耐人尋味：

我讓薛西弗斯留在山下，讓世人永遠看得見他的負荷！然而薛西弗斯卻以否認諸神和推舉岩石這一至高無上的忠誠來誨人警世。他也判定一切皆善。他覺得這個從此沒有主子的世界既非不毛之地，抑非微不足道。那岩石的每個細粒，那黑暗籠罩的大山每道礦石的光芒，都成了他一人世界的組成部分。攀登山頂的奮鬥本身足以充實一顆人心。應當想像薛西弗斯是幸福的！（沈志明譯，《加繆全集》卷三，河北教育，頁一三九）

卡繆生前的摯友及同事格勒尼埃，整理並評論了卡繆的作品說道：「促使卡繆採取行動反對死刑的原因，是政治原因。」他引述卡繆的說法指出：

「三十年以來，國家的罪惡遠遠超過了個人所犯下的罪惡。」必須廢除死刑以「保護個人不受熱中於宗派主義和極度傲慢的國家之害」。在卡繆看來，消除死刑似「驚天動地的驟然停止」，目標是表明人高於國家。因此，他認為鑑於「經推理的悲觀主義、邏輯的和現實主義的理由」，取消死刑是必要的。

卡繆在動筆撰寫〈關於斷頭台的思考〉這篇論述之前，曾做了很周詳的調查，仔細研究過許多司法及歷史檔案、醫生報告，甚至執行極刑的劊子手的說法。他的目的只有一個，就是呼籲法國政府放下屠刀，立刻廢除死刑。他語重心長地說：

在我們這個十分文明的社會中，如果有人得了某種疾病，並且十分嚴重，則別人從不敢直接提起這種疾病。這種情形已是由來已久。在資產階級家庭中，他們只這樣說：大女兒肺有點弱；或者父親身上有一個「腫塊」。因為大家都認為得了肺結核或者得了癌症有點不太光彩。這正和背叛了死刑一樣，大家都力圖換一種婉轉的說法。死刑出在政治肌體上，而癌症則出在個人的肌體上。儘管這兩種區別不大，但卻沒有人會談論得癌症的必要性。（……）相反的，大家在談論到死刑時就絕不吞吞吐吐，而一致的看法則是，死刑是必要的，儘管令人遺憾。因為必要，大家便對其是否合理閉口不談；因為它令人遺憾，於是乾脆就不談它了。（……）我的看法卻恰好相反，對此應該大談特談。這也並非因為我愛發議論，我想也不是我天性就有這種癖好。作為一個作家，我一直對某些阿諛奉承抱有反感；作為一個人，我認為在我們這種環境中，一些醜惡的對象，如果實在不可避免的話，也應該在沉默中同其對抗。但當這種沉默或者言語的把戲用濫了時，它就會走向反面，或者當人們從當時的痛苦中走出來時，就會不信這一套，那時唯一的解決方法，就只能是清清楚楚地把事情講明白，並指出在詞藻外衣掩蓋下晦淫晦盜的可恥把戲，此外別無他法。（王殿忠譯，《加繆全集》卷四，河北教育，頁三三五）

事實上，卡繆並非最早公開主張廢除死刑的法國作家。早於他一二八年，大文豪雨果也是因為親眼目睹一場血腥的行刑恐怖場景，想像自己就是一個行將被處死的死囚，寫下了著名的《死囚末日記》（*Le dernier jour d'un condamné*, 1829），描繪獄中的絕望及痛楚，同時透過揭露司法當局的腐敗和不公以及法律制度的不合理，進而主張廢除死刑。他明白清楚地說道：

> 有三件事是屬於神，而不屬於人的：不能改變的、無法挽回的、牢不可破的事。如果人類將其納入法律，將會釀成悲劇。

一八五一年六月二十一日，雨果擔任記者的兒子因報導行刑新聞語帶譴責，觸怒當局而遭起訴。雨果老爹親上法庭為子辯護，說出如下鏗鏘有力的話：「這種殘留的野蠻刑罰，這種古老不智的以牙還牙法律，我終其一生與之搏鬥……」

此外，俄國作家杜思妥也夫斯基更有一段親身送死的經歷。他在一八四九年十二月二十二日被帶到刑場，在被槍決的前一刻獲釋了，他將這段感受告訴了他的弟弟：

> 我們被帶到斯莫諾夫斯基廣場。在那裡向我們宣讀了死亡判決書，讓我們

吻基督受難像，折斷我們頭頂上的木標牌，又讓我們穿上死前的白襯衣。然後，我們當中有三人被綁在柱子上等待處死。我們三人一組地被叫到前頭，我在第二排，生命只剩下一分多鐘。

杜思妥也夫斯基也將這段感受寫進《白癡》（一八六八）一書裡。透過莫依克金納親王說道：

也許，世界上有這麼一個人，人們把他的判決告訴了他，以使他遭受這種折磨，可後來又對他說：「走吧，你被赦免了！」這個人可能會講出自己的深切感受。基督談論的正是這種磨難和焦慮。不行！人們無權這樣對待人！（……）肉體上的折磨可以幫助人不去想到死亡。最可怕的折磨是確信要死，等著死。

這兩位作家都是卡繆心儀的前輩作家，他們的主張當然強化了卡繆的立場。他在〈關於斷頭台的思考〉一文中下了這樣的結語：「只要死刑還留在我們的法律上，那麼，無論是個人的心靈，還是社會的善良風俗，都無法處於長久的平靜。」不過，當時的法國並沒有聽進卡繆的暮鼓晨鐘之言，直到一九八一年，新上台執政的社會黨籍總統密特朗（F. Mitterrand）才以在國會的優勢，先斬後奏（未經全民公投），通過廢除死刑。不過，密特朗曾入閣擔任司法部長（一九五六年），當時他也簽署過死刑執行令！此外，他擔任內政部長（一九五四年）期間，也是法國軍方最濫殺阿爾及利亞獨立運動成員的時期。

結語

〈關於斷頭台的思考〉是在一九五七年六月及七月前後刊登在當時法國最有影響力的刊物《新法蘭西雜誌》上，當年十月十六日，諾貝爾獎基金會公布了年度文學獎得主，卡繆打敗其他四十八名候選人脫穎而出，以四十四歲之年獲得如此殊榮。這或許有些巧合，但我們從諾貝爾獎基金會的頌詞，可以看出他們對卡繆的人道主義關懷的肯定是一致的，且高度推崇的：「以明澈認真的態度，闡明了當代人良心所面臨的問題。以完全純藝術風格的高度濃縮，把人類心靈中的種種問題，不加註釋地通過角色與情節，活生生地呈現在我們面前。」總之，卡繆高貴之處在於他勇於替受難者發言。每個人面對終有一死，何嘗不是「受難者」。然而，他卻用畢生心血、高超的藝術手法，寫出部部充滿血淚的作品。他也鼓舞我們要效法薛西弗斯，要活得喜悅，活得幸福！

（刊於《世界文學》，NO. 5，聯經，二〇一三年三月，頁八一—九三）

主要參考書目：

Camus, Albert, *Oeuvres complètes*, Tome I, II, Paris, Gallimard, 2007.

——, *Oeuvres complètes*, Tome III, IV, Paris, Gallimard, 2008.

Guérin, Jeanyves (dir.), *Dictionnaire Albert Camus*, Paris, Robert Laffont, 2009.

Grenier, Roger, *Albert Camus: soleil et ombre, Une biographie intellectuelle*, Paris, Gallimard, 1987.

Lottman, Herbert, *Albert Camus*, Traduit par M. Véron, Paris: Seuil, 1978.

Todd, Olivier, *Albert Camus, une vie*, Paris: Gallimard, 1996.

柳鳴九、沈志明主編，《加繆全集》，四冊，石家莊：河北教育，二〇〇二。

卡繆作品中的「女人」

許多評論家，甚至讀者，輕易就能發覺卡繆的主要作品中，女人擔當要角的情形一向偏低。《鼠疫》一書裡，甚至連一個女性角色都沒出場。有的只是透過間接方式提及，雖然也有著一些作用，但卻是一般「女性」而已。只有在他的戲劇作品裡，女性角色的分量才大幅提高。巧的是，經過他改寫或改編的劇本，如《誤會》、《正義者》等，卡繆似乎都刻意加重女角的分量，讓舞台上的女演員多說幾句話。而擔任這些女性角色的演員，個個都才貌出眾，演技超群，其中好幾位後來成了他的情人，如卡薩雷斯（Maria Casarès）及塞勒斯（Catherine Sellers），分別和他譜出了一段地下情。

唯一例外是他的母親，在卡繆青年時期出版的《反與正》（一九三六）故事集裡的一篇〈若有若無之間〉裡，他描述了與這位戰爭寡母，半聾半啞、溫順緘默的母親的互動情形：

> 在她四周，夜色漸濃，那份緘默顯得既難堪又淒苦。孩子這時若從外頭回

到家，便會瞧見她那瘦骨嶙峋的身影，因而愣住止步不前。他滿心害怕，心底感受良多。他幾乎沒能察覺到自身的存在，但在這種動物式的沉默面前，他真的欲哭無淚，他憐惜母親。這算得上是愛嗎？

卡繆也承認過，「她關愛的眼神已足以表達她的溫柔。」據此，還引發不少文評家，甚至精神分析學者，探討卡繆是否有著夠深厚的戀母情結。及至他車禍亡故，留下《第一人》的草稿上，書前的題獻詞就是：「獻給絕不可能閱讀此書的妳」。實則，母親還比他多活了半年多才過世。而她一生貧寒，沒受過教育，目不識丁。

此外，在現實生活裡，從小缺乏母愛，且以此為苦的卡繆，因外貌挺拔，臉形削瘦，眼神深邃，帶有幾分怯怯及憂鬱，加以文筆一流，有著地中海沿岸男子特有的多情，輕易地就能打動女子的芳心。他的周遭也粉黛紛飛，情史不斷。而他也樂於扮演起情聖唐璜的角色。到了中年，他竟可以同時周旋在四個女人之間。在他的自傳《第一人》手稿的「筆記與大綱」裡赫然出現一則：「傑克（書中男主角，即卡繆本人）同時有四個女人，因此過的是一種『空虛』的日子。」這四個女人是：妻子法蘭芯、西班牙裔演員卡薩雷斯、阿爾及利亞同鄉暨演員塞勒斯，丹麥留法學習美術的學生「咪」

（Mi）。實則，這些女人在他的創作過程及現實生活中都扮演著舉足輕重的角色。

卡繆作品中的女人

根據加斯帕里（S. Gaspari）的分析，雖然卡繆作品中女性角色多屬次要，但卻非無甚作用。首先，卡繆的創作動機是與女性有具體關連的，如母親、妻子、情人。某些創作更是直接因她們而起的。像《第一人》是寫給母親的，像《墮落》裡的一段插敘「投河溺水的女子」，是第二任妻子法蘭芯給他的感觸：

那是一個十一月的夜晚，是在我以為聽見背後有人發噱之前的兩三年。我走上羅亞爾橋，返回位於左岸的住所。此刻已深夜一點鐘，下起了小雨，簡直就是綿綿的毛毛雨，也就驅趕了本已寥寥無幾的行人。我剛與一位女友分手，此刻她應已入睡。走這一趟路感到很愜意，心情平和；像雨水飄落，溫和的血液流暢著，身體都靜了下來。過橋時，我從一個身影後方走過，那身影正俯身靠著扶牆，像是在觀賞流水。挨得近些，辨出那是一位身著黑衣纖細的少婦。深暗色的頭髮和大衣領子之間，露出一截脖頸，皮膚細緻，又微微濕潤，讓我有些動情。但只猶豫了一下，便繼續前行。走過橋身，我順著堤岸往聖米榭爾大街我的住處走去。大約走上五十公尺，突然聽見撲通一聲人體掉落水面的聲響。雖然離我已有一段距離，但在靜謐的夜裡，卻相當駭人。頓時我停下腳步，但卻沒回頭。幾乎同時，我聽見一聲呼喊，接著重複呼叫了幾回，它從河面傳來，然後突然沒有聲音了。在突然凝結的夜裡，這種寂靜幾乎無垠無境。我很想跑開，但身體卻佇立在那兒。我想一來是冷，二來是怕，就這樣我哆嗦不已。我自忖應該趕快做點什麼，卻覺得渾身癱軟，怎麼也使不上勁兒。我忘了當時心裡在想些什麼。「太遲了，太遠了……」之類的。我就一直佇立在那兒，側耳傾聽著。之後，我頂著雨水，慢慢走開，我沒有向任何人提及此事。

法蘭芯這位傳統賢淑的妻子也實在受不了丈夫花名在外，時時刻刻在追逐年輕貌美的女子，致而精神憂鬱，幾經崩潰。雖親友勸離，但她還是吞忍，繼續扮演賢妻良母的角色。而文中提到的那位已入睡的女友，極可能就是住在塞納河右岸的卡薩雷斯。卡繆置入此段插敘，也在說出他心底的懊悔之意，但他依然在情海上載浮載沉，深陷而無法自拔。

更早之前（一九三五年），當時還僅是大學生廿一歲的青年，就創作了一本童話故事《梅呂斯納之書》（*Le Livre de Mélusine*），獻給心儀的對象伊耶（Simone Hié），也就是他的第一任妻子。當時這位富家千金已有了論及婚嫁的男友，卡繆正是利用他的文筆及瀟灑的外表橫刀奪愛。這部創作被視為習作，之後他也放棄了這類題材的書寫。但它卻不折不扣是一種「示愛」的媒介，對象就是未來的妻子。

許多文評家也注意到，卡繆作品裡的女性角色雖未占有關鍵位置，卻往往都是情節發展的發動者。譬如，書中難免會安排愛情，但多半都給迴避掉了。《幸福的死亡》及《正義者》兩位男主角皆因愛情受挫，而引發後續劇情的發展。至於《鼠疫》一書，還是間接提到朗貝爾的妻子及里厄的妻子，因其夫妻失和，亦即愛情幻滅，才急轉而下，啟動新的劇情。再者，《幸福的死亡》裡的瑪蒂（Marthe），《卡里古拉》一劇裡的德呂希拉（Drusilla），《誤會》一劇裡的妹妹瑪爾塔（Martha），《異鄉人》裡的瑪麗（Marie）及鄰居雷蒙的女友等等，這些女性都是劇情發展的關鍵人物。

此外，作品中人物姓名的選用，也非純然無意義。這些都是作者採用周邊親友的姓名或特徵綽號換置的。有的可能依其性格相近，有的可能基於意識底層的投射，有的可能只是一時興起，或者諧音方便記誦之故。譬如，在《幸福的死亡》裡的女角們，在卡繆當時的現實生活中都可以對號入座，卡繆就依著她們的特徵取了相近的名字。至於卡繆特別屬意的名字「海倫」（Hélène），既是母親的第二個小名，也是地中海傳奇裡特洛伊戰爭那位傾國傾城的絕世美女。還有，卡繆作品中的人物也會直接採用家族的姓氏。如《第一人》的主角姓柯爾梅里（Cormery），即祖母娘家的姓。《異鄉人》裡的情人瑪麗・卡爾多納（Marie Cardona），即外祖母娘家的姓。吃軟飯的鄰居雷蒙姓桑泰斯（Santès），則是母親娘家的姓。這些都是卡繆家族的姓氏，尤其都是母系這一頭。這些或許顯示了他看重其母系淵源及其眷戀之情之故。

總之，卡繆作品中的女性角色最突出的，莫過於他的母親的形象，以及他與母親的互動。這些烙印極為深刻，那是一種幾近因母愛欠缺所導致的「戀母情結」，也是一種因憐愛所產生的孝心。再者，將女性角色作為劇情推動者，那是因為若無此安排，故事的發展必然平淡無奇。因此，即使女性雖非第一要角，但在卡繆的作品中，她似乎已超越傳統的刻板印象，如愛情、夫妻關係，而成為一種刻意安排的敘事手法。她像極了《異鄉人》裡那個被莫索射殺身亡的阿拉伯人。他毫無特徵，也無法識別，他就成了「當地人」的共相。

卡繆身邊的女人

傳記作家托德（O. Todd）的那本《卡繆的一生》（*Albert Camus, Une vie*）提供了許多訪談及第一手資料，可供我們選用參考。

妻子法蘭芯：永遠的避風港

一九三五年六月，與第一任妻子伊耶分居後，卡繆恢復自由身，開始其唐璜式的生活。周邊一直有眾多女子相隨。一九三七年九月才在奧蘭市認識未來的第二任妻子法蘭芯・富爾（Francine Faure），一位喜愛彈鋼琴及巴哈樂曲的小學數學老師。她相當傳統及有教養，有著許多安定的特質，讓卡繆選定了她。隨後卡繆北上巴黎，投入抗敵活動。之後，德軍進逼，他們匆匆在里昂結婚，便又兩地相隔，一度還全斷了音訊。直到戰後才在巴黎團圓。在這之前，卡繆已與演員卡薩雷斯熱戀，後者也知趣地在這時與卡繆分手。但之後，卡繆的緋聞不斷，身體狀況也不佳，皆由法蘭芯持家養育一對雙胞胎子女。即便卡繆車禍身亡，她依然保持低調，不願再蹚入她所不熟悉的政治、意識形態，及巴黎左派知識圈的種種。甚至，卡繆的最後遺稿《第一人》也是在她堅持下，遲至一九九四年她過世後，才由其女凱薩琳（Catherine Camus）交付出版。

事實上，卡繆一直想扮演一位好丈夫，他在創作生涯出現瓶頸，或者有了突破進展，都會與妻子分享，可能內心一直有著追求被愛及肉體享樂的衝動，也可能是為病魔所折磨，及擔憂隨時隨刻會死去的恐懼，他才接二連三地追求女性的溫存。一九五七年十二月，他受邀前往瑞典斯德哥爾摩領取諾貝爾文學獎。也是在他堅持下，要求妻子法蘭芯一起同行，接受這份榮譽及道賀。在這同時，卡繆也勸退其諸多情人，不得前往。

至死不渝的情人：瑪麗亞・卡薩雷斯

瑪麗亞・卡薩雷斯是當時極為出色的電影及劇場演員。一九四四年六月六日盟軍反攻登陸諾曼第的這一天，結識了卡繆。同年年底，卡繆與妻子團圓後主動分手。四年後的同一天，他們又在巴黎街頭相遇，從此舊情復燃，維持了十二年的地下情及通信：

> 我們相遇，我們相識，我們分手，我們成功地打造一個如純淨水晶般熱烈的愛情。你可曾想想它帶給我們的是何等的幸福，以及是誰賜給我們這份幸福！
>
> ——Maria Casarès, 1950. 6. 4

> 如此清醒，如此通曉，善知如何克服一切，強壯到足以生活在沒有幻想的世界，讓我們彼此相連；連合了大地，連合了智力，連合了內心和肉體。我很清楚，已經沒有任何事物能讓我們措手不及，讓我們分飛。
>
> ——Albert Camus, 1950. 2. 23

二〇一七年，大半個世紀過後，卡繆的女兒凱薩琳同意將他們倆深情的通信（*Correspondance: 1944-1959*），厚達一二九七頁的愛情絮語公諸於世，並寫了序說道：「謝謝他們兩位。他們的通信，讓大地更為寬廣，空間更為明亮，空氣更為清爽，理由無他，因為他們存在過。」

一九三六年，瑪麗亞與從政的父親全家逃避法朗哥的政變，流亡到巴黎定居，當時她只有十四歲。從小熱愛演戲，演過許多膾炙人口的黑白片。卡繆的母親是西班牙裔，也同樣來自法國邊疆，流亡巴黎。兩人背景相似，多了一份惺惺相惜，互相取暖的情誼，更何況她是如此美麗又聰慧。在卡繆的後半生，她更謹守本分，全心支持卡繆。而卡繆對她而言，則像父兄、朋友、情人，有時甚至還像個兒子。她比卡繆多留在世間三十六年。

復仇女神：西蒙・波娃

西蒙・波娃與沙特在戰前已嶄露頭角，也是巴黎拉丁區的年輕名流，登樣的一對。戰後，尤其沙特的一舉一動，特別是他講述的存在主義哲學，幾乎帶領歐洲，乃至全球的風潮。他們倆公然提倡並力行的「自由結合」（union libre），不僅駭人聽聞，至今也相當夠前衛。一九四三年六月，他們三人是在沙特的戲劇《蒼蠅》（*Les Mouches*）彩排時相識。之後，卡繆受邀加入沙特這一幫團隊，經常定期聚首討論及餐飲。西蒙・波娃很早就發現，卡繆在作為公眾人物、私下生活及作品之間的差距甚大。

初見面，西蒙・波娃即被這位有點靦腆，來自遙遠的撒哈拉沙漠的知青所吸引，也經常單獨與卡繆聊天聚飲。在大夥投入地下抗敵活動時，她也替卡繆主持的地下刊物《戰鬥報》撰寫有關西班牙及葡萄牙的採訪報導。她一直很想把卡繆網羅到她的石榴裙下，還曾私下跟其閨密和情人抱怨：她很期待卡繆釋出愛意，但他卻不肯！事實上，卡繆視沙特為老大，即便沙特與西蒙・波娃已互有約定，互不干涉，但他還是不願意碰這位「大哥的女人」。何況，這位出身巴黎資產階級的豪放女，才智超群，也給了他太多的壓力。卡繆就這樣一直婉拒西蒙・波娃的這份邀請。直到有一天，西蒙・波娃突然來到他的辦公室，開門見山地向他示愛說道：「我有一位女友想跟你上床。」卡繆當時回了她：「這檔事我都是自己做決定的！」卡繆事後知道這個說法已經得罪了她。卡繆是在沙特及西蒙・波娃與他翻臉後，才向友人提及這件事。

他們三人，有時法蘭芯也會加入，每週定期聚餐一次，而西蒙・波娃對法蘭芯的印象則頗佳。直到一九五一年卡繆出版了他的《反抗者》，書中的論理與沙特的存在主義哲學、政治理念、介入文學觀念相差甚遠，尤其是親蘇聯史達林的立場更是南轅北轍，因而引發沙特的筆戰，最後導致兩人徹底決裂。西蒙・波娃當然靠回沙特這一邊，並寫了一部小說《名士風流》（*Les Mandarins*）來影射並醜化卡繆，這部小說還得到一九五四年當年的龔固爾文學獎。卡繆的憤慨可想而知。西蒙・波娃刻意在書中將沙特的風流韻事，及戰爭期間與通敵者曖昧不清的利害關係，全灌到卡繆身上。書中這號人物便是「亨利・佩洪」（Henri Perron）。

結語

一九五七年十二月十二日，在斯德哥爾摩大學與學生座談時，有一名阿爾及利亞留學生發問，質疑卡繆在這場血腥紛爭的立場。卡繆回說他反對恐怖攻擊，隨口說出「我相信司法，但相信它之前，我先捍衛我的母親。」這句話引起法國左右兩派立場人士的錯愕及不滿。事實上，這是卡繆的直覺反應。當時阿爾及利亞的局勢混亂至極，一方面，法國殖民政府血腥鎮壓，另一方面，獨立聯盟四處暗中進行恐攻。有一回，恐攻就爆發在母親住所附近，已年高七十有餘的母親頗受震驚。卡繆一心想保護母親，隨口說出心底的想法。

一九五九年十二月底，卡繆邀請米榭爾．伽利瑪一家人南下到盧馬蘭（Lourmarin）度假跨年。他分別於二十一日寫信給母親，二十九日寫信給「咪」，三十日寫信給塞勒斯及卡薩雷斯。跨完年北返，妻子先搭火車北上。一月四日清晨，卡繆與米榭爾．伽利瑪一家人同車北返，車禍身亡，結束其炙熱、激情又短促的一生。

總之，卡繆從小就是一位善體人意、聰慧又善感的孩子。及長，他也是一個懂得討好女人的男子。就像會珍惜養育他、滋養他的一切那樣，他溫情地看待出現在他周遭的女性。在精神上及肉體上，這些女性一定給予他很多啟發和體驗，但他卻不似古典主義的刻板手法那樣，誇大渲染，也不似現實主義那樣，直白敘述；他就像對待傳統女性那樣，以象徵手法凸顯了女性作為孕育者及協調者那樣的角色來書寫。他尤其強調節制與限度，以及「南方思想」，它正是南方地中海文化裡特有的母性；在關鍵時刻，安排她們入鏡，透過高超的敘事手法，將她們轉化為普天之下所有女性會具有的「共相」，而予以神話化了。

主要參考書目：

Camus, Albert, *Oeuvres completes I, II*（全集 I，II）, Tome I, 1931-1944 ; Tome II, 1944-1948, Paris, Gallimard, Pléiade, 2007.

--, *Oeuvres completes III, IV*（全集 III，IV）, Tome III, 1949-1956 ; Tome IV, 1957-1959, Paris, Gallimard, Pléiade, 2008.

Camus, Albert et Casarès, Maria, *Correspondance : 1944-1959*（通信集）, Paris, Gallimard, 2017.

Guérin, Jeanyves, *Dictionnaire Albert Camus*（卡繆詞典）, Paris, Robert Laffont, 2009.

Todd, Olivier, *Albert Camus. Une vie*（卡繆的一生）, Paris, Gallimard, 1996.

卡繆作品的中譯及其在台灣的影響

法國作家、諾貝爾文學獎（一九五七年）得主卡繆，可說是戰後第一位被引介到台灣的法國當代作家。卡繆的獲獎光環是一項重要的動機，不過，卡繆的反共政治立場，應是一項不容輕忽的條件；最重要的則是他所彰顯的存在主義精神（existenlialisme）。這股思潮可說反映了戒嚴時期台灣文學活動達一、二十年之久。至於，卡繆作品中所蘊含的「現代主義」精神，則直到一九八〇年代末期，才因羅蘭・巴特論述的引進而受到重視。以《異鄉人》中譯為例，最早的兩個版本（一九五八、一九六五年）則是同時從英文譯本並參考日文譯本的情況下，間接譯成中文的。日本譯者窪田啟作甚至替中譯本寫序，這種引進模式似乎仍延續著民國初年大陸地區接收日本文化研究工作的模式，日本成了早期台灣地區引進西洋文學的主要「窗口」！

從諸多譯本（迄二〇〇二年，共十八個譯本）的比較，時代的接受程度及接受取向，卡繆的《異鄉人》提供了一個代表性的模式。這是先於《小王子》（*Le Petit Prince*）、《情人》（*L'Amant*）兩部小說，躋身台灣譯界最被重視的法國當代小說譯本。不同譯本的註釋本身，即提供諸多比較文學理論及交流模式的探討。若干新近譯本並未超越先前譯本，若干誤讀與誤譯依舊存在，如此也反映文本的流離與不確定性。再者，新譯本不斷推出，一則反映了台灣地區讀者對法國當代文學認識的刻板印象，及相關文藝資訊的缺乏，一則便是繼續肯定卡繆作品的品質與啟迪。

早期台灣藝文活動相當單薄，思潮的引進禁忌重重，相關討論可說寥若晨星，卡繆的《異鄉人》為其中的漏網之魚。它同時激起一九六〇年代台灣文哲學界的存在主義研究風氣，包括王尚義的創作、趙雅博、陳鼓應等人的存在主義哲學研究，以及若干出現在《文星》、《現代文學》、《歐洲雜誌》等文藝期刊的探討。不過，卡繆的人道主義卻一直向隅，未被彼時的知識界所重視，迄今亦少有年輕學者論及。原因大概在於台灣知識界對於法國當時的政治背景及卡繆作品的中心思想掌握不清所致。至於卡繆寫作風格所呈現的「現代主義」精神，如「中性書寫」、「零度寫作」，以及「對話文本」、「第一人稱寫作」、「後現代」風格等等，則在晚近受到更多青年學者的青睞。

本論文以外國文學作品輸入模式為探討源頭，考察其引介方式包括語言文字、外在條件及其影響，並試從比較文學理論中論述文本的接受模式，文本再現的可能，以及文本的交互影響，也探索文化交流模式的設計與預期作用的可能性。

《異鄉人》的輸入

卡繆的作品《異鄉人》是於一九五八年元月引進並翻譯到華人世界[1]。這是緊跟在他於一九五七年十一月獲選為是年諾貝爾文學獎之後。最早是當時最重要的三份文藝刊物之一的《文星》[2]刊出了《異鄉人》（一九四二）的最後部分文字的譯文，並加了個章名〈死刑〉[3]；這段譯文是由美國譯者吉爾貝特（S. Gilbert）的英文譯文轉譯而來，譯者為余光中。卡繆嘴角銜著一根菸的招牌照片就成了這一期（NO. 3）的封面。而《異鄉人》完整的譯文版本也在這一年的七月問世。

但要等到一九七八年才看到直接由法文原文譯出的中譯本（事實上，是中法對照的譯本《畸人》）。亦即，在這廿年當中已經出版了至少八個中文譯本（見文後附錄）。不過，這些譯本皆是從英文譯本，或日文譯本，或同時參考兩種語文譯本，再間接譯出的。箇中原因是彼時來自法語國家，尤其是法國的資訊幾乎付之闕如，以及能直接進行

1 見《文星》第三期編輯室報告，一九五八年元月，頁一四。

2 《文星》（一九五七—一九六五）、《文學雜誌》（一九五六—一九六〇）、《現代文學》（一九五六—一九六八）等。

3 見《文星》第三期，一九五八年元月，頁三五—三八。

法翻中的人才不多見之故。由於卡繆本人獲選為諾貝爾文學獎，如此盛名外加國際新聞的報導，台灣的文化界才得知此人物。此外，美國紐約出版社A. A. Knopf為了促銷並向美國文化界推介卡繆，於一九四六年三月到六月期間邀他訪問美國，並在期間（四月十一日）舉辦《異鄉人》（*The Stranger*）英譯本新書發表會[4]。尤其是當時美國文藝評論對這位年輕法國作者的稱許，以及彼時在美國已經打響知名度的沙特的大力推薦。一九四三年二月，沙特評介卡繆的介紹文〈詮釋《異鄉人》〉（*Explication de L'Étranger*），也於一九五四年譯成英文，刊載在當時美國最著名的雜誌《風尚》（*Vogue*）上[5]。另外一項因素則是，逃避共黨迫害的中國知識分子大批安頓到台灣，這些人平素就很關心美國知識界的動態，另一批則是台灣本土的文人，在日本半世紀的殖民統治下，十分熟稔日本的文化動態。也就是基於上述主客觀的因素，標識著這本法文作品是透過間接方式，由英文或日文譯本轉譯引進到台灣。

間接翻譯的模式

儘管《異鄉人》的中譯本是間接取材於英文譯本，但第一個譯本的譯者施翠峰在書中序言特別指明，他也同時參考了窪田啟作於一九五四年出版的日譯本。至於一九六五年的第二個中譯本，譯者王潤華甚至邀請到一位日本女學者入江恭子為其譯本作序。這種引介模式像極了早年近代中國與日本的文化交流模式。

事實上，早在明治時期（一八六八—一九一二）之前，日本文人一直都是漢文作品，甚至是那些外文漢譯作品的忠實讀者群。以著名的《伊索寓言》中譯本為例，起初因為太過風靡了，還勞動日本當局下達禁書令。這部作品咸認為是最早迻譯成中文的西洋名著。先是由明末天主教著名耶穌會傳教士利瑪竇（Matteo Ricci, 1552-1610）選譯成古漢文《畸人十篇》（一六〇五），另一位傳教士金尼閣（Nicolas Trigault, 1577-1628）又與張賡合作選譯部分內容，譯成《況義》（一六二五）。之後，英國人湯姆（Robert Thom）於一八四〇年將之編譯成供英人使用的英—漢—粵三語對照的學習語言教材《意拾蒙引》[6]。清末譯書名家林紓亦透過嚴復之子嚴培南的口譯，將之譯成文白合體

4 見H. Lottman, *Albert Camus*, pp.390-406.

5 見G. Bénicourt, "*L'Étranger*: Genèse et réception"（《異鄉人》的醞釀與接受）http:/webcamus.free.fr. 事實上，沙特十分欣賞《異鄉人》，在一九四二年九月讀完後便當下寫下這篇廿頁的評論，並刊載在《南方手冊》(*Cahiers du Sud*)，一九四三年二月號。見O. Todd, *Albert Camus, une vie*, pp.308-309.

6 見KOBORI Kei-ichirô（小堀桂一郎），«Aesop in the East and West», *Tamkang Review*, Vol XIV, No 1-4, 1983-84.

的漢文，並訂名為《伊索寓言》。[7]

從十九世紀末起這股文化的輸出流向出現了倒轉現象。根據日本學者樽本照雄的調查研究，一八四〇年至一九二〇年間共有二五〇四部外國作品譯成中文。其中一七四八部（約占七成）有跡可查。在這當中，一〇七一部（約占六成）從英文譯入，三三一部（19%）從法文譯入，一三三部（6%）從日文譯入，三四部（2%）從德文譯入。不過，如果將從日文譯本轉譯成中文的「再譯」本，共七七部算在內，那麼由日文譯入的作品就增至一八〇部（10%），占彼時的第三位，次於英、法文[8]。

不過，那些書目資料不詳的譯作（占七五六部）當中極可能絕大多數皆是由日文譯本再轉譯而來的。原因是彼時中國人留學日本已蔚成風氣，留日學生可多達萬人。以及由梁啟超及周作人與魯迅兄弟等文人兼譯者所主編（甚至在日本出版）的中文文藝期刊皆擁有極大的讀者群。這些通曉日文的作家——梁啟超，譯介了柴四郎的政治小說《佳人之奇遇》，周氏兄弟編印了兩本《域外小說集》，透過日文譯文譯介了許多西洋作品；由於影響層面甚大，且蔚成氣候，致有人將日本稱為彼時中國接受西方及現代化的「攝取走廊」[9]！

一九五〇年初期以來，西方文藝作品引進到台灣的情形也幾乎採行相同的模式。相似的例子不勝枚舉，譬如，聖德修伯里的《小王子》的最早中譯本之一（陳千武譯，台北，田園，一九六九），即是從日譯本譯入（另一譯本則直接譯自法文：陳錦芳譯，台北，水牛，一九六九）。出版者甚至保留日文譯文的漢字譯名《星星王子》。梅里美的《可倫巴》（*Colomba*）中譯本（台北，正中，一九五四），譯者王夢鷗也指明曾參考杉捷夫的日文譯本。

不過，從一九五〇年代起至一九八〇年代期間，國民政府禁止台灣社會公開使用日文，大大減少了來自日本的資源。日文退出首位，讓與英文；而英文也得到刻意的鼓勵。其結果，透過日文轉譯的情況日見稀少，並且由英文取而代之。直到今日，許多原

---

pp.101-113.

7 見戈寶權，〈近四百年來中譯《伊索寓言》史話〉，收錄在《翻譯新論集》，翁靖之編，一九九三，頁八四－一〇九。

8 見樽本照雄，〈清末民初的翻譯小說——經日本傳到中國的翻譯小說〉，收錄在《翻譯與創作》，王宏志編，北京大學出版社，二〇〇〇，頁一五一－一六九。

9 山田敬三，〈日中近代文學的形成與因緣〉，收錄在《中日文化交流史大系，第六卷，文學卷》（嚴紹璗等編），浙江人民出版社，一九九六，頁三七二－四三一。

文為西班牙文、義大利文、德文，甚至俄文的作品，也都假借英文譯本，再間接轉譯為中文。不過，法文作品的中譯，大約在一九八〇年代起便已能直接譯自法文原文。

卡繆作品的中譯

卡繆可說也是第一位被引介到台灣的法國當代作家。文學期刊的報導，《聯合報》副刊的譯文轉載（一九五八年三月十日至五月十三日，以連續方式刊登《異鄉人》譯文），以及獲選諾貝爾文學獎，及在美國文化界的稱許，這些評論文章皆很快譯成中文並刊載在文學期刊上。這些應是箇中關鍵的因素。也因此在公布獲選諾貝爾獎不到八個月的時間，《聯合報》便已能出版《異鄉人》的單行本，並很快成為洛陽紙貴的暢銷書，直到現今，目前這本近似「自傳體」[10]的小說，在台灣地區已累積至少十八個中譯本，當中只有七本是直接從法文譯出的。事實上，從廿世紀初期起，這種間接輸入的模式在中國便有過亮麗的成績。到了一九五〇年代的台灣，許多主導文藝事業的人也都來自大陸的出版文人，他們繼續沿用此一模式，組成一個結合獨立譯者、文學刊物（負責刊載一些評論文學及連載部分作品譯文）及出版社的三角模式。而這種多元結合的生產模式仍繼續沿用至今。

由於受到《異鄉人》大獲成功的鼓舞，卡繆的其他著作也相繼譯成中文。譬如：《墮落》（*Le Chute*, 一九六六年譯出）、《黑死病》（*La Peste*, 一九六九年）、《卡里古拉》（*Caligula*, 一九六六年譯出）、《放逐與王國》（*L'Exil et le Royaume*, 一九七〇年）、《快樂的死》（*La Mort heureuse*, 一九七二年）、《薛西弗斯的神話》（*Le Mythe de Sisyphe*, 一九七四年譯）及《卡繆戲劇選集》（一九七〇年譯），這些譯作自然也都是透過英文間接翻譯。曾經有兩名大學法文系的學生，整理了一份當時（至一九七二年）漢譯法文作品書目，很感慨地批評最早出現的九個《異鄉人》中譯本：「沒有一種中譯本是合格的，統統不像樣。」[11]

直到現今，如果我們仔細檢視一下這些轉譯中文，我們便多少同意上述這兩位學生的看法。正如義大利名諺所言：「譯之適足以叛之。」（traduttore traditore），任何作品都不堪被兩度（有時更多）的「背叛」。過去在美國，也有人大肆批評卡繆作品的大

10 卡繆曾寫到：三個人物構成《異鄉人》；兩個男人（其中有我）和一個女人。見Albert Camus, *Théâtre, Récits, Nouvelles*, p.1934.

11 白朝世、林榮祥編，《法國文學在中國書目之分析》，一九七二，淡江大學，頁三八。

譯家奧白蘭（Justin O'Brien）——當時他是美國哥倫比亞大學羅曼語系主任，並且正是由他安排卡繆訪美的行程，並全程陪同，說他的譯文「忠實過頭」，反而令美國讀者不解[12]。另一位英國文評家羅洛（Charles Rolo）曾坦言，卡繆的風格本就難於轉譯，特別是「其文體中所混合的明晰（Lucidity）、抒情（Lyricism）、激情的壓抑、語勢的急轉直下，和扣人心弦的警語，令翻譯者有如迻譯詩作般困難重重。」[13]

如果我們舉其書名的翻譯為例：「*L'Étranger*」的中譯竟可出現四種不同的版本：《異鄉人》、《局外人》、《畸人》、《局裡局外》。當中，以《異鄉人》使用的最普遍。不過，假若我們相信卡繆年輕時的摯友貝拉米什（André Belamich）的記憶無誤，卡繆極為喜愛波德萊爾那首名為〈L'Etranger〉的小詩[14]。如果是這樣的話，根據那首詩的內容，這部小說的名稱似乎應當譯為《怪人》[15]才更貼切些！

部分譯文不貼切的原因，主要是受到吉爾貝特最早的英譯本的譯文所致。譬如：

【1】 A l'asile, on les plaisantait, on disait à Pérez: «C'est votre fiancée. « Lui riait. Ça leur faisait plaisir. (p.24)

【1-1】 The other old people used to tease Pérez about having a "fiancée". "When are your going to marry her? “ they’d ask. He’d turn it with a laugh. (S. Gilbert, 1946, p. 22)

【1-2】別的老傢伙經常以有未婚妻來向貝勒開玩笑：「你什麼時候要娶她？」他只置之一笑。（王潤華譯，一九六五，頁二〇）

【1-3】在養老院裡，大夥常會開他們倆的玩笑，對著貝雷茲說：「她就是你的未婚妻啊！」他就只顧笑。這樣讓他們倆很是開心。（吳錫德譯）

部分不致理想之處，在於譯入語（中文）中似乎少了相對應的說法。譬如：

【2】»On n’a qu’une mère.» (p.10)

12 見C.Rolo,’ Albert Camus: A Good Man’, *The Atlantic*, Mai 1958;《文學雜誌》第六卷，第二期，一九六〇年四月，頁九。

13 前揭書。

14 見O.Todd, *Albert Camus:une vie*, pp. 58-59。

15 最早是在美國發行的英譯本採用「*The Stranger*」. 一九六一年英國一家出版社買下這個譯本，將之更名為「*The Outsider*」。不過，一九八八年美國新版的英譯本（Matthew Ward譯）還是採用「*The Stranger*」。

【2-1】"There’s no one like a mother."(S. Gilbert, p.13)

【2-2】「再也沒有比母親更偉大了。」（施翠峰譯，一九五八，頁一）

【2-3】「普天之下只有媽媽最親。」（吳錫德譯）

部分突兀的譯法則可能是譯者一時疏漏所致，譬如：

【3】On l’aurait bien étonné en lui disant qu’il finirait concierge à l’asile de Marengo. (p.15)

【3-1】說別人非常奇怪地問他，為何會在馬宏果養老院幹門房終老。（莫渝譯，一九八三，頁六六）

【3-2】如果真有人對他說，他可能會在馬朗戈養老院幹一輩子門房，這話還真會令他不以為然！（吳錫德譯）

一般而言，如果譯者已能充分掌握譯出本語文（如英文、日文）的文化，那麼雖然所進行的是一種間接轉譯，大致上並不會造成理解上的困難。因為不管所憑據的語文為何，任何譯者都會留意譯入語的表達習慣。此外，在《異鄉人》諸多譯本中，也有五至六個版本是以英—漢對照方式排版的。這樣也可以讓中文讀者多一份參照。不過，間接轉譯必然不可避免地會削薄原始作品的內涵，使其內容與豐富性趨於平淡。但其他的直接譯本有時也不見得能超過若干的間接譯本。箇中的原因，或許就是英文或日文的譯者對於原作者及原文的理解，大大超過中文的譯者。因此，雖然有了這麼多版本可供選擇，台灣的中文讀者大概也只能欣賞書中的情節及其精神狀態而已，而無法細心品味其風格——這對於羅蘭・巴特這派現代主義而言，是視為至寶的東西。巴特曾援引《異鄉人》這本書為一種「零度書寫」（écriture zéro）的範例[16]，以及讚嘆卡繆精彩的藝術創作的特徵。

卡繆作品的影響

卡繆作品的引介在台灣並未引起任何困難。不過，在毛澤東統治下的中國大陸情況

16 見R. Barthes, *Le Degré zéro de l'écriture*（寫作零度），pp.54-57

就十分迥異了[17]。蔣介石的政府並未在藝術創作上介入過深。反之，大陸的文藝界就得被迫公開地批判卡繆。正如同羅大綱（Luo Dagang譯音）公開點名批判卡繆的「荒謬」是「一種極端黑暗及悲觀的觀點；旨在迎合資產階級個人主義式的青年的心意。」而卡繆「乃是一個對社會進步及革命鬥爭毫無信心的作家。[18]」一直要等到一九八〇年才出現簡體字中文的卡繆譯本。先是《鼠疫》，然後是《局外人》（即《異鄉人》，郭宏安譯，北京：外國文學，一九八五年——相較於台灣，整整遲了廿七年）。根據學者吳少儀（Wu Shaoyi 譯音）的分析，大陸之所以啟動譯介卡繆的原因，在於從他身上找到了一些新的主題，譬如：孤獨、無從理解、焦慮等。要從一九七九年起，大陸的文藝界終於在卡繆的作品裡找到了理論的源頭[19]。此外，在台灣，卡繆因其反對史達林路線的立場而能在台灣「暢行無阻」。而沙特則被台灣當局視為中國共產黨的「同路人」加以批判[20]。為此，沙特的作品幾乎晚了卡繆十年的光景才引進到台灣，不過，也只限於哲學問題方面的研究。

諾貝爾文學獎的光環、藝術創作的原創性、尤其是他奮鬥的意志，以及反抗荒誕、反抗法西斯式的集體性，以及追求個人自由的精神等等，皆能在台灣的年輕人心中激起較大的回響。卡繆在《異鄉人》或其他論文集、創作裡所突顯的日常生活的荒謬性，代表著一份眾所熟稔，甚至被引為正面意義的因素。所有這一代居住在台灣的年輕人莫不承受著國共內戰的傷痕；國家的分裂、家庭的拆散、共產黨解放的威脅，以及國民政府嚴厲的控制等等。為此，當《異鄉人》的一位譯者王潤華在一九六五年譯完全書時寫下一段後記：「每一句卡繆老早勇敢地，先知先覺地搶著寫出的語言都是我很久以來，想說而無力講出口的心底話。」又說：「一種莫名的戰慄籠罩著寂寞的心，我隱約聽見一種遙遠而又熟悉的思想的音符，和行動的節奏……」[21]。

在這幾年前，一名醫學院學生卻於廿七歲那年病逝的王尚義，在報端口發表了一系列「存在主義」短篇小說。他本人也十分著迷於卡繆的作品。一九六三年他悲劇式的棄

---

17 WU Shaoyi, "La mise à l'index d'Albert Camus en Chine populaire"（人民中國禁止卡繆的作品）, dans *Les trois guerres d'Albert Camus*, éd. L. Dubois, pp.283-316

18 前揭書，頁二八四。

19 前揭書，頁二九五。

20 一九七〇年初，有關沙特的政治立場曾引發一場筆戰，見鄔昆如，《存在主義論文集》，頁一七一—一八五及頁二一九—二二六。

21 王潤華譯，《異鄉人》，譯者後記，一九六五，頁二八—二九。

世，讓他的遺著《從異鄉人到失落的一代》（一九六九）頓時成了當時台灣的暢銷書。其書名正借用了「異鄉人」這樣一個字眼。

儘管卡繆本人經常否認自己是個存在主義者[22]。不過，台灣卻是透過他去啟動這股哲學思潮的探索及意念。卡繆遠遠超乎沙特，更牢靠地扣緊「存在主義文學」風格。有關沙特的最早報導遲至一九六一年才出現（《現代文學》NO. 9），其中還包括那篇著名的文學論集《存在主義即是人文主義》（*L'existentialisme est un humanisme*），還有他的著名劇作《無路可通》（另譯《密室》，*Huis-clos*）。《文星》雜誌則遲至第七十六期（一九六四年二月）才以沙特為封面加以報導；不過，卻僅附上一篇短短的介紹文。

結論

總之，透過卡繆作品的閱讀，台灣的年輕人才得以找到存在主義的品味，哲學教授陳鼓應所彙編的《存在主義》（一九六九）。儘管它的內容不甚嚴謹，但卻是彼時一本重要的參據之文獻。甚至直到現今仍繼續發行增修訂版。從一九六九到一九七六年，可說幾乎以「存在主義」為題的書籍皆受到知識大眾的青睞。不過，一直要等到一九九〇年代，由中國大陸引進沙特重要哲學論述的譯本，以及其他學者深入的論述，才讓台灣的學術界得以一窺存在主義的真相，尤其是沙特的哲學論述。不過，在一九九〇年之前的台灣，「存在主義」一直會讓人聯想到卡繆——至少於存在主義文學這個領域裡。

卡繆的作品可說影響到一整代的台灣青年，並從中領悟出不少他的「哲理」：拒斥體系、個人自由、生命的荒謬、對出生地的依戀，以及對母親的摯愛等傳統價值、奮鬥不懈、反抗及人類尊嚴等等。這些影響之所以發生，當然是多虧翻譯之功，以及許多評論的引介，尤其是卡繆作品的優良質地：更為深刻、寬廣及具有人道關懷。如今，卡繆仍留給我們不少有待發掘的領域：他的書寫技巧、現代主義（或者後現代主義）風格——這些都是不會與時消蝕的東西。

（本論文原文為法文，原發表於二〇〇一年十二月十八—廿二日，由日本東京青山大學主辦的「東亞與法國——在文化的世界體系中」國際研討會。作者譯成中文，並做了增補，刊於《世界文學》，NO. 6，麥田，二〇〇二年冬季號，頁九一——一〇六。）

22 見卡繆接受《文學新聞》（*Nouvelles littéraires*）訪問時做此表示，一九四五年十一月十五日，收錄Albert Camus, *Essais*, pp. 1424-1427.

主要參考書目：

Albert Camus, *Théâtre, Récits, Nouvelles*（戲劇、敘事、短篇小說全集）, Bibliothèque de la Pléiade, 1962.

Albert Camus, *Essai*（論著全集）, Bibliothèque de la Pléiade, 1965.

Herbert Lottman, *Albert Camus*（卡繆傳）, Seuil, 1978.

Roger Quillot, *La Mer et les Prisons, essai sur Albert Camus*（大海與監獄，論卡繆）,Gallimard, 1980.

Roger Grenier, *Albert Camus, soleil et ombre*（陽光與陰影——卡繆傳）, Gallimard, 1987

José Lenzini, *Albert Camus*（卡繆傳）, Les Essentials Milan, 1995 .

Lionel Dubois (éd）, *Les trios guerres d'Albert Camus*（卡繆的三場戰爭）Pont-Neuf, 1995.

Olivier Todd, *Albert Camus: une vie*（卡繆的一生）, Gallimard, 1996.

陳鼓應，《存在主義》，台北：商務，一九六七。

王尚義，《從異鄉人到失落的一代》，台北：大林，一九六九。

鄔昆如，《存在主義論文集》，台北：黎明，一九八一。

《異鄉人》譯本：

Stuart Gilbert (translated), *The Stranger,* Nex York: A.A. Knopf, 1946.

Stuart Gilbert (translated), *The Outsider*, London: Penquin Book, 1961.

Matthew Ward (translated),*The Stranger*, New York:Vintage looks,1988.

施翠峰譯，《異鄉人》，台北，聯合報，一九五八。

王潤華譯，《異鄉人》，台南，中華，一九六五。

莫渝譯，《異鄉人》，台北，志文，一九八二。

郭宏安譯，《局外人》，台北，林鬱，一九九四。

附錄：卡繆作品在台灣的中譯書目（止於二〇〇二年）

書名	譯出本語文	譯者	出版社	出版年份
異鄉人／*L'Étranger*	英文／日文	施翠峰	台北市：聯合報	一九五八
異鄉人／*L'Étranger*	英文／日文	王潤華	台南市：中華	一九六五
異鄉人／*L'Étranger*	英文	費愛娜	生活雜誌	一九六七
異鄉人／*L'Étranger*	—	—	台南市：新世紀	一九六九

異鄉人／*L'Étranger*	英文	陳雙鈞	台北市：正文	一九七一
異鄉人／*L'Étranger*	—	尚適	義士	一九七二
異鄉人／*L'Étranger*	—	李潔	台南市：新世紀	一九七二
異鄉人／*L'Étranger*	英文	孟祥森	台北市：牧童	一九七六
畸人／*L'Étranger*	法文	艾驪馬琳	台北市：歐語	一九七八
異鄉人／*L'Étranger*	英文	鍾文	台北市：遠景	一九八一
異鄉人／*L'Étranger*	法文	莫渝	台北市：志文	一九八二
異鄉人／*L'Étranger*	—	—	台南市：文國	一九八六
異鄉人／*L'Étranger*	法文	康樂意	台北市：萬象	一九八七
異鄉人／*L'Étranger*	—	唐玉美	台北市：文國	一九八八
局外人／*L'Étranger*	法文	郭宏安	台北市：林鬱	一九九四
異鄉人／*L'Étranger*	法文	阮若缺	台北市：天肯	一九九九
異鄉人／*L'Étranger*	法文	林凱慧	台北市：人本自然	一九九九
局內局外／*L'Étranger*	法文	顏湘如	台北市：臺灣商務	二〇〇〇

薛西弗斯的神話／*Le Mythe de Sisyphe*	英文／法文	張漢良	台北市：志文	一九七四
西齊弗神話／*Le Mythe de Sisyphe*	英文	傅佩榮	台北市：先知	一九七六
卡里古拉／Caligula	英文	孟凡	台北市：現代學苑	一九六九
卡里古拉／Caligula	—	桂冠出版	台北市：桂冠	一九九四
瘟疫／*La Peste*	—	周行之	台北市：志文	一九六九
瘟疫／*La Peste*	英文	孟祥森	台北市：萬象	一九七九
瘟疫（黑死病）／*La Peste*	英文	李怡	台南市：文言	一九八三
大瘟疫／*La Peste*	英文	顧梅聖	台北市：業強	一九九四
鼠疫／*La Peste*	法文	徐志仁 顧方濟	台北市：林鬱	一九九四
墮落／*La Chute*	陳山木	孟凡	台北市：水牛	一九六六

墮落／*La Chute*	廖學宗	桂冠出版	台北市：正文	一九七二

反抗者／*L'Homme révolté*		劉俊餘	台北市：三民	一九七二
放逐與王國／*L'Exil et le Royaume*	英文	何欣	台北市：晨鐘	一九七〇
快樂的死／*La Mort heureuse*	—	徐進夫	晨鐘新刊	一九七二
第一人／*Le Premier homme*	法文	吳錫德	台北市：皇冠	一九九七
卡繆札記	英文	張伯權 范文	新竹市：楓城	一九七六／ 一九八八
卡繆語錄：存在主義大師之壹	英文	楊耐冬	台北市：漢藝色研	一九九四
卡繆戲劇選集	英文	戴維揚	台北市：驚聲	一九七〇
卡繆雜文集：抵抗反叛與死亡	—	溫一凡	台北市：志文	一九七九
從存在主義觀點論文集（沙特，卡繆著）	英文	何欣	台北市：環宇	一九七一
從表現出發（卡繆等撰）	—	李英豪等	台北市：普天	一九七一

卡繆作品及參考文獻

卡繆的作品

生前出版作品

Camus, Albert, 1936, *Révolte dans les Asturies*（阿斯圖里亞斯起義），（合著）Alger, Charlot.

——, 1937, *L'Envers et L'Endroit*（反與正）, Alger, Charlot.

——, 1942, *L'Étranger*（異鄉人）, Paris, Gallimard.

——, 1942, *Le Mythe de Sisyphe*（薛西弗斯的神話）, Paris, Gallimard.

——, 1944, *Le Malentendu suivi de Caligula*（誤會、卡里古拉）, Paris, Gallimard.

——, 1945, *Lettres à un ami allemand*（致一位德國友人的信）, Paris, Gallimard.

——, 1947, *Le Peste*（鼠疫，另譯：瘟疫、黑死病）, Paris, Gallimard.

——, 1948, *L'État de siège*（戒嚴）, Paris, Gallimard.

——, 1950, *Les Justes*（正義）, Paris, Gallimard.

——, 1950, *Actuelles, Chroniques (1944-1948)*（時政評論Ⅰ）, Paris, Gallimard.

——, 1951, *L'Homme révolté*（反抗者）, Paris, Gallimard.

——, 1953, *Actuelles II. Chroniques (1948-1953)*（時政評論 II）, Paris, Gallimard.

——, 1954, *L'Été*（夏日）, Paris, Gallimard.

——, 1956, *La Chute*（墮落）, Paris, Gallimard.

——, 1957, *L'Exil et le Royaume*（流亡與王國）, Paris, Gallimard.

——, 1957, « Réflexions sur la guillotine »（關於斷頭台的思考）, *La Nouvelle Revue française*.

——, 1958, *Actuelles III. Chroniques algériennes (1939-1958)*（時政評論 III）,, Paris, Gallimard.

——, 1959, *Les Possédés* (d'après Dostoïevski)（群魔）, Paris, Gallimard.

死後出版作品

——, 1962, *Carnets* I (mai 1935-février 1942)（札記 I）, Paris, Gallimard.

——, 1962, 1991,*Théâtre, récits, nouvelles*（戲劇、敘事、短篇小說全集）, Paris, Gallimard, Pléiade.

——, 1964, *Carnets II* (janvier 1942-mars 1951))（札記 II）, Paris, Gallimard.

——, 1965,1997, *Essais*（論著全集）, édition de Roger Quillot, Paris, Gallimard, La Pléiade.

——, 1971, *La Mort heureuse*（幸福的死亡）, Paris, Gallimard.

——, 1978, *Journaux de voyage*（旅遊日記）, édition de R. Quilliot, Paris, Gallimard.

——, 1989, *Carnets III* (mars 1951-décembre 1959)（時政評論 III）, Paris, Gallimard.

——, 1994, *Le Premier Homme*（第一人）, Paris, Gallimard.

——, 2006, 2007, *Oeuvres complètes*（全集 I，II）, Tome I, 1931-1944 ; Tome II, 1944-1948, Paris, Gallimard, Pléiade

——, 2008, *Oeuvres complètes*（全集 III，IV）, Tome III, 1949-1956 ; Tome IV, 1957-1959, Paris, Gallimard, Pléiade

書信・通信集

Albert Camus - Jean Grenier, Correspondance 1932-1960, Paris, Gallimard, 1981.

Albert Camus - Pascal Pia, Correspondance, 1939-1947, Paris, Fayard/Gallimard, 2000.

Albert Camus - Jean Grenier, Louis Guilloux : écriture autobiographique et carnets, Éditions Folle Avoine, 2003.

Albert Camus - Jean Sénac, Hamid Nacer-Khodja, Albert Camus-Jean Sénac ou le fils rebelle, Paris Méditerranée-Edif, 2000, 2004.

Albert Camus - René Char, Correspondance 1949-1959, Paris, Gallimard, 2007 (ISBN 978-2070783311).

Albert Camus - Michel Vinaver, S'engager ? Correspondance 1946-1957, Paris, L'Arche, 2012.

Albert Camus - André Malraux, Correspondance (1941-1959) et autres textes, Paris, Gallimard, 2016.

Albert Camus, Maria Casarès. Correspondance inédite (1944-1959), Paris, Gallimard - Édition de Béatrice Vaillant, 2017.

傳記、見證

Albert Camus, coll. «Génies et réalités», Paris, Hachette, 1964.

Albert Camus, iconographie choisie et commentée par Roger Grenier, Paris, Pléiade, Gallimard, 1982.

Albert Camus. Souvenirs, par Jean Grenier, Paris, Gallimard, 1968.

Albert Camus, par Herbert R. Lottman,, trad. française, Paris, Seuil, 1978.

Albert Camus. Une vie, par Todd, Olivier, Paris, Gallimard, 1996.

Albert Camus. Vérités et légendes, Vircondelet, Paris, Éditions du Chêne, 1998.

Camus, Brisville (Jean-Claude), Paris, Gallimard, «Bibliothèque idéale», 1959.

Camus ou les promesses de la vie, par Daniel Rondeau, Paris, Société des éditions Mengès, 2005.

參考文獻

專書

Amiot, Anne-Marie et Mattéi, Jean-François et al., *Albert Camus et la philosophie*（卡繆與哲學）, sous la direction de Jean-François Mattéi, Paris, PUF, 1997.

Aronson, Ronald, *Camus and Sartre : The Story of a Friendship and the Quarrel that ended*（卡繆與沙

特：一段友誼和結束的爭論）, Chicago, University of Chicago Press, 2003.

Bachelard, Gaston, *La poétique de l'espace*（空間的詩學）, Paris, PUF, 1957.

Bartfeld, Fernande, *L'Effet tragique : Essai sur le tragique dans l'œuvre de Camus*（悲劇效應：論卡繆作品中的悲劇）, Champion-Slatkine, 1988.

Barthes, Roland, *Le degré zéro de l'écriture: Suivi de Nouveaux essais critiques*（寫作的零度）, Paris, Seuil, 1972.

——, *Oeuvres complètes*（羅蘭・巴特全集）, 5 vol. (éd. Par Éric Marty), Paris, Seuil, 1993 et 2002

——, *Le Neutre*（中性）, Paris, Seuil, IMEC, 2002.

Baudelaire, Charles, *Oeuvres complètes*（波德萊爾全集）, Paris, Gallimard, Pléiade, Tome 1, 1975, Tome 2, 1976.

Calinescu, Matei, *Five Faces of Modernity*（現代性的五個面貌）, Durham, Duke Univ. Press, 1987

Castex, Pierre-Georges, *Albert Camus et L'Étranger*（卡繆與《異鄉人》）, Paris, Librairie José Corti, 1986.

Chabot, Jacques, *Albert Camus*（卡繆）, Aix-en-Provence, Édisud, 2002.

Comment, Bernard, *Roland Barthes, vers le neutre*（羅蘭・巴特，邁向中性）, Breteuil-sur-Iton, C. Bourgois, 1991.

Compagnon, Antoine, *Les cinq paradoxes de la modernité*（現代性的五種矛盾）, Paris, Seuil, 1990

——, *Les antimodernes: de Joseph de Maistre à Roland Barthes*（反現代之士：從邁斯特到羅蘭・巴特）Paris, Gallimard, 2005.

Coombs, Ilona, *Camus, homme de théâtre*（卡繆，劇場人）, Paris, Nizet, 1968.

Cruickshank, John, *Albert Camus and the Literature of Revolt*（卡繆與反抗的文學）, Westport: Greenwood Press, 1978.

Denis, Benoît, *Littérature et engagement, de Pascal à Sartre*（文學與介入，從帕斯卡到沙特）, Paris, Seuil, 2000.

Eisenzweig, Uri, *Les jeu de l'écriture dans L'Étranger de Camus*（卡繆的《異鄉人》中的書寫遊戲）, Paris, Lettres modernes Minard, 1983.

Évrard, Frank, *Fait divers et littérature*（社會事件與文學）, Paris, Nathan, 1997.

Fitch, Brian T. et al., *Albert Camus*（卡繆）, Revue des Lettres Modernes, no. 6, réunis par Brian T. Fitch, Paris, Minard, 1973.

——, *Le sentiment d'étrangeté chez Malraux, Sartre, Camus et S. de Beauvoir*（馬爾侯、沙特、卡繆及西蒙・波娃作品中的疏離感）, Paris, Minard, 1964, 1983.

Foucault, Michel, *Dits et écrits*（說與寫）, Tome I, II, Paris, Gallimard, 2001.

Foulquie, Paul, *L'existentialisme*（存在主義）, coll. Que sais-je ?, Paris, PUF, 1992.

Gassin, Jean, *L'univers symbolique d'Albert Camus*（卡繆的象徵世界）, Paris, Minard, 1981.

Gay-Crosier, Raymond et al., *Albert Camus*（卡繆）, Renue des Lettres Modernes, no. 9, Paris, Minard, 1979.

Grenier, Roger, *Albert Camus. Soleil et ombre, Une biographie intellectuelle*（卡繆：陽光與陰影——知性生平）, Paris, Gallimard, 1987 ; Folio, 1991.

Guérin, Jean-Yves, *Camus. Portrait de l'artiste en citoyen*（卡繆：便衣藝術家的畫像）, Paris, François Bourin, 1993.

IMEC (Institut Mémoires de l'édition contemporaine）, *Histoire d'un livre : L'Étranger d'Albert Camus*（一本書的故事：卡繆的《異鄉人》）, Paris, 1990.

Jarrety, Michel, *La morale dans l'écriture Camus, Char, Cioran*（卡繆、夏爾、齊奧蘭書寫中的道德）, Paris, PUF, 1999.

Kristeva, Julia, *Sens et non-sens de la révolte : Pouvoirs et limites de la psychanalyse*（反抗的意義與無意義：精神分析學的權力與限度）, tome 1, Paris, Fayard, 1996.

——, *La Révolte intime : Pouvoirs et limites de la psychanalyse*（內在反抗精神分析學的權力與限度）：, tome 2, Paris, Fayard, 1997.

Lebesque, Morvan, *Camus par lui-même*（卡繆自述）, « Écrivains de toujours », Paris, Seuil, 1963.

Lecarme, Jacques et Lecarme-Tabone, Éliane, *L'autobiographie*（自傳體）, Paris, Armand Colin, 1999.

Lefebvre, Henri, *La production de l'espace*（空間的生產）, Paris, Anthropos, 2000.

Lejeune, Philippe, *Le pacte autobiographique*（自傳契約）, Paris, 1996.

Lenzini, José, *L'Algérie de Camus*（卡繆的阿爾及利亞）, Aix-en-Provence, Édisud, 1987.

Lévi-Valensi, Jacqueline, *Les Critiques de notre temps et Camus*（當代批評家與卡繆）, Paris, Garnier, 1970.

——, *Albert Camus, ou la naissance d'un romancier*（卡繆：一名小說家的誕生）, Paris, Gallimard, 2006.

Lévi-Valensi, Jacqueline et al., *Albert Camus*（卡繆）, Paris, Europe, 1999.

Mattéi, Jean-François (dir.), *Albert Camus & La pensée de Midi*（卡繆與南方思想）, Nice, Ovadia, 2008

Mino Hiroshi, *Le Silence dans l'œuvre de Camus*（卡繆作品中的緘默）, Paris, Librairie José Corti, 1987.

Miraux, Jean-Philippe, *L'autobiographie: Écriture de soi et sincérité*（自傳體：自我書寫與誠摯）, Paris, Nathan, 1996.

Mitterand, Henri, *La littérature française du XXe siècle*（廿世紀的法國文學）, Paris, Nathan, 1996

Nguyen-Van-Huy, Pierre, *La Métaphysique du bonheur chez Albert Camus*（卡繆作品中幸福的形而上學）, Neuchâtel, La Baconnière, 1961.

Ory, Pascal, Sirinelli, J.-F., *Les intellectuels en France, de l'affaire Dreyfus à nos jours*（法國的知識份子：從德雷弗斯事件迄今）, Paris, Armand Colin, 1992.

Pingaud, Bernard,*L'Étranger d'Albert Camus*（卡繆的《異鄉人》）, Paris, 2007.

Quillot, Roger, *La Mer et les Prisons : essai sur Albert Camus*（大海與監獄：評論卡繆）, Paris, Gallimard, 1980.

Rabaté, Dominique, *Vers une littérature de l'épuisement*（邁向衰竭的文學）, Paris, José Corti, 1991.

Renou, Patrick, *Albert Camus. De l'absurde à l'amour*（卡繆：從荒謬到愛）, Bruxelles, La Renaissance du Livre, 2001.

Rey, Pierre-Louis, *L'Étranger, Albert Camus*（《異鄉人》和卡繆）, Paris, Hatier, 1991.

——, *Camus: une morale de la beauté*（卡繆：一種美的道德）, Liège, Sedes, 2000.

——, *Camus: L'homme révolté*（卡繆：反抗者）, Paris, Gallimard: Découvertes, 2006.

Robbe-Grillet, Alain, *Pour un nouveau roman*（捍衛新小說）, Paris, Minuit, 1963.

——, *Le miroir qui revient*（重現的鏡子）, Paris, Minuit, 1984.

Sarraute, Nathalie, *L'Ère du soupçon*（懷疑的時代）, Paris, Gallimard, 1956.

Sartre, Jean-Paul, *Situation I : Essais critiques*（情境I：文學評論）, Paris, Gallimard, 1947.

——, *Situation II : Littérature et engagemen*（情境II：文學與介入）t, Paris, Gallimard, 1948.

——, *Qu'est-ce que la littérature ?*（何謂文學？）, Paris, Gallimard, 1948.

——, *Situation IV : Portraits*（情境IV：畫像）, Paris, Gallimard, 1964.

——, *L'existentialisme est un humanisme*（存在主義是一種人道主義）, Paris, Gallimard, 1996.

Sicart, Pierre-Alexandre, *Aotobiographie, roman, autofiction*（自傳、小說、自傳體小說）, Thèse en cotutelle entre l'Univ.Toulouse II & New York Univ., Toulouse, 2005.

Sirinelli, Jean-François, *Intellectuels et passions françaises : manifestes et pétition au XX ème siècle*（知識份子與法蘭西激情：廿世紀的宣言和請願書）, Paris, Fayard, 1990.

Vadé, Yves(éd）, *Modernités: Ce que modernité veut dire*（現代性：現代性想表達什麼）, No 5, Bordeaux, Presse univ. de Bordeaux, 1994.

Vadé, Yves, *Littérature et modernité*（文學與現代性）, trad. chinoise., Pékin, Presse univ. de Pékin, 2001

Winock, Michel, *Le siècle des intellectuels*（知識份子的世紀）, Paris, Seuil, 1999.

專題文章

Abbou, André, "La pensée d'Albert Camus en question"（卡繆思想的問題）, Albert Camus, *Revue des Lettres Modernes : Langue et langage*, no. 2, réunis par Brian T. Fitch, Paris, Minard, 1969, pp. 163-179.

——, "Le quotidien et le sacré: introduction à une nouvelle lecture de *L'Étranger*"（日常與神聖：導論閱讀《異鄉人》的新法）, *Cahiers Albert Camus* no. 5, 1982, pp.231-265.

——, "*L'Étranger*, Notice"（《異鄉人》評註）, dans *Oeuvres complètes* d'Albert Camus, Tome 1, Paris, Gallimard : La Pléiade, 2006, pp. 1243-1269.

Armel, Aliette, “L’homme révolté aujourd’hui”（今日的反抗者）, *Magazine littéraire : Albert Camus*, no. 276, avril 1990, pp. 46-7.

Barthes, Roland, “*L’Étranger*, roman solaire”（《異鄉人》，一部陽光小說）, *Bulletin du Club du Meilleur Livre*, no. 12, 1954, pp.6-7.

Baudrillard, Jean, “Modernité”（現代性）, dans *Encyclopaedia Universalis*, Paris, 1985, vol.12, pp. 424-426.

Blanchot, Maurice, “Le roman de *L’Étranger*”（《異鄉人》這部小說）, dans *Faux pas*, Paris, Gallimard, 1943, pp. 248-253.

——, “Le mythe de Sisyphe”（薛西弗斯的神話）, dans *Faux pas*, Paris, Gallimard, 1943, pp. 65-71.

Comte-Sponville, André, “L’absurde dans Le Mythe de Sisyphe”（薛西弗斯的神話裡的荒謬）, in Amiot, Anne-Marie et Mattéi, Jean-François et al., *Albert Camus et la philosophie*, Paris, PUF, 1997, pp. 159-171.

Cruickshank, John, “La technique de Camus dans *L’Étranger*”（《異鄉人》裡卡繆的手法）, *La Revue des Lettres Modernes*, no. 64 / 66, 1961, pp.83-102.

De Montremy, Jean-Maurice, “L’aventure de l’autofiction”（自傳體小說的冒險）, *Magazine littéraire*, no. 409, mai 2002, pp. 62-64.

Ewald, François, “L’absurde et la révolte”（荒謬與反抗）, *Magazine littéraire* : Albert Camus, no. 276, avril 1990, pp. 43-45.

Fitch, Brian T., "Des écrivains et des bavards : l'intra-intertexualité camusienne"（小說家與多話者：卡繆式的內—互文性）, *Cahiers Albert Camus*, no.5, 1985, pp.267-283.

Foucault, Michel, "Qu'est-ce que les Lumières?"（何謂啟蒙？）, *Magazine littéraire*, no. 309, avril 1993, pp. 61-73.

Fauconnier, Bernard, "Julia Kristéva : Savoir incarner la révolte dans l'individuel "（克莉斯蒂娃：知道如何在個體裡體現反抗）, *Magazine littéraire* : Éloge de la révolte, no. 365, mai 1998, pp. 67-69.

Gassin, Jean, "À propos de la femme «automate» de L'Étranger"（關於《異鄉人》中那位神情直愣愣的女子）, *Cahiers Albert Camus*, no.5, 1985, pp.77-90.

Grenier, Jean, "Préface"（前言）, dans *Théâtre, récits, nouvelles*, Paris, Gallimard, Pléiade, 1962, pp. ix-xxii.

Grenier, Roger, "Introduction critique"（批判性導讀）, dans *Théâtre, récits, nouvelles*, Paris, Gallimard, Pléiade, 1962, pp. vviii-xxvi.

——, "Commentaires , L'Homme révolté"（《反抗者》，評論》 ,dans *Essais*, 1965, pp. 1609-1630

——, "Chronologie"（生平記事）, *Magazine littéraire* : Albert Camus, no. 276, avril 1990, pp. 20-26.

——, "Les Carnets : des notes de travail au journal intime"（《札記》私密日記裡的工作記錄）, *Magazine littéraire* : Albert Camus, no. 276, avril 1990, pp. 27-28.

——, “Camus : «Je ne suis pas existentialiste»”（我不是存在主義者）, *Magazine littéraire* : L’existentialisme, de Kierkegaard à Saint-Germain-des-prés, no.320, avril 1994, pp. 61-62.

Lecarme, Jacques et Lecarme-Tabone, Éliane, “Mode d’emploi”（使用方法）, *Page*, juin-juillet-août,1998, pp.36-40.

Lecourt, Dominique, “Révolte et progrès”（反抗與進步）, *Magazine littéraire* : Éloge de la révolte, no. 365, mai 1998, pp. 22-24.

Lejeune, Philippe, “Pour l’autobiographie”（捍衛自傳體）, *Magazine littéraire*, no. 409, mai 2002, pp. 20-23.

Lévi-Valensi, Jacqueline,“La relation du réel dans le roman camusien”（卡繆的小說中真實的關係）, *Cahiers Albert Camus*, no.5, 1985, pp.153-185.

——, “Introduction”（導讀）, dans *Oeuvres complètes* d’Albert Camus, Tome 1, Paris, Gallimard, La Pléiade, 2006, pp. ix-lxviii.

Mattéi, Jean-François, “La tendre indifférence du monde”（既溫和又冷漠的世界）, dans *Albert Camus & la pensée de Midi*, Jean-François Mattéi (dir.), 2008, pp.189-206.

Mitterand, Henri, “Le langage de Meursault”（莫索的語言）, *Le Français dans le Monde*, , no. 62, janv.-févr. 1969, pp.8-12.

Morot-Sir, Édouard, “L’esthétique d’Albert Camus: logique de la limite, mesure de la mystique”（卡繆的美

學：限度的邏輯．神祕的節制), *Cahiers Albert Camus*, no.5, 1985, pp.93-112.

Pia, Pascal, "D'Alger Républicain à *Combat*"（從《阿爾及爾共和報》到《戰鬥報》）, *Magazine littéraire* : Albert Camus, no. 276, avril 1990, pp. 34-38.

Robbe-Grillet, Alain, "Nature, Humanisme, Tragédie"（大自然，人道主義，悲劇）, *La Nouvelle Nouvelle revue française*, oct. 1958, no. 70.

——, "Importance de L'Étranger"（《異鄉人》的重要性）, *Magazine littéraire* : Albert Camus, no. 276, avril 1990, pp. 40-43.

Sarocchi, Jean, "Solitude et solidarité dans l'Exil et le Royaume"（《放逐與王國》裡的孤獨與互助）, *Société des Etides Camusiennes*., n° 71, Juillet 2004.

Sarraute, Nathalie, "De Dostoïevski à Kafka"（從杜思妥也夫斯基到卡夫卡）, *Les Temps modernes*, III, oct. 1947, no. 25.

Sartre, Jean-Paul, "Explication de *L'Étranger*"（詮釋《異鄉人》）, dans *Situation I*, Paris, Gallimard, 1947, pp.92-112.

——, "Albert Camus"（卡繆）, dans *Situation IV*, Paris, Gallimard, 1964, pp. 126-129.

卡繆生平年表

一九一三年

十一月七日，阿爾貝・卡繆（Albert Camus）生於當時法國殖民地阿爾及利亞的一個小鎮蒙多維（Mondovi），離首府阿爾及爾市東方九十五公里。

父系原籍波爾多，移居阿爾薩斯，一八三〇年代法國占據阿爾及利亞後，再移往阿爾及利亞。祖父早逝，父親被送進孤兒院，稍長逃出。經兄長安排在一家葡萄農場工作。及長，曾派往摩洛哥服兵役。

母系為西班牙後裔，原籍西班牙米諾卡（Minorque）島。早年舉家移民至阿爾及利亞，外祖父即已出生在該地。務農。卡繆的母親大父親三歲。

一九〇九年十一月，父親呂西安與母親卡特琳在阿爾及爾市成婚。住在該市東區的貧民區貝爾庫（Belcourt）。一九一〇年生下大兒子，取名呂西安。一九一三年春，葡萄農場老闆派他去東部蒙多維鎮管理那兒的葡萄園。舉家遷往該地，年底生下第二個兒子，即阿爾貝・卡繆。

卡繆作品中的人物也會直接採用家族的姓氏。如《第一人》的主角姓柯爾梅里

（Cormery），即祖母娘家的姓。《異鄉人》裡的情人瑪麗・卡爾多納（Marie Cardona），即外祖母娘家的姓。吃軟飯的鄰居雷蒙姓桑泰斯（Santès），則是母親娘家的姓。

一九一四年

八月三日，德國對法國宣戰，之後爆發第一次世界大戰。戰火毀掉成千上萬像卡繆這樣的家庭。**「我和同年齡的所有人，是在第一次世界大戰的槍炮聲中一起長大。我們的歷史從那一刻起，屠殺、非正義、暴力就始終沒有間斷過。」**（《夏日》）

法國隨即參戰，全國總動員。父親應徵入伍，編入北非軍團，派往法國本土參戰。八月二十四日在巴黎近區馬恩河之役頭部中彈，送往聖布里厄（Saint Brieuc）的醫院搶救。十月十一日身亡，並就地安葬於該鎮。當時卡繆尚不及兩歲。母親深受打擊，幾乎失聰，及出現語言障礙。寡母帶著兩個幼兒，生活陷入窮困。搬回阿爾及爾市的貧民區，投靠行事跋扈的外祖母，與一位聾啞又低智當桶匠的舅舅同住。

一九一五至一九一八年

卡繆就成長在這樣低端且一窮二白的環境，此外，同住的親人幾乎目不識丁，家裡也窮到沒有一本書可讀。這樣窮困的小孩有的只是陽光和大海。「首先，對我來說。貧窮從來就不是一種不幸，因為陽光已賜給了我富裕。（……）災難不足以阻礙我去認定，在陽光底下，在歷史當中，一切都是美好的；但陽光卻讓我知道歷史並不是一切。」（《反與正》）

此外，他還有一位溫柔的好母親。在外祖母當家下，她也幾乎沒有任何意見，且從不知道要如何愛撫孩子。卡繆承認，她關愛的眼神就已足以表達她的溫柔。

一九一九年

卡繆及齡進該區小學就讀，雖沉默寡言、體弱多病，因嗜書如命，智力大開，在課堂表現極為突出。

一九二〇至一九二四年

小學最後一年，碰上影響他一輩子的一位恩師路易・杰爾曼（Luois Germain）。他注意到班上這位品學兼優的學生，做了家庭訪問，也說服他的外祖母讓他繼續升學。而他也免費提供課外輔導，最終讓卡繆順利考進中學就讀。一九五七年十二月，他獲頒諾貝爾文學獎，隔年出版他在瑞典的演說專冊，扉頁就題獻給這位恩師。他生前不及出版的自傳《第一人》也特別附上一封寫給他的信：「獲知得獎消息的那一刻，腦海裡最先想到的人，除了我的母親外，就是您了。如果沒有您，沒有您那隻關愛的手伸向我這麼一個窮困的小孩；如果沒有您的教導以及沒有您的楷模，所有的這一切便不可能發生。」（一九五七年十一月十九日）

一九二五至一九二八年

卡繆進中學就讀，學業一向優異。暑假期間皆需打工，貼補家用。先後在一家五金行及報關行工作。其中報關行的工作經驗日後也寫進《異鄉人》裡。

他熱愛窮人的運動：足球，一九二八年加入阿爾及利亞大學少年隊擔任守門及中鋒位置。卡繆認為踢足球比賽的經驗絕不是搏鬥精神，而是培養集體意識及與人合作的精神。

一九二九年

他常去姨丈亞科爾（Gustave Acault）家中走動，這位開肉鋪的姨丈生活優渥，個性開放爽朗，住在高級住宅區。家中藏書甚豐。是他推薦紀德的作品給卡繆閱讀，卡繆也在他的書堆中發現了馬爾侯的作品。後者成了他崇拜的偶像，也是他一生的重要貴人。

一九三〇年

他遇到第二位受業恩師讓・格勒尼耶（Jean Grenier），這位哲學老師，熱愛文學，也寫些隨筆。也是在他的鼓勵下，卡繆開始嘗試寫作。他倆成了忘年之交。卡繆深受他的啟發，曾將他的《反與正》及《反抗者》題獻給他。一九五九年卡繆還替這位恩師的散文集《島嶼》再版寫序：「我們需要更敏銳的大師，需要類似在地中海彼岸出生的這麼一個人。他應當熱愛陽光，熱愛健美的軀體，並用難以模仿的語言告訴我們，這一切外表美麗，但終究要幻滅，因此要倍加珍惜。」直到卡繆不幸車禍身亡，伽利瑪出版社替他出經典版全集（《戲劇、故事、短篇小說》，一九六二），便是由讓・格勒尼耶替他寫序。

十二月，卡繆面臨一場生與死的考驗。他感染了結核病，咳嗽不止，甚至昏倒。當時並無與之對抗的特效藥，只能做長期的療養，且死亡率甚高。讓・格勒尼耶曾到貝爾庫的家中探望，也發現他們家竟是窮困到如此程度。

一九三一至一九三二年

卡繆不得不休學養病，也在姨丈的住處調養，之後又換了幾個住處，十月才復學。這個不癒之症拖累他一生，會不定期發病折磨人。先是奪去他繼續踢足球的興趣，接著不得擔任教師公職，當然，也因此不用當兵打仗。終其一生，卡繆都在與它對抗。養病期間，他閱讀許多經典作品，也寫些雜記。讓．格勒尼耶特別推薦他看里修（André de Richaud）的散文《痛苦》（*La Douleur*），他深受感動及療癒。之後也讀了普魯斯特，這位大作家也成了卡繆心目中「藝術家」的典範。

一九三三年

一月，德國總理希特勒上台。九月，卡繆到阿爾及利亞大學就讀哲學及古典文學。

一九三四年

他認識一位富家小姐西蒙娜．伊耶（Simone Hié），並與之結婚。這位當地著名眼科醫師的女兒，年僅廿歲，青春美麗，打扮妖豔，是大學生的偶像，但卻已染上毒癮。姨丈反對這樁婚事，他們就在外租屋，但經常吵鬧不休。這段婚姻只維持一年多些。隔年六月，他們到東歐旅行，無意間發現提供伊耶毒品的醫生，竟也是她的情人。他們先是分居，一九四〇年二月才對外宣布離婚。

一九三五年

開始撰寫《反與正》。六月取得哲學學士文憑。九月在恩師讓・格勒尼耶鼓勵下加入共產黨，負責向伊斯蘭信徒做宣傳。卡繆便藉由對戲劇的喜愛，組成「勞動劇團」和演出來做推廣。但雙方關係只維持兩年多些。一九三七年十一月，法共阿爾及利亞支部認為卡繆入黨動機不單純，又喜持不同意見。卡繆則認為共黨已偏離他們照顧阿拉伯人的初衷。事實上，九月卡繆即已先退出該黨。

一九三六年

五月，取得哲學高等研究文憑（相當於碩士文憑），論文題目：《基督教形而上學與新柏拉圖主義：柏拉圖與聖奧古斯丁》。七月，西班牙爆發內戰，法朗哥取得政權。與妻子伊耶及友人布儒瓦（Yves Bourgeois）結伴到東歐旅行，沿途寫下也構思了不少作品。九月初才返抵阿爾及爾市。

一九三七年

八月，第一次北上巴黎遊歷。「親切和巴黎的激動。許多貓隻、孩童，人很多。盡是灰色，

天空，砌磚和水很炫目。」（《札記I》）

九月，完成第一部小說《幸福的死亡》。這本小說情節與《異鄉人》頗為相似，一般認定是一本習作。卡繆生前並沒有要出版它。一九七一年才由伽利瑪出版社發行。在奧蘭市認識未來的妻子法蘭芯·富爾（Francine Faure），一位喜好彈鋼琴及數學，相當有教養的女子。這一年卡繆做了一些臨時工維生，也參與劇團演出，重點則放在他的文學創作。

一九三八年

認識另一位貴人皮亞（Pascal Pia），這位忠於左派「人民陣線」政府理念的報人，新創了一份報紙《阿爾及爾共和報》（*Alger Républicain*），並自任總編輯。他邀卡繆加入團隊，負責編務及撰寫文學評論等。皮亞在戰爭期間無私地協助卡繆，卡繆亦將《薛西弗斯的神話》一書題獻給他。十月，寫了一篇評論沙特的新書《嘔吐》，他很欣賞這本書，但不同意沙特的審美觀：

「小說絕非是形象化的哲學。」

一九三九年

與心中偶像馬爾侯（André Malraux）見面。一九三五年卡繆曾寫信徵求馬爾侯同意，改編他的新作《輕蔑的時代》（*Le Temp de mépris*）演出，後者爽快地答應。一九五七年十一月，當諾貝爾文學獎揭曉，卡繆接受訪問，第一時間就說：應該是馬爾侯得獎，不該是他。

九月三日，英國與法國同時宣布對德國宣戰。卡繆準備應徵入伍，但因健康因素暫緩。九月七日，他寫道：「**我已感受到人類身上增長的怨恨及暴力。在他們身上，純潔的東西蕩然無存。他們身上沒有任何不能覺察到的東西。全是一丘之貉。我所遇見的全是獸類，全是歐洲人那種野獸般的嘴臉……**」（《札記I》）

一九四〇年

三月，在皮亞推薦下到巴黎的《巴黎晚報》（*Paris-Soir*）編輯部當祕書。五月，《異鄉人》完稿。六月，德軍兵臨城下。報社南遷，經波爾多，九月落腳里昂。開始寫作《薛西弗斯的神話》。十一月，法蘭芯前來與他會合，隔月與他結婚，請皮亞當證婚人。十二月底，因報社縮減人事被解聘。只得重返阿爾及利亞，暫住奧蘭市岳父母家。

一九四一年

二月，《薛西弗斯的神話》完稿。卡繆在一所私立學校授課，法蘭芯則在一所小學擔任代課老師。四月，讓·格勒尼耶讀完《異鄉人》，意見相當保留。五月，皮亞及馬爾侯對此書相當肯定，並透過波揚（Jean Paulhan）推薦給伽利瑪出版社。七月，傷寒流感席捲阿爾及利亞，日後卡繆將其換置到《黑死病》一書的情節裡。十二月，伽利瑪出版社編輯部通過出版此書。卡繆透過皮亞等人介紹，加入「北方解放運動」抗敵地下組織，負責收集情報及出版地下宣傳刊物。

一九四二年

六月，伽利瑪出版社發行了《異鄉人》，印了四四〇〇冊。一時洛陽紙貴，受到一致好評。截至目前，它至少已賣出七百萬冊。沙特認為它是彼時最好的一部小說：「《異鄉人》是一部經**典之作，一部理性之作，包含著荒謬，也反對荒謬。**」

十月，伽利瑪出版社發行了《薛西弗斯的神話》。德國占領軍除管控紙張供應外，還新增了思想檢查。出版社便將該書後附有的一篇卡繆評論卡夫卡的文章刪除（因為卡夫卡是猶太裔）。一九四五年版才附上該文。

十一月，德軍再揮兵南下，攻占「自由區」，再度造成恐慌及大逃亡。卡繆在其《札記》上譴責納粹「**像一群鼠類**」。

一九四三年

六月，沙特劇本《蒼蠅》彩排，卡繆特意前去致意。兩人及西蒙・波娃（Simone de Beauvoir）在拉丁區咖啡館相談甚歡，惺惺相惜。之後，沙特邀他加入他的小圈圈，並暱稱他是「阿爾及利亞的小混混」。

十一月，卡繆受聘為伽利瑪出版社的審稿員。與地下抗敵組織籌組《戰鬥報》（*Combat*）。

一九四四年

五月，《卡里古拉》及《誤會》兩部劇本合併出版。六月，《誤會》公演，女主角由瑪麗亞・卡薩雷斯（Maria Casarès）主演，卡繆當下被這位廿一歲豔光四射的美女所折服。她是西班牙裔，父親曾任部長及總理，一九三六年法朗哥當政時流亡巴黎。兩人維持了十餘年的地下情關係，直到一九六〇年一月卡繆車禍身亡。二〇一七年，卡繆的女兒將他們倆魚雁往返的情書出版，共計一二九七頁。

七月，卡繆連續在《戰鬥報》發表了〈致一位德國友人的信〉。

八月二十四日，巴黎光復。全城的鐘聲一起敲響歡慶。隔天，卡繆在《戰鬥報》發表一篇社論：〈真理之夜〉（La Nuit de la verité）。

九月，卡繆在《戰鬥報》與莫里亞克在《費加羅報》就是否要嚴懲通敵的法奸一事展開筆戰。卡繆主張嚴懲，但不要訴諸極刑。直到一九四六年底，卡繆才改變立場，公開宣布同意莫里亞克的寬恕觀點。

十月，卡繆與妻子在巴黎團圓。

一九四五年

法國政府頒贈卡繆抗敵勳章。

五月八日，納粹投降。八—十三日。阿爾及利亞爭取獨立，遭到法國血腥鎮壓。卡繆前往調查，寫了八篇專題報導，表達同情阿爾及利亞人民爭取民主自由。七月，貝當元帥受審，卡繆前去旁聽。

八月六日，美軍在日本廣島投下原子彈。卡繆在《戰鬥報》提醒：「**機械文明達到野蠻巔峰，不久的將來，人類必須在集體自殺或善加利用科學成果之間做出選擇。**」

九月，《卡里古拉》一劇上演。十月，在伽利瑪出版社主編「希望」（Espoir）系列叢書。隔年，發掘並出版了女才子西蒙娜・韋伊（Simone Weil）的作品，她曾影響卡繆的政治思想。

十一月十五日，接受《文學新聞》（*Nouvelles littéraires*）訪問，強調「我不是存在主義者」：「我不是哲學家，對理性沒有足夠的信賴，更難相信一種理論體系。我的興趣所在，是探討怎樣行動。更確切地說，人們既不相信上帝，又不相信理性的時候，應當要如何生活。（……）不，我不是存在主義者，因為我相信世界是荒謬的。（……）沙特是存在主義者，而我發表的唯一理論著作《薛西弗斯的神話》，恰恰是反對那些存在主義哲學家。」在此，他與存在主義哲學劃清界線，但並沒有與沙特本人分道揚鑣。

一九四六年

一月，結束《戰鬥報》工作。三月，因沙特推薦，以記者身分前往美國訪問兩個月，受到盛大的歡迎。在紐約是由時任文化參事，未來的人類學泰斗的李維史陀（Claude Lévi-Strauss）接待。另有一位美國年輕女子珮翠西亞．布拉克（Patricia Blake），她替美國《時尚》雜誌撰稿，並做了卡繆的隨行口譯。之後兩人還持續聯絡及私誼。在美國訪問期間，除了空暇寫些遊記外，也全心投入撰寫《黑死病》。

一九四七年

六月，《鼠疫》正式出版，大獲成功。七月到九月之間就賣出九萬六千本，並獲得「評論家文學獎」。

八月，前去布列塔尼探訪在此地退休的恩師讓．格勒尼耶，並順道到聖布里厄鎮父親的墳前致敬。「就在這一刻，他才瞧見墓碑上他父親的出生日期，在這之前他是渾然不知的。接著便是兩個生歿年份：一八八五—一九一四，然後不自覺地做了計算：廿九歲。剎那間，一個念頭湧上心頭，並令他渾身為之一震。他此刻已年高四十，而長眠在這塊墓碑下的死者，就是他的生父，竟然比自己還年輕！」（《第一人》）

十一月，發表〈不做受害者，也不做劊子手〉，強調暴力雖難避免，但必須反對使暴力合法化的任何行為。他反對戰爭，反對一切殘害生命的暴力形式。

一九四八年

一月，前往瑞士養病，寫完劇本《戒嚴》。唯十月公演失敗。二月，暫時離開紛爭的巴黎知識圈及政治活動。攜家人回阿爾及利亞遊覽。五月，應邀到英國演講，攜家人同往。

一九四九年

三月，開始撰寫《正義者》及《反抗者》。六月應邀前往南美旅行，身體極為不適。十二月，《正義者》公演，觀眾反應頗佳。卡繆則認為還算成功。

一九五〇年

卡繆依醫生囑咐，前往南方高山卡布里（Cabris）養病半年。每天仍堅持寫作。沙特曾來此探望。六月，《時政評論I》（一九四四—一九四八）出版。十二月，終於在巴黎拉丁區買下生平第一棟住所。

一九五一年

再度前往南方卡布里療養，並專心完成《反抗者》。十月，《反抗者》出版。卡繆在書中討論了哲學、倫理學及文學，提出一套反抗的理論，也是卡繆「新人道主義」的核心。這本書與沙特的存在主義哲學、政治立場及介入文學理念相異甚大，引發與沙特的筆戰，最後導致兩人徹底決裂。

一九五二年

與沙特的衝突加劇，尤其透過沙特及其所主持的《現代》（*Les Temps modernes*）期刊的圍剝而徹底白熱化。九月，其他右派刊物也加入戰局，竭力攻訐卡繆的論點。「**巴黎簡直就是叢林，那兒的野獸皆異常可憐。**」（《札記》）

一九五三年

六月十七日，東柏林工人抗暴，遭共黨強力鎮壓。隔天，卡繆應邀演講時脫稿譴責東德。「**一名工人，無論他在何處，手無寸鐵面對坦克，高呼他不是奴隸。這時候，我們若無動於衷，那麼我們會是什麼樣的人？**」

《時政評論II》（一九四八—一九五三）出版。妻子法蘭芯罹患了憂鬱症，全家陪她到南部療養。

卡繆在一張標明一九五一年三月至一九五三年十二月的紙上，列出他心愛的詞：「**世界、痛苦、大地、母親、人類、沙漠、榮譽、苦難、夏日、大海**」。

一九五四年

隨筆集《夏日》出版，包括八篇抒情散文，反映嚮往大自然及光明的一面。卡繆認為作家可以寫荒謬，但他自己並不絕望。

九月，妻子法蘭芯的憂鬱症逐漸好轉。十月，隻身前往荷蘭短期旅行。阿姆斯特丹是他小說《墮落》的背景城市。十一月，應邀前往義大利演講。

十二月，西蒙・波娃小說《名士風流》（*Madarins*）獲選為年度龔固爾文學獎（Le Prix Goncourt），書中一位主角影射並醜化卡繆。卡繆認為，西蒙・波娃是因為他與沙特鬧翻，才刻意使用這種卑劣的手段。他在《札記》上寫道：「**存在主義：當他們罪己自我批評時，可以肯定的是，他們的目的是為了凌辱別人，這簡直就是法官兼懺悔者。**」

一九五五年

二月，返回阿爾及利亞故居收集小說《第一人》的資料。六月，重返新聞界，替新創的新聞周刊《快訊》（*L'Express*）撰寫專欄。九月美國作家福克納訪法，伽利瑪出版社安排一場四百人盛大的接待酒會。授權卡繆改編其作品《修女安魂曲》（*Requiem for a Nun / Requiem pour une none*），隔年九月在巴黎公演。

一九五六年

一月，返回阿爾及利亞參與政治討論，呼籲法國政府與獨立派休戰。五月。小說《墮落》出版。十月，蘇聯軍隊開進匈牙利首都布達佩斯鎮壓。卡繆積極聲援抗議群眾。

一九五七年

三月，出版《流亡與王國》，內含六則短篇小說。九月，發表〈關於斷頭台的思考〉一文，具體論述以反對死刑。

十月十六日，瑞典皇家學院以「其重要作品以一種精闢又嚴謹的方式，闡述了當今人類的自覺問題。」決定授予卡繆年度諾貝爾文學獎。他是第九位獲此獎的法國作家，年僅四十四歲，也是最年輕的一位。卡繆相當意外，覺得應該由馬爾侯獲獎。法國左派及右派陣營的反應極為冷漠。馬爾侯及莫里亞克則公開肯定及祝賀。

十二月，偕同妻子前往斯德哥爾摩領獎。十日在正式授獎典禮上發表一篇得獎感言。十二日在斯德哥爾摩大學與學生座談時，有一名阿爾及利亞留學生發問，質疑卡繆在這場血腥紛爭的立場。卡繆回說他反對恐怖攻擊，隨口說出「我相信司法，但相信它之前，我先捍衛我的母親。」這句話引起法國左右兩派立場人士的錯愕及不滿。十四日在烏普薩大學專題演講：「藝術家和他的時代」，深刻剖析了他的文學觀。

十二月底，情緒極為不穩，患了嚴重的憂鬱症。

一九五八年

三月，與準備東山再起的戴高樂將軍見面晤談。十二月，戴氏當選為總統。《反與正》再版，做了新序。卡繆身邊經常帶著一名年輕的女子「咪」（Mi），數個月前在巴黎咖啡館邂逅，小他二十二歲，學美術的丹麥留學生。

六月，出版《時政評論III》（阿爾及利亞大事記，一九三九—一九五八），書肆反應出奇冷淡。與瑪麗亞·卡薩雷斯及出版社少東米榭爾·伽利瑪夫婦同行，搭郵輪遊歷希臘一個月。十一月，選在普羅旺斯盧馬蘭（Lourmarin）小鎮買下一幢房子，準備退休養老之用。兩年後，他的長眠之所也就選在這裡。

一九五九年

一月，卡繆改編自杜思妥也夫斯基的小說《群魔》在巴黎上演，由卡繆親自執導。五月卡繆到盧馬蘭休養，體力逐漸恢復。準備動手寫《第一人》。十一月已寫完第一部。題詞也想好：「獻給永遠無法閱讀此書的妳」（指他不識字的母親）。

米榭爾．伽利瑪夫婦應卡繆邀請到盧馬蘭度假跨年。

一月三日，卡繆乘坐米榭爾．伽利瑪的車子沿路開回巴黎，同車有米榭爾的太太及女兒，還有一隻狗。妻子法蘭芯則於前一晚先坐火車北上。隔天清晨，在蒙特羅（Montereau）附近的維勒勃勒萬（Villebleuvin）小鎮車禍撞樹。卡繆當場死亡。五天後，米榭爾．伽利瑪亦宣告不治。

在悼念文章中，沙特寫出的〈阿貝爾．卡繆〉（一九六〇年一月七日）一文最為感人：「我們之間有過的爭吵，乃是我們共同生活在一起的另一種方式，在我們一起生活的這個小世界裡也不曾彼此視而不見。（……）儘管人們贊同或反對他的思想，但這一切總是由他的思想而起。（……）他頂住歷史潮流，成了本世紀的代表；其作品乃是繼承著源遠流長堪稱法國最大特色的警世文學。他懷著頑強、嚴謹、純潔、肅穆，且感性的人道主義，向當今時代的種種粗俗醜陋，發動勝負未卜的挑戰。但反過來，他以自己始終如一的拒絕，在我們的時代裡，再次重申反對揚棄道德的權謀手段，反對趨炎附勢的現實主義，用以證明道德的存在。」

阿爾及利亞友人特地在卡繆生前最喜愛的古羅馬蒂廢墟提帕薩（Tipasa），替卡繆立了一個紀念碑，雕刻的銘文為：「在這兒，我領悟到人們所說的光榮：就是無拘無束去愛的權利。」

人名索引

（依中文筆畫排序）

3畫

4畫

5畫

6畫

7畫

8畫

9畫

10畫

11畫

國家圖書館出版品預行編目 (CIP) 資料

我反抗,故我們存在：論卡繆作品的現代性 / 吳錫德著. -- 初版. -- 新北市 : 臺灣商務, 2018.12
面； 公分. -- (Open ; 2)
ISBN 978-957-05-3180-0（平裝）

1.卡繆(Camus, Albert, 1913-1960) 2.法國文學
3.文學評論

876.4 107019435